戰山風情畫

BATTLEBORN

BY CLAIRE VAYE WATKINS

克萊兒・韋依・瓦金斯　著
宋瑛堂　譯

目錄

獻給我父母

在沙漠中，
我見一頭生物，赤裸，野蠻，
蹲在地上，
雙手捧自己的心臟，
啃噬著。
我說：「好吃嗎，朋友?」
「苦啊——苦。」他回應；
「但我喜歡
因為它是苦的，
也因為它是我的心。」

——史蒂芬・克萊恩[1]

1 史蒂芬・克萊恩，Stephen Crane，一八七一—一九〇〇，美國著名文學家，短暫一生中出版許多優秀著作。他熱中描寫貧困者及墮落者，以悲觀的現實主義風格著稱，《紅色英勇勳章》《阻街女郎瑪姬》等作品，奠定他不可動搖的文學地位。

衆幽魂，衆牛仔

我媽掛掉那天，剃刀寶寶[1]搬進來。最後，我動不動回想當初。

內華達州雷諾市源起於一八五九年。卓吉河雖不寬，水流卻湍急，查爾斯．富勒跨河搭建木橋，向過河的康斯塔克淘銀客索取渡橋費。兩年後，富勒賣橋給志向遠大的麥倫．雷克。雷克的個性也急，爲他的銀后旅館與膳食屋增建磨坊、窯、馬廏。雷克生性不忸怩，把新社區命名爲雷克橋棧，以湛藍如青天的油漆註明在富勒的橋上。

一八六〇年代是猶他領地西部的蓬勃盛世：薩特帶動的淘金潮已延續十年，美國人的眼珠仍閃現金光，嘴裡仍殘留微鹹的土味。康斯塔克銀礦區[2]的詛咒尚未從銀礦脈滲流而出，尚未滲透地

1　剃刀寶寶，Razor Blade Baby，書中主角克萊兒（與作者同名）暗自稱呼在母親過世後不久搬到樓上來的新室友。「剃刀寶寶」典故出自惡名昭彰的連續殺人犯首腦查爾斯．曼森，他曾用剃刀幫一名不願催產的曼森女孩接生。作者的親生父親保羅．瓦金斯曾是曼森家族成員。作者藉由這個以六種不同方式起頭的故事，來回溯家族故事及身世淵源，尤其是父親與曼森家族的關係。宛如心理陰影，任何來到主角身邊的女子都揮不去「曼森女孩／剃刀寶寶」的幽魂。

下水。山區銀礦尚未被耗竭，騰騰熱水尚未淹沒礦坑。亨利．康斯塔克的摯愛表妹亞德蕾尚未淪爲塔霍湖波臣。康斯塔克是時運最巧的投機份子，擅長豪奪土地，是史上最懂得強取採礦權的人。他尚未出脫礦藏的股份換來一瓶威士忌和一匹瞎眼的老母馬，尚未在蒙大拿州波司曼附近以借來的左輪轟掉自己的腦袋。

砰勃盛世。

雷克橋棧漸漸壯大。內華達於一八六四年建州，當時瓦舒郡雷克橋棧區被併入汝普郡，而雷克橋棧的規模在兩郡睥睨群鎮。從礦坑出土的詛咒負載沉重的銀礦，降臨在全美最新的反奴州。

故事也可從這講起：

一八八一年，舊金山建築師希謨．葛林來到雷諾，悄悄休妻，妻子名叫瑪麗．安．科恩．馬格寧，是高級女裝店馬格寧的老闆。希謨愛上雷諾，決定長住下來，開始爲採銀暴發戶朋友設計

2 康斯塔克銀礦區，Comstock Lode，一八五九年六月在內華達州的維吉尼亞鎮挖到大量金礦，礦工亨利．康斯塔克聲稱土地所有權，故礦區以之命名。當時礦藏以現今市值估算可達四十億美金，成爲全世界最富裕的地方，甚至引起林肯總統注意，且因爲南北戰爭需要經費，故內華達於一八六四年成爲美國第三十六州，也因爲在南北戰爭期間立州，故州旗上有「Battleborn」字樣，記載該州誕生於戰火中，此州亦以民風驃悍聞名。

屋舍。

希謨的作品在雷諾的紐蘭茲崗地段隨處可見。一九〇九年，雷克街三一五號落成，是一幢牢靠的磚造住宅，也是希謨最早期設計的民房之一，風格含蓄，後院有一座小門廊，雨篷式樣單純，從各角度看都覺得平凡無比。有人說，雷克街三一五號興建過程激起康斯塔克礦脈的咒塵。雖然咒塵污染到所有人（雖然我們內華達人至今仍吸入咒塵），據說希謨受到的影響特別深，咒塵不僅附著在他的藍圖和衣物上，更在表皮形成微乎其微的一層銀灰。無論他是否散發著銀光，他辦完離婚手續後，開始和《猶太兄弟會信使》主編里歐坡．卡培爾士同居。據說，這一對相處得風風雨雨，打罵與出軌的事件頻傳。儘管如此，兩男廝守至一九三二年，一同葬身卡培爾士家的火場，火災的煙味近似維吉尼亞城礦災數名礦工遭活活煮死的氣息。

故事也可從這開始。從這裡起頭也同樣恰當：

一九四一年三月，賓州酪農兼業餘養蜂人喬治．史邦決定轉讓六十英畝農場給兒子亨利，簽好契約後，收拾四箱行李，帶著妻子海倫與壞脾氣的老花貓瓶瓶，駕車西行至加州海邊。

對農場事業鞠躬盡瘁的他打算退休，想把疲憊的雙腳埋進西岸暖沙，奈何喬治過不慣養老生活。老夫妻在海邊租一棟陋屋爲家，住了兩個月，有天喬治回家，向海倫獻計。他在聖蘇珊納山區看上一座五百一十一英畝的農場，地址是聖蘇珊納山口路一二〇〇號，求售的屋主是年邁的默劇明星威廉．S．哈特。

聖蘇珊納山區氣候較乾燥，景致不及加州沿岸的聖莫尼卡山脈，得不到海風潤澤，因此容易失火。山口路一二〇〇號位於洛杉磯北邊的聖蘇珊納山間，附近有一條現稱雷根公路的高速道。在那年，一九四一年，喬治又想勸海倫搬家，握起她關節腫大的手，乞求著，好老婆，這次只往東移一些些就好。海倫才剛在曼哈頓灘定下心，好不容易在米黃軟沙中生了根鬚。那時的查茲窩斯鎮僅有一間浸信會教堂、一座泥沙遍布的加油站、帕洛米諾金馬會的大馬廄——靈駒艾德的誕生地。多年後，在一九六一年，我父親十一歲，躲在馬廄後山上的乾樹叢抽菸，引發野火。容我稍後詳述他。

農場的心臟地帶是拍電影用的片場，模擬西部拓荒新市鎮的鬧區，有銀行、沙龍、鐵匠店、木板道、後街小巷，更有一棟監牢。也許場景打動了海倫的心。也許太早罹患關節炎的她想起賓州的刺骨酷寒。也許如子女所言，她慣壞了丈夫。無論原因是哪一個，海倫一手貼著丈夫額頭說：「好吧，喬治。」儘管根據各方描述，海倫後來愛上這座農場，但在喬治首次帶她來參觀後，她在日記上寫道：

> 該地相當遼闊，有群山環繞。喬似男孩樂陶陶。可惜景觀比不上海濱。進出的山路窄，強風陣陣，隔道是垂直的峭壁。視此情況，我又將與海洋分手。與海的這段情何其短暫！往西望時，我心不禁揪緊，宛若被人剝奪了某種東西——某種未曾真正屬於我的東西。

史邦夫婦搬進山口路一二〇〇號不到一星期，老貓瓶瓶跑掉了。

幸好喬治的適應力強過老貓，運氣也比較好。一九四一年，西部片仍是好萊塢的糧票。喬治以經營農場的手法管理拍片場，與決策者稱兄道弟，低價逼退競爭敵手。州立馬里布峭壁遊樂區兼併川卡斯峽谷，賣掉無數拍片場，史邦農場[3]成爲方圓七十五英里獨家民營戶外拍片場，製片公司不需向政府申請場地，因此史邦的地位更加水漲船高。大製片廠接踵而至，租馬拍片都需繳重金，史邦夫婦享受源源不絕的營收，成品包括《日正當中》、《銀礦人生》，以及大衛·塞爾茲尼克的一九四六年經典片《太陽浴血記》，由葛雷哥萊·畢克主演。在此拍攝的電視影集也不少，包括大部分的《獨行俠》。後來，內華達推出賦稅優惠政策，也受名導的習慣所致，華納兄弟公司移師至塔霍湖畔的龐德羅莎農場，但在那之前，《牧野風雲》影集也曾在史邦農場拍攝。

故事也可從我母親最久遠的回憶敘述起：

一九六二年，三歲的她坐在繼父大腿上，繼父坐的是塑膠院子椅，在貨櫃屋的雙瓣式俗麗屋頂上。她的兄姐盤腿墊著浴巾坐，皮膚被布料按出點點凹痕，兩人各戴一副母親的——我外婆的——特大號賈姬墨鏡。天快黑了，東邊的天空逐漸泛起星光——沒錯，那年代，拉斯維加斯上空

3 史邦農場，Spahn Ranch，一九四八年當喬治·史邦購入以前，這裡是供許多默片及西部片拍片的片廠。不過當喬治八十歲時，農場只剩出租騎馬的慘淡業務，於是他讓曼森家族免費入住，以交換他們照顧農場的勞力，在六〇年代末期這裡成爲惡名昭彰的「曼森家族」的根據地。作者父親保羅·瓦金斯也在其中。

仍看得見繁星——可惜這家人面向西北，鄰居也是，新高爾夫球場僱來割草澆水的青少年也是，靠邊停車的市區公車司機也是，臉貼飯店房間窗戶的觀光客也是。全市都是。

繼父指向沙漠。「那邊。」他說。整座盆地乍現一陣閃光，橙色蕈狀雲爆發，蒸騰而起，幾秒後，我母親聽見轟的一聲，像施放煙火聲，貨櫃屋也隨之震動。不可能的是，那股熱居然傳至我母親的小臉。繼父在她耳畔輕聲說：「讓人忍不住懷疑，說不定那裡果然有鬼神。」

爆炸聲源於十萬四千噸的核子試爆，在沙漠岩殼炸出一個巨坑。在內華達試爆場[4]的一千零二十一次測試中，這次產生的地洞最深，炸開了七百噸土石，包含兩噸的康斯塔克礦脈沉積物，揚起咒塵，震波猶如一根手指直鑽內華達深處，土石瞬間沖天飛竄。七月微風和緩，優柔寡斷，如常將輻射物質吹向東北，日後在法倫和猶他州細得城導致密集的癌症案例，吹向下風小鎮民眾的有絲分裂細胞。但在我母親三歲的那一天，微風也將詛咒吹往東南，朝拉斯維加斯飄送，吹進我母親年幼的胸部、她的心、她的肺。風也吹向西南，越過州際線，一路傳至洛杉磯近郊的乾黃山巒，最後塵埃在聖蘇珊納山口路一二〇〇號落定。

故事也可從喬治．史邦最難熬的一年說起：

---

4 內華達試爆場，美國能源部在該州東南部試驗靶場設立，並自一九五一年起進行多次標誌性的核試驗，最近一次是二〇一二年底。核試爆宣稱是軍事及科學研究用途，但歷史上多半帶有政治恫嚇的意涵。

將近二十年來，喬治寫信給賓州老家的兒子亨利時，每一封皆不帶感情，詢問牲口數目，傳授養蜂採蜜訣竅，幾乎不提自己的農場；對亨利而言，父親的那座根本不算農場。

但到一九六〇年代初，西部片開始式微，喬治歸咎的對象之一是恐怖片大師希區考克。寫給兒子的信裡，農場生意經愈來愈常見的結尾語是痛斥「人砍人」的電影，狠批「被性迷昏頭的」電影觀眾狂戀恐怖片。他影射的電影大概是希區考克的《驚魂記》，在一九六〇年是賣座僅次於《海角一樂園》的大片。在一九六六年二月初一，喬治．史邦宣告破產。在那時候，喬治有所不知，腫瘤細胞已在妻子海倫的腎臟縱橫成大理石紋。六星期之後，海倫因腎衰竭病逝於加大洛杉磯醫學中心。三十四年後，我父親也在同一樓過世。驗屍報告指出，她的腫瘤肉眼可見，在顯微鏡強光照射下看似「幾百條髮絲狀銀色緞帶」。

海倫病故後，喬治淡忘他與大製片廠殘餘的幾絲關聯。他常寫信給兒子亨利，提及農場事業江河日下，獸欄裡的雜草直冒。

「我累了。」他在一九六六年七月二十三日寫信告訴兒子。「辭退多數人（三個兼職農場工）。這裡好熱。熱到太陽下山，我才敢出去餵馬。馬槽裡的馬渴得不耐煩，把空水槽踹翻。唉，馬蹄踢金屬，吵得要命，說給你聽，你也不會相信……」

馬渴不渴不是重點。到頭來，維繫史邦農場錢脈的關鍵在於這群馬。喬治把馬出租給觀光客，讓他們自己騎馬遊覽群山。偶爾幾次，喬治的製片廠老友請他油漆六到八個道具，其實一景頂多只有兩個道具待漆。因此，馬匹出租的收入儘管微薄，卻也成了喬治的進帳主力。根據洛杉磯郡稅收紀錄，一九六七年史邦年收入僅一萬三千一百二十美元，不到一九五六年的四分之一。

先前寫給兒子的信裡，喬治鮮少提及海倫，即使提到也是一筆帶過，只在論及農場生意時順帶一提：「快變天了。你母親假如仍健在，指關節會腫起來。老天曉得我們巴望雨快來。」

那年，儘管喬治視力大不如前，他仍持續寫信，行與行有時候重疊。他開始比以前更常提起海倫，有時整頁回憶她烘焙的黑莓果餡餅，或寫她的爽身粉香味。喬治寫信原本注重文法，唯有在這些信裡誤用現在式。

同年九月，喬治寫到他在小屋後山發現一顆被曬白的小骷髏頭：「是瓶瓶。被郊狼啃個精光。」

故事也可從這裡講起：

一九六八年一月，一群年輕人從舊金山搭便車來到史邦農場時，喬治已近全盲。這群人多數是青少年，我父親也在其中。喬治雖然看不見人，卻一定嗅得到來人接近門廊，聞到汗臭、汽油味、略帶香甜的濃濃大麻味。這群人表示願意幫喬治打雜維修，以換取在道具假屋舍裡紮營的好處。在那之前兩三星期，不勝負荷的喬治才請來一位幫手——好孩子一個，有點愛裝男子漢，綽號「矮冬瓜」，志願是——想也知道——當演員。這群青少年上門，喬治卻答應他們幫忙，原因或許是不必付錢給他們。原因也可能是，名叫查理[5]的首腦主動叫一兩個小姑娘全天候陪伴喬治，爲他煮三餐、打掃房子、洗衣服，在他興起時陪他上床。

我父親沒殺人。他也不是英雄。我講的不是那種故事。

那年夏天，待過史邦農場的幾乎所有人事後都出書，獲利最豐的卻是檢察官布流希的那一本。出書的人當中，如果四月九日左右在場，都知道當天有個嬰兒誕生，但詳情眾說紛紜，奧莉維亞·霍爾是其中之一。她當時是四年制太平崖中學的高四生，偶爾加入農場的集體性交，對嬰兒誕生一幕的描述是：「母親四肢攤開，躺在監牢的木頭地板上，陣痛將近十四小時，從晚上熬到清晨，拚了命生不出小孩，最後聽天由命了。」在《曼森凶殺案：一女逃生記》書中，卡拉·莎皮洛——如今是四個男孩的媽——表示，生不出嬰兒的小產婦「任由自己的頭仰躺在睡袋上，不肯再用力。然後，曼森接手。」我父親出書寫道：「查理一手拿打火機，一手拿剃刀，把刀鋒烤到火熱，一刀從女孩的陰戶切到肛門。」女嬰呱呱墜進查理的懷中。我父親：「現場弄得髒兮兮。血和衣服到處都是。我不知道剃刀是哪來的。」

查理禁止他的同夥兩兩成對。在農場之前，這群人待過托潘加、聖巴巴拉、大索爾、聖克魯茲、蒙特瑞、奧克蘭、舊金山，多不勝數，夜夜舉辦性交派對。各位對這部分一定瞭若指掌，我相信。毒品，性交。人來人往。即使這群人有興趣代女嬰尋父，也不可能辦到。「那時候有個嬰兒被生下來，我是知道的。」泰克斯·瓦森[6]從監獄來信告訴我。「如果硬說是我的骨肉，也不是不可

---

5 亦即查爾斯·曼森，Charles Manson，崛起於上世紀六〇年代最惡名昭彰的殺人組織首腦，手段凶殘，他的邪教組織曼森家族，吸引許多女孩子加入，自願淪爲僕人。自七〇年代被逮捕後，他被稱爲美國歷史上最瘋狂的超級殺人魔，在文化上的影響也持續至今，吸引無數崇拜者篤信他的「學說」。

能。不過那時候大家都恍神，妳也知道。」

至於產婦，各方的說法只提她多年輕，不提她的姓名，也不說明她為何跑來農場。有一人描述她「臉蛋像露珠」。我父親自承和她有多次性關係。他說：「她是個好孩子。」

警方在八月十六日掃蕩史邦農場後，加州兒童保護處爲女嬰安排寄養家庭，由艾爾．歐蘭多和韋依夫婦照顧。該夫婦是千橡市歐蘭多家具大賣場的老闆。韋依常爲女嬰大驚小怪，擔心女嬰太安靜了，說女嬰「臉上有種茫然的表情」。照顧女嬰的頭五年，韋依七度請專家檢查她是否罹患自閉症，一概不相信檢查結果。她甚至請個特教保母，陪小孩玩遊戲，以促進認知發展。艾爾覺得是浪費錢。

如今，女嬰已長大成人，四十歲了，瘦而不弱，行動似流水，頭髮是深褐色，棕色小眼猶如鹿鼠的眼珠子，不像我父親在太平崖中學認識的少女，不像他邀約到農場、介紹給查理認識的女孩。在資料影片中，那些女孩在額頭割十字架，手挽手，在走廊上邊走邊歡唱，對著鏡頭微笑。我看過。她那雙眼睛是我父親的棕眼。我的棕眼。

可憐的麥倫．雷克，到處樹碑留名，最後僅以雷克街留下足跡，雷諾最早期的招牌拱門就在

6 泰克斯．瓦森，Tex Watson，曼森家族的主要成員，在一九六八年連環犯下七起殺人案，包括屠殺著名導演波蘭斯基妻子莎朗．蒂等。是查爾斯．曼森旗下的頭號殺人魔。

這條街上（大家知道，號稱**世上最大的小城**）。十年前，雷克街上林立著廢屋危樓：幾間年久失修的豪宅，消防梯貼在房子側面，床單遮蔽窗戶，多數這樣的大宅都是中途之家。然而，轉眼間，市民把雷克街一帶稱爲紐蘭茲崗。報紙評論版專欄爭相探討社區翻修大計。希謨．葛林設計的雷克街三一五號是獨戶大住家，在二〇〇一年被改建爲至多兩間臥房的六戶公寓。比這棟更晚改建的古宅沒幾間。紐蘭茲崗之名當然來自內華達參議員、謹愼兼併夏威夷的推手、引水灌溉美西的功臣、感化蠻族的偉人法蘭西斯．G．紐蘭茲。在二十一世紀初，紐蘭茲崗的民房風格以維多利亞式和淘銀潮後殖民地式爲主，豪奢的起居室和陽光室獨立爲開放式套房和公寓，地板改鋪硬木。連原始的拱門也被拆了——據說拱門容易引來遊民和青少年。在我仍關心都市計畫的那段日子，市政府爲安撫民眾說，日後將在維吉尼亞街上另建複製拱門，加裝霓虹燈，蓋在比較接近大賭場的地方。

最近，聽說紐蘭茲崗地段滿値錢的。我雖然老是抱怨舊社區增值更新的現象，卻不在乎這裡房價攀升。住在窮人區，感覺到的罪惡感和住富人區差不多，但住富人區至少能生富人的氣。我之所以住得起雷克街三一五號，全靠男友和房東談條件。房東夫婦是班和葛蘿莉雅（心地善良，原本熱中火人祭，現在蛻變爲資產階級，是全民典範），僱用我的男友J——過去式了——建造公寓裡的櫥櫃。J習慣和工作上的友人以大麻活絡交情，認爲大麻是四海一家的親善大使，自視是大麻的謙卑使徒，後來常和班一起呼麻。葛蘿莉雅懷孕後，班心慌了，唯恐資金耗盡後找不到房客進住。有天下午，J和班坐在一棧板的浴室瓷磚上，輪流抽著一根大麻，J勸班把已整修完畢的唯一一間便宜租給我。二號的這間套房位於一樓。這大概是我在J走前讓他爲我做的最後一件好事。

搬進套房後，我忍受了九個月的敲敲打打和油漆味，整棟樓的其他公寓全是空骨架。有一天，我聽見正上方的公寓有人在忙，上去瞧瞧是誰。我本來想，如果是班，我可以繳房租給他，順便看看他手上有沒有大麻可以賣我，或乾脆送我。但樓上的人是葛蘿莉雅。她站著，把牆壁粉刷成清爽的知更鳥蛋藍，大片漆漬遍布雙手和連身工作服，小滴的油漆也沾到她的金髮。窗戶開著，覆蓋用的塑膠布隨微風飄舞。她雙手放在圓鼓鼓的肚皮上，轉向我，我這才發現，這間還沒漆好。她正前方的牆壁有一片髒髒的米黃色，長寬大約是一張撲克牌。

「我們刮掉壁紙時，我發現這個。」她說著淚水盈眶，不知是悲從中來或被油漆嗆到，或兩者皆有。她右手拿著油漆刷。「我避開這片不刷，拖了一個禮拜。」我彎腰細看裸露的牆壁，看見有人以炭筆或木匠粗鉛筆潦草寫著：

希愛里歐，一九〇九。

「教我怎麼動手？」葛蘿莉雅說。講第二遍的同時，藍色油漆刷一揮，蓋過筆跡。

這事發生在我媽死前不久。在剃刀寶寶搬進來之前。當時我無言以對。現在我知道該怎麼回應了。我看見葛蘿莉雅在院子裡，想回應她的問號。她生孩子了，女嬰放在柳樹下的遊樂床上，她一面種花一面唱歌給女兒聽。她把女兒取名為金盞花。我想對葛蘿莉雅說：妳動手是因為不得已。我們全都一樣。

故事的開頭交代完了。

我媽掛掉的那天，剃刀寶寶搬進來。住樓上。四號。在我正上方的那間。我們是鄰居，同住內華達州雷諾市，紐蘭茲崗雷克街三一五號。她搬進來的第一天，我聽見床鋪上方的樓板吱嘎響，然後是走廊樓梯。我開門時，剃刀寶寶邀我去老希爾頓戲院看三元的早場電影。雖然我喜歡那裡的爆米花（不新鮮又黃得冒螢光，鹹到能在口腔上顎腐蝕出一道溝），雖然我喜歡那裡的熱狗（全牛肉），我卻對她說我今後每星期日必說的話：不想去，謝謝妳邀請，但我不想去。我關上門，她坐在樓梯上，今後每星期日都這樣坐。坐整天。

我父親是保羅．瓦金斯，在舊金山的家庭派對認識查爾斯．曼森，時間是在剃刀寶寶出生前十一個月。他和查理合作寫歌，在灣區露宿到十二月，嫌雨太多，對舊金山感到厭煩，所以前往洛杉磯。保羅那年十八歲，長相俊俏。這是我母親後來告訴我的。

來到史邦農場，保羅把他的東西搬進以前拍片用的監牢。他的家當包括一個睡袋、幾支蠟燭、一把吉他和一支笛子。他在春天已提早一年從高中畢業，但外表還像高中生，所以能去太平崖中學註冊就讀。接受訪問時，他喜歡指出這一點。（一九八七年八月二十三日，在《賴瑞金現場秀》上，他接受莫琳．雷根訪問時說：「莫琳，我們那時是腦筋靈光的小孩，不是問題少年。我當過班長。」賴瑞．金那天請病假。）太平崖是海豚隊的大本營，保羅就讀兩個月，去認識女生，把她們引進農場。他是這方面的高手。

事隔多年，在他終於被霍奇金氏淋巴瘤吞噬後，我母親屢次企圖和他重逢，有一次又自殺未遂後，說我父親是「曼森招募小女生的頭號大將」。我判斷不出她是爲他覺得丟臉或光榮。

她躺在大學醫學中心的病床上，手腕上的繃帶封住她以牛排刀自殘的傷口，對我說：「人走時，最要緊的是在另一邊等你的人是誰。相信我。我接近過太多次了，這我最清楚。」

大約一年一次，有人追蹤到我。有幾次是慕曼森之名而來的人，想和保羅．瓦金斯的女兒站在一起，沾一沾歷史餘暉，拍張相片，上傳到黑底紅字的網頁。但比較常找上我的是製作人，帶著劇本，通常是正派的製作人——我用Google查過：《魔鬼大帝：眞實謊言》、《越戰獵鹿人》。他們主動從塔霍湖開車南下，請我吃晚餐，從不要求我允許他們拍片，也不徵詢我應找誰飾演我（薇諾娜．瑞德）；他們只想知道我日子過得怎樣。

「妳的日子過得怎樣？」他們說。

「我是櫃檯小姐。」我說。

「好。」他們說，字拖得很長，點著頭，彷彿櫃檯小姐的身分讓他們不虛此行。

剃刀寶寶搬進來隔天，我騎單車橫渡卓吉河去上班，剃刀寶寶穿著休閒西裝外套，也騎車跟過來。她騎的是紫羅蘭色的海灘腳踏車，車上附有一個籐籃子，長髮在腦後飄擺，彷彿被一百個小風箏拉扯著。她跟隨我踏上法院階梯，坐在我櫃檯前面的大廳，待到午餐時間，我才帶她去河邊的長椅坐下，我吃路邊攤買來的墨西哥麵餅捲，她吃芹菜莖，沾保鮮盒裝的鮪魚沙拉——不用美乃滋拌沙拉，而是用原味優酪乳。午餐後，我回去上班，她回去大廳坐。五點，我們一起騎車回家。

有些日子，她會帶一管兩毛五銅板，在法院大樓前的停車計時器投幣。有些日子，她會過馬路，去對面逛紀念品店。我從辦公室窗戶觀察她，隔櫥窗見她在店內撩撥旋轉衣架上的T恤。豔陽毒辣時，她索性以法院大理石階爲椅，喝著櫻桃思樂冰，空著的一手掌心平貼暖暖的大理石。

有些週末我外出，剃刀寶寶會跟我走。她搬進來大約三個月，有天我去參加晚宴，慶祝朋友的公寓整修完工，地點是脫胎換骨的火鶴大樓。這位友人的自用公寓高高在上，下面幾層是空屋。大樓正面仍殘留一排獨腳火鶴的輪廓。

晚宴辦得不錯，飲食很可口。我穿著翠綠色的酒會蓬蓬洋裝，搭配粉紅平底鞋，紮著粉紅髮帶。我的幾位朋友盡可能裝得若無其事，指向遠遠的另一邊，問：「克萊兒美眉，妳帶阿姨一起來嗎？妳跟她長得好像喔。」

「不是啦。」我會說，趕緊嚥下最後一口義式燻火腿薄片、鮭魚沾醬之類的。「她是剃刀寶寶。她跟著我到處走。」

宴會結束，剃刀寶寶和我走回雷克街三一五號。內華達山脈連續兩天豪雨，卓吉河的水位暴漲，高到我前所未見。河水白濁，沉積於河床大概好幾年的大樹幹被帶動，在河裡翻滾。橋的另一端有兩支水泥柱的殘根夾道而立，扭曲如蟲的鋼筋露出頂端，恰似哨兵，是原始拱門的遺跡。我們駐足橋頭半晌，剃刀寶寶和我，被高水位激流愣得有點失神，不確定過橋是否安全，不確定過橋之後能做什麼。我想像自己碎步移向濕滑的河岸，涉水進急流，口袋裝著沉甸甸的銀礦。

回到家後我呼麻，麻酥酥地考慮一件事。每當我以指尖輕拂家裡櫥櫃表面的毛玻璃、斬肉砧板流理臺——全由J親手抛光、塗上亮光漆，是他在我世界僅存的遺跡——撫觸過它們後，我常會考慮打電話給J。但在他離開那天他需要的東西，我現在依然無法給他。

我沒打電話。繼續再抽大麻，呼得更迷茫，看著我吐出的熱氣在天花板下面奔騰，剃刀寶寶無疑地在另一邊呼呼大睡。

來找我的製作人當中，我相信我愛上其中一個。他發電郵給我，說他名叫安德魯，說他想約我吃晚餐，談談他想以我父親爲題籌拍的電影，片子裡描述他是曼森的左右手（事實）；他後來住進沙漠裡的廢棄陋屋（事實）；接著戒癮成功並出庭指控曼森，然後癮魔再纏身，失去意識，醒來發現置身廂型車的火海裡（大致屬實）。我答應讓他請客——這是我一貫的原則。

第四街有家餐廳，名叫路易斯巴斯克隅，我跟安德魯約在這裡。剃刀寶寶跟著來。在安德魯之前，我帶所有電影人去這一家。現在，我改帶他們去瑰山街附近的米蓋爾餐廳，也非常美味。

「推薦一下吧？」他說。他的微笑隨和而鬆散。

「皮康派對酒。」我說。「來這裡不喝皮康派對酒，等於沒來過。」這句是我的臺詞。我推銷皮康酒的臺詞。

皮康派對酒呈深褐色，近似皮革保養油。原料只有西班牙巴斯克人清楚，但人人自有一套猜測——蘭姆酒、甘草根、琴酒；頂級裸麥威士忌摻蘇打水，加三滴香草精；施格蘭琴酒加蘇格蘭威士忌，一粒利口樂止咳糖磨成粉末灑進去。各家理論的可信度半斤八兩，但沒有人猜得出眞相。一杯皮康喝完，你會想再來一杯。兩杯就太多了。那一晚，我倆各喝三杯。

晚餐我們吃炒羊內臟，喝溫尼馬卡咖啡，坐吧臺，打電動撲克Deuces Wild。剃刀寶寶在後面玩小精靈妹。

我們小聲交談，靠得很近。剃刀寶寶偶爾會悄悄飄來，站在我肘邊，我儘量趕她走。我再給她一管兩毛五硬幣，不知不覺挨向安德魯。他身上有一股濃烈刺鼻的肉桂香，有如想盡辦法掩飾菸癮的癮君子。

賭場能把相貌平平的男人變帥。燈光昏暗，天花板很低，以鏡子裝潢，電玩燈向上照他的臉，以柔美的藍光烘托他。撲克牌在螢幕上攤牌時，映入他的瞳孔，以稍縱即逝的光點呈現。有濃密的煙氣籠罩，場景顯得縹緲，彷彿兩人的動作實際上沒發生。彷彿已經發生在過去。彷彿人生並非人生，而是一部懷舊電影。《太陽浴血記》吧，大概。本來就帥的男人進賭場會變怎樣，不說也罷。

不久，我們變成面對面，高腳凳上的我蹺腳坐，右腿鑽進他兩腿之間，窩進下體。炒乳羊內臟最後剩下耐嚼的幾小塊，我們用手拿起來，沾著洋蔥醬吃掉。

他問我父親的事。我想對他說出我告訴過你的東西，但那些東西隨處都翻得到，書裡有，日記、報紙、驗屍報告裡面都有。另外還有好多好多我永遠不知道的東西，就算我把再多的歷史扛上肩，也無從得知。康斯塔克的腦漿飛濺在他小屋的木牆上，灑出什麼圖形，我能告訴你，但我不知道他扣扳機前一秒是否嘗到詛咒的苦味。左撇子希謨·葛林的書寫體向左傾，這我能告訴你，至於里歐是否也愛他，我無法得知。海倫·史邦的腫瘤銀光晶瑩，這我能告訴你，但我不知道她能否感受腫瘤壯大中。喬治家的前門廊景觀如何、空闊的黃山谷多美，這我能告訴你，但我不清楚他失明後能看見什麼。我父親以什麼言語誘拐眾女孩回史邦農場給曼森，這我能告訴你，至於他信不信自己說的話，我無法告訴你。我母親手腕上的割痕有幾條？多長多寬？癒合後的新皮是什麼顏色？這我能告訴你，但我不知道她會不會再試一次，也不知下次是幾時。至於我能說的一切——失落感、欠缺感、分量不夠的往事——你已經曉得。

但咖啡裡的威士忌發威了，我覺得身心鬆散。所以我對他說出我能說的東西。我告訴他，每年三、四次沙漠雨後，大氣瀰漫濃郁的土味，像所有沙漠植物、所有土地、所有未經開採的銀礦同步呼吸的氣息，能軟化人心，讓人不堪一擊，更能讓人自新。

晚餐後，我們旁觀剃刀寶寶打完最後一條命。安德魯陪我和她走向腳踏車，幫我們解開鎖鏈。然後，他吻我，嚴格說是我們互吻，當著剃刀寶寶的面。躲不過的一吻。就像跨上單車時，裙襬被座椅勾住，整個人摔車。就像我倆撞個正著，跌進彼此懷裡——我想我們確實如此。

事後，剃刀寶寶和我騎車回雷克街三二五號，車頭燈從我們背後照著。我關上正門之際，手機鈴響。

「來外面。」是安德魯，氣音濃重，溫柔含糊。

「什麼？」

門鈴響起。我撥開客廳窗簾，見他在門廊上，微微搖晃著，貼在耳際的手機亮著。

「不然搬來和我一起住。」他說。

「你醉了。」我說。

「妳也是。讓我進去嘛。我們搬去洛杉磯，住海邊。妳可以沿著海岸騎單車。不想住洛杉磯的話，我們可以住這裡，住山上。住沙漠。住哪裡都行。妳說的那件下雨的事。妳和我，克萊兒。快讓我進去吧。」

我是想讓他進來。不是我不想。我這時也搖搖晃晃，趕緊伸手扶牆，穩住重心，強壓腦袋裡、胸膛裡翻攪的皮康。儘量別想被油漆覆蓋的那些字。**人走時，最要緊的是在另一邊等你的人是誰。相信我。**我把頭靠在正門，迫切想打開。但這故事無論從何處說起都太長了：借來的左輪掉在蒙大拿州小木屋地板上；希謨的皮膚被烤得滋滋響，香味瀰漫，與里歐坡的皮膚融合；海倫．史邦被拔起的根鬚萎縮凋零；瓶瓶的枯骨；我父母那份鍍銀、含毒的愛；剃刀寶寶，單純的她。

「晚安，安德魯。」我說。「請別再打給我。」

掛斷後，我聽見我早已熟悉的聲響：上方樓板匆匆吱嘎一聲。剃刀寶寶的身體移動。貼地板的耳朵抽離。

隔天早上——今天早上——剃刀寶寶來我門口時，我不說不想去、謝謝妳。我們騎車去雷克街上的老希爾頓戲院。她的頭髮在腦後擺盪，彷彿被喬治．史邦在賓州的蜂群抬起。

早場開始前，我在戲院附設小吃部買一支熱狗，塗滿芥末、碎洋蔥、德式酸菜、墨西哥青辣椒。剃刀寶寶在皮包裡藏了無皮小紅蘿蔔，裝在夾鏈袋裡，緊張兮兮地摸著。

在戲院裡，我知道我應該試試看，應該扛起那份重擔，應該以油漆勾銷過往。但我僅能盡力而為。我把熱狗伸向她臉前。「想不想吃一口，剃刀寶寶？」

「克萊兒，」她說：「我有可能是妳姐姐。」

儘管從她搬進來的那天起——早在她搬來之前，我們已經知道了，但從我或她嘴裡講出來，這是頭一遭。而我如今也承認，現在聽起來比當時的感受柔和一些。說出來，有一種感恩的味道。

我點頭。「同父異母姐姐。」

戲院燈光暗下。重新上過色的人物——幽靈、牛仔、葛雷哥萊・畢克——橫越大銀幕。在《太陽浴血記》中，珍珠・查維司問：「唉，瓦敘蒂，妳的腦筋怎麼這麼遲鈍啊？」

「我真的不知道原因，珍珠小姐，只知道我總有太多東西要記。」

最不需要的東西

七月二十八日

致杜韋恩・莫薛爾
八九〇一五內華達州亨德森，品凱道四〇七七號

莫薛爾先生您好：

六月二十五日下午，也就是我上次開小卡車去瑞歐萊特鎮時，車子開到凱因泉路距離貝帝鎮大約十英里的地方，我看見好像是車禍留下的垃圾。我下車去查看一下。那座山谷乾巴巴，炎熱的西風把那地方的塵土像灰燼一樣捲走。我在光禿的地面附近發現碎玻璃，幾道深深的刮痕從路邊土地劃出去，有一堆剛買不久的雜貨滾落蒺藜樹叢下：幾罐可口可樂（有幾罐沒開，有幾罐被喝光，有幾罐的拉環完好，但罐身凹陷，可樂漏到剩半罐）。也有幾罐百威淡啤，狀況跟可樂差不多。話匣子[1]。肉。也有其他東西。特別讓我感興趣的是兩瓶幾乎全

1 話匣子，此指Fritos，某種油炸玉米片零食，但不同於多力多滋等類似零食是三角狀，它製成勺狀，並在上世紀三〇年代由總部在達拉斯的企業家發展出來。

滿的處方藥，出事三天前才在托諾帕鎮的藥房領藥。另外有一個夾鏈袋，裡面裝滿署名為M的來信。我也注意到一疊相片，主題是一輛舊車，車身不是鏽斑就是底漆，我猜拍照人有意整修這輛車。我相信車子是六六年出廠的雪福萊雪威車。我以前認識一個開雪威車的男人。兩瓶處方藥的瓶身都貼著鮮黃色貼紙，警告用藥人不准飲酒。看看百威淡啤，再看看土地上的深痕，嗯，有可能。我從藥瓶上抄下你的地址。你出了什麼事？你的車子哪裡去了？為什麼留下處方藥、食物和雜貨？杜韋恩．莫薛爾，你是誰？你去瑞歐萊特做什麼？

我希望這封信能找到你，祝你萬事如意。請回信。

謹此

湯瑪斯．格雷

八九四三九內華達州葦迪，郵政信箱一二三〇號

P. S.我把多數東西留在沙漠，只帶走藥、相片和M寫的信。裝雜貨的塑膠袋被樹叢纏住，我解開後也帶走，路過雷諾時拿去回收。把東西留在那裡，我總覺得不好。

八月十六日

致杜韋恩．莫薛爾

八九〇一五內華達州亨德森，品凱道四〇七七號

莫薛爾先生您好：

今天早上我出去餵馬，雲正開始滑落內華達山脈的山腰，令我再度想起瑞歐萊特鎮。進家裡後，我從父親房間借他那本舊書《美國藥典》，根據書上的說法，我猜你開車去瑞歐萊特之前，可能情緒失控、孤單或絕望。你可能陷入重度憂鬱症，也許甚至考慮自殘。午餐時，我吃著老婆為我準備的三明治，坐在那輛我讓它自生自滅的農場拖拉機的車頂，數一數你的藥丸剩幾粒。從取藥的日期和藥丸數目判斷，你服藥的時間不夠久，藥效還沒辦法反制你絕望的心情。「絕望」、「憂鬱」、「孤單」。這些是第四十三版《美國藥典》的用語。我查完後，立刻照父親的要求把書還給他。他成天閉關在房間裡，閱讀古早的推理小說，故事人物以貴婦和黑鬼為主。我們買電視機送他，他會把音量開得太大。有些日子，他會拒絕進食。杜韋恩．莫薛爾，我父親從沒想到自己能活這麼久。

我想今晚會打雷，空氣裡有那種感覺。請你務必回信。

謹此

湯瑪斯．格雷

八九四三九內華達州葦迪，郵政信箱一二三〇號

九月一日

致杜韋恩．莫薛爾
八九〇一五內華達州亨德森，品凱道四〇七七號

莫薛爾先生您好：

昨晚我的睡眠品質很差，夢到一些不太算是夢的東西。要是我告訴老婆這件事，她可能會塞一小顆石英或紫水晶給我，叫我放進口袋，全天帶著，以潔淨心思，擺脱鬼神的糾纏。她是加州人。她喜歡講一件事。我們剛開始交往時，有次約會，兩人挽著手，逛著雷諾鬧區。那時她在雷諾一間雜貨店當店員，我還在唸書，主修農業和商業。那天逛著逛著，來到一個地下室住家的樓梯口，往下走幾階就是一間亮著紅燈的算命師之家。她想拉我進去，被我拒絕。接下來將近一個鐘頭，可惡，她一直拉我，問我有什麼好怕的，問我為什麼窮緊張。我不信教，但我當時告訴她，有些東西我認為不惹為妙。現在呢，她老愛説，幸好我那天不肯陪她去算命，因為假如算命師説她會被我一黏就是十四年，她保證會轉頭就逃之夭夭。哈！我聽了會説，老婆啊，妳逃得再快，也不可能比我更快，哈哈！這是我們的老笑話。和我們其他的往事一樣，這件我們每隔一陣子會拿出來曬一曬，放在廚房桌上攤平，就像老婆繡花時拿範本出來比對，看看人生運勢和先前的想法有何出入。

我告訴你一件我不告訴她的事——以舊事提振漸漸下沉的意志，感覺總有點可恥。

我猜你是個光棍，杜韋恩·莫薛爾，做完惡夢，早上醒來，找不到傾訴的對象，也沒人會在你的口袋塞靈療石。單身漢。關鍵在於話匣子。我聯想到高中時代，我在貝帝鎮的加油站打工，認識一個開雪威車的男人，和你那輛一樣是六六年。不過我又想一下，覺得自己的推測太蠢。世上一定有些妻子不會禁止丈夫吃反式脂肪和加工甜食，我老婆就會。我有十一年沒吃話匣子了。言歸正傳，我寫這封信是想瞭解你家狀況，盼你回信告知。

和多數人家相比，我們家的小孩來得比較遲。我們家老大丹妮兒剛開始唸小學，她的妹妹蕾拉很難適應。妹妹吵著要跟她一起上學，早上看著校車開走，她會大哭大叫，有時候甚至趴在地上，小石子因而刺進她拳頭的皮肉裡，然後一整天悶悶不樂，失魂落魄。我太太為她擔心，但老實說，我倒覺得振奮。吃的苦越多，人生越豐足，蕾拉越早學到這道理越好。但下午放學時間一到，我父親陪蕾拉走到門前砂石路的盡頭，去校車站等姐姐回來。祖孫漸漸養成這種習慣。蕾拉喜歡儘量提早去等，就看爸媽放不放人，好像早點去，校車就會早一點到。假使我們隨她去，她一定會整天在路邊等校車。她吵著要爺爺陪她等，有時在大熱天一站就是一個多鐘頭，老頭子的心臟哪受得了？在很多方面，他比我更疼我兩個女兒。他疼孫女的程度，遠勝過他對待幼年的我。我不信教，但我真心為這事感謝上帝。

我開始覺得，你是被我夢想出來的人物。請你儘早回信。

謹此

湯瑪斯·格雷
八九四三九內華達州葦迪，郵政信箱一二三〇號

十月十六日

致杜韋恩·莫薛爾
八九〇一五內華達州亨德森，品凱道四〇七七號

莫薛爾先生您好：

你收在夾鏈袋裡的M的來信被我讀完了，原諒我。我禁不住好奇心。我認為你極有可能已經死了。我讀信的地方是在我們家的工具屋，裡面臭氣沖天，空氣不流通，差點窒息。後來，我開著小卡車，停在葦迪郵局停車場，再讀一遍。在凱因泉路邊發現的這些信，多數的年代將近二十年，卻像最近寫的，怎麼看都讓我嘖嘖稱奇。信紙很乾淨，摺痕深刻。杜韋恩·莫薛爾，我不懂的是，為何用夾鏈袋裝信？盛夏的沙漠一滴雨也沒有，你是擔心信被淋濕嗎？想到這裡，我再度想到可樂和啤酒。換個角度想，夾鏈袋是否意味著你熱愛M，對她保護有加？M在信中暗示說，你一點一滴地自我封閉起來，最後一丁點也不留給她，夾鏈袋

是不是代表同樣的概念？其次，我不得不問，你是不是有意自我封閉。她說她認為自己總是對你要求太多。從這角度看，她很寬容，對不對？她說，你並非刻意對她「如此疏離」。我倒不像她那麼確定。我愛我太太。但我從未向她透露我怎麼在貝帝鎮認識一個開六六年雪威車的男人。像我們這樣的男人有啥能耐，我是知道的。

杜韋恩．莫薛爾，我一直搞不懂的是，瑞歐萊特是個幾乎沒人想去的無人小鎮，你怎麼把M的信留在鎮外的凱因泉路邊？（說句實在話，我在凱因泉路上從沒看見過別人。我開車去那邊自己靜一靜。也許你也是。或者應該改成過去式。）把信留在那裡，有可能被像你這樣的人撿走，你有沒有想過？

處方藥瓶上印著電話號碼，我打過了，但只聽到斷線的嘟聲越響越尖。不過，我照樣不知不覺聽著，等你接聽。請你儘早回信。

謹此

湯瑪斯．格雷

八九四三九內華達州葦迪，郵政信箱一二三〇號

P.S. 現在再想想，有些東西也許留在路邊別撿比較好。有時候，有人想要你有缺陷的一面。有時候，愛是一道開開合合的傷口，一輩子開合不休。

十一月二日

致杜韋恩．莫薛爾
八九〇一五內華達州亨德森，品凱道四〇七七號

莫薛爾先生您好：

你的雪威車相片被我太太發現了。車子可能停在廢車場或朋友家，也可能閒置於自家車庫多年，因為出事之後沒人想再看它一眼。我把相片塞在我車上的遮陽板後面，用橡皮圈束著。我不知道幹嘛留著這些相片。我不知道幹嘛留著M寫給你的信或你的藥。找到我想找的東西之後，我也不知道自己會怎麼辦。

我讀高中時，在貝帝鎮的加油站打工，輪大夜班。那家還在，附近有溫泉，在九十五號州際公路和三七四號州道的交會口。也許你去過。現在改成殼牌連鎖加油站了，不過當年叫做哈德里。我在那裡一個禮拜打工四、五十小時。老闆比爾．哈德里是我父親的朋友。他是個瘋狗，我爸常這樣罵他。他在櫃檯底下藏一把獵槍。他老是誣賴我暗槓鈔票，罵我上班打瞌睡，而我根本沒有。我喜歡大夜班，喜歡熬夜，遠離老爸，聽著落地式大冰櫃颼颼震動，聽著店外日光燈管嗡嗡作響。

那年春末，大批蚱蜢南移，想侵略苜蓿田，路過貝帝鎮。密麻麻的蚱蜢很凶悍，呼嘯而過的聲響像腦袋裡打雷下大雨，見綠的東西就啃。兩天下來，牠們吃光了鎮上所有白楊和

柳樹的葉子，然後改吃杜松和松樹，旱雀麥和苦鹽杉。艾伯·普林斯養了一群綿羊，蚱蜢連活羊身上的羊毛也啃得精光。情況惡化到礦區火車停擺一星期，因為蚱蜢屍體把鐵軌塗得滑溜溜。

哈德里加油站的日光燈引來蚱蜢，停車場的蟲子絡繹不絕，連續幾星期之久。如果那天夜裡我走出店門去加油臺，保證踩碎好幾隻，但我那天忙著在店裡的櫃檯上寫功課。微積分啦，可惡。用功到一半，我抬頭，看見那人已經進店門，朝我直走過來。我往外看，見到那輛六六年的雪威，在燈光下閃亮，蚱蜢像雨滴似的，一隻隻掉在車子四周。

我想制止他，被他孔武有力的手推進櫃檯。他帶著一把槍，握著，像槍長在手上。他說，看見這東西沒？

他的臉被頭巾遮住，但貝帝是小鎮，那時候比現在更小。我知道他是誰。我知道他母親在「驛馬車」餐廳當服務生，姐姐比我早一年畢業。他說著，錢啊。他名叫法蘭基。媽的，錢啊，法蘭基說。

在那一夜之前，我幾乎沒摸過槍。怎麼動手的，我不清楚，只覺得呼吸暫停，手伸進櫃檯底下，拿出那把獵槍試試看。我射中他的頭。

事後，我報警。他們告訴我，我的做法沒錯。「他們」是警察和穿睡衣趕來的老闆比爾·哈德里，甚至我父親也那麼說。他們反覆說同一句話。我坐在店外，聽著他們從裡面傳出的聲音，皮靴磨得地磚唧唧叫。副警長是戴爾·蘇利文，他也在籃球校隊擔任助理教練。

他過來坐我身邊。我雙手遮頭，趕走蚱蜢。戴爾說，小子，這事遲早會發生的。那男孩本來就愛惹事。窩囊廢一個。

他說我可以回家去。我沒問那輛車該怎麼處理。

那一夜，我把車子開上凱因泉路，開到瑞歐萊特，車窗開著，繞行那座無人的老鎮，聽著車胎壓得砂石嗶啵響。太陽快露臉了。在破曉的乳白晨曦中，車上的我比以前更痛恨貝帝鎮。恨「驛馬車」，恨溫泉，恨那些以天空為背景的光禿禿的樹。我永遠不想再看見這些東西。

我有心上大學，大家都知道。我不適合待在貝帝。那男孩的家人，他的母親、姐姐、繼父，事發不久就搬走了。我在鎮上或加油站再也沒看見他們。高中最後幾星期，沒人談那件事，至少在我面前不提。不久，那件事變得好像從沒發生過。但我現在認為，那一夜在瑞歐萊特，在那個被掏空的鬼城裡，我早有領悟：貝帝鎮永遠不會是我的歸宿。

我太太問到你的相片時，她說她不曉得我對車子懂這麼多。我說，懂啊，怎麼不懂？呃，我是懂一點啦。看到通風口沒有？引擎蓋上面的那個。看到遮光格柵沒？憑這些特徵，就知道是六六年的車子。我告訴她，我最近考慮買舊車回來修一修，也許這一輛吧。她聽了哇哈哈爆笑不停，喘口氣才擠出一句，才怪咧，修車。她繼續笑，把那疊相片丟到小卡車的座位說，阿湯，你別扯狗屁了。

不能怪她。她嫁的男人，不是那個一眼能分辨六六年車的男人。肯定是這樣。你瞭解，對不對？

我對她微笑。我說，不蓋妳，夫人。我怎麼敢扯妳屁？妳是我最愛的一坨。

她笑了又笑——她在這方面表現得很寬容——她說，車。我們家最不需要的就是車。

小時候，父親帶我去打獵，多半是射射鵪鶉，有一次獵到麋鹿。可惜我技巧很差，他教得心灰意冷。父親說，我沒那份本事。他的口氣悲哀而平淡，好像「沒本事」是天生缺憾似的。即使現在，有野鹿下山，進我們家菜園亂來，吃光番茄，咬掉小甘藍菜的心。我父親說，宰掉一隻，掛起來，牠們一定會學乖。我告訴他，我狠不下心。現在每逢禮拜天，我進院子修補圍牆的破洞，或者改立一面更高的圍牆。我老婆說，你蓋的是善心教堂吧。我們過的這種生活，我這種男人，令她快樂。蕾拉幫我補圍牆。她站在我後面，在我准她的時候叫她遞鉗子或鋼剪給我。

然而，事實是，杜韋恩・莫薛爾，有時候，我會看見他露在頭巾外的那雙眼睛，看見蚱蜢在燈光下亂跳，聽見牠們噗噗脈動的聲響。感受到槍托後座力猛撞我胸骨。再碰到同樣狀況，我一定會再動手。

謹此

湯瑪斯・格雷

八九四三九內華達州葦迪，郵政信箱一二三〇號

十二月二十日

致杜韋恩・莫薛爾
八九〇一五內華達州亨德森，品凱道四〇七七號

莫薛爾先生您好：

這是我寫給你的最後一封信。前陣子我回去瑞歐萊特。我告訴老婆，我想南下露營健行幾天。她說，帶蕾拉一起去嘛。對她有益處。

車程六小時，蕾拉幾乎睡掉全程。我減速，把車開進凱因泉路時，她坐直身子，問，爹地，這裡是哪裡啊？

我說，我們到了。

我幫她穿上外套和手套，散步逛廢墟。我教她認識原本的景物。我說，這裡本來是學堂，一九〇九年完工。學堂建好時，鎮上的學生已經坐不滿了。隔年失火。蕾拉想靠近。

我說，不准妳跑出我的視線。

為什麼？她說。

我不知道該怎麼回答。東倒西歪的建築物、蝕空的地板、地面出現的無底洞、朝天的礦坑。郊狼、響尾蛇、山獅。

我說，因為，對小女孩而言，這裡不安全。

我們繼續逛。圍牆裡面是郵局，在一九〇八年完工。這片石板，這些柱子，那面磚牆，原本是火車站。以前還有大理石地板、桃花心木雕飾、全州比這裡更早出現的電話沒幾支。可惜幾年下來，那些東西不是被賣，就是被偷。

為什麼？她說。

小鎮死了，就會發生這種事情。

為什麼？

因為，乖女兒啊。因為。

暮色降臨，我盡力教蕾拉怎麼撐帳篷，怎麼生火，但她沒興趣學。她把心思投注在撿石頭上，把石頭收集進粉紅色的膠皮背包，用來堆砌迷你金字塔，指引我們離開這座小鎮的方向。她蹲著，拿著石頭，小心翼翼地轉來轉去，看哪一邊比較平，怎麼擺比較穩。我問，妳堆石頭做什麼？

怕我們迷路啊，她說。是爺爺教我的。

天黑後，我們坐一起，拿小棍子戳熱狗烤，聆聽熱狗嘶嘶作響，聆聽柴薪裡樹汁被燒得逃命的慘叫。蕾拉在我大腿上睡著了。我抱她進帳篷，為她拉上睡袋的拉鏈。我留在原地，看她安睡，胸部起起伏伏，像鳥兒不安定的小口呼吸。

我彎腰，想鑽出帳篷口，不料有東西從我連身服口袋掉出來。我撿起來，走向營火看，原來是一小塊混濁的紫水晶，和馬的牙齒差不多大。

我盡力了，杜韋恩．莫薛爾，但我硬是無法想像你住在品凱道四〇七七號。我也無法想像你住在亨德森，住在郊區，住在死巷裡，房子是預製屋，表皮是粉刷灰泥，車庫門在正面，活像血盆大口。我也無法想像你如蟲子一樣，站在殺菌皂顏色的路燈下。晚上在家時，我坐在門廊上，看著小山另一邊的雷諾燈火，不停擴張的市區正如軍隊一樣，朝我們挺進。所謂的土地開發，第一步是蓋圍牆把土地包圍起來，說來並不意外。

我無法想像你住在圍牆裡面。當我看見你時，我見你在這裡，在瑞歐萊特，從半毀的學堂火場撿拾炭棍子，在裸露的水泥地基上簽名，閉著一隻眼睛探進吉姆．凱利的瓶屋牆壁裡。不對，那是我女兒。那是兒時的我，藍色牛仔褲被黑炭弄髒。那是你開著六六年雪威，走凱因泉路過來，飆過以前是波特兄弟店面的地方。我見你和M在一起，從車上丟棄話匣子、生肉、半滿的可樂罐和百威淡啤，像在慶祝什麼鳥事，擺脫以前的你倆。

耶誕節快到了。我看過處方藥、信、相片。你不是法蘭基，我知道。這事純粹是巧合，只是有人在荒郊從車上丟掉一疊相片。鏡頭下的舊車只是一輛車。這世界到處是雪威，六六年的車子出了一整年。你完全不知道貝帝鎮的哈德里加油站，不知道春末的某天夜裡蚱蜢嗡嗡地飛，聲音像腦殼裡打雷下大雨，當時有個男孩被槍殺。我什麼也不欠你。

今早我醒來，發現地上有雪，蕾拉不見了。她沒有留下腳印。我穿上皮靴，繞著營地走。一層白雪覆蓋丘陵、山谷、空殼老房子，把谷地照映成螢光色，令人睜眼看不見東西。我呼喚女兒的名字，傾聽著，一腳的靴底壓住火坑邊緣被烤黑的石頭，靴印裡的雪融成水。

沒人應。

我檢查小卡車。車上沒人。我在帳篷裡找到她的外套和手套。她的鞋子不見了。我手忙腳亂爬上一座小山，登高尋人，掃描著老房子、丘陵、凱因泉路上有無人影。被打濕的圍籬樁發黑，散落在谷地各處，像墓碑。不祥的預感在我腹部和喉嚨凝聚。她不見了。

我一次又一次呼喚她。聽不見聲音，但我相信自己的喊叫一定會化為回音傳回來。繞行營地，搜尋廢墟時，腳下的雪一定會被我踩得吱吱響。我拔腿在鬼鎮裡狂奔，在砂石步道上來回跑，兩腿遭結冰的蒺藜細枝抽打出聲音。但我聽不見所有聲響，耳裡只有一種沉穩的吼聲、自己的血脈聲、一輛車從老路奔馳而來的聲音。

忽然間，我的胸口著火了。我無法呼吸。**蕾拉**。**蕾拉**。我蹲下，赤手平貼凍土，衛生褲的膝蓋濕透，手指頭開始刺麻。

接著，我看到燒焦的學堂附近有個東西。一陣猛烈無比而火熱的恐慌自心頭升起。光滑的粉紅色的膠皮背包。她的。我跑過去。

我彎腰撿起來，聽見風傳來聲音，像我兩個女兒玩遊戲時的對話聲，高亢而充滿氣音。我循著聲音的來向走，繞到學堂後面，發現穿著睡衣的蕾拉蹲在地上，輕輕在雪地上堆疊石頭當作路標。

嗨，爹地，她說。她的臉和手被雪凍得紅通通，像燙傷。她遞給我一粒石子。給你，她說。

我握住女兒的肩膀，拉她起立。我抬起她可愛的下巴，好讓她正視我的眼睛，然後重摑她一巴掌。她哭了起來。我握住她。雪威車在凱因泉路上來回行駛，輪胎把砂石碾得啵、啵、啵。我說，噓。夠了。小孩在這裡不算什麼。

謹此

湯瑪斯．格雷

燕歸巢

如今我化身死神，
殲滅萬世今生。
——《薄伽梵歌》

到了三十歲那年，她將離開男友，因爲她最後將認定，男友愛她不夠深——但男友的確愛她，只可惜那份愛擾動他內心深處，導致他傷害她。她將搬去市中心區，找公寓住，不久後——大家會說，很快很快（有些人語帶欽羨，也有些人語帶懷疑）——她將另有對象。這男人是律師，講究實際，父親和兄弟也是律師，而她在他的事務所擔任打字員。他們將共進晚餐，下一個週末再共進晚餐，然後酒敘，中午散步走在她公寓附近的人行磚道（有些磚頭凸出路面），週日早上參觀他家庭院。第五次約會時，她將默許他帶她上床。

在他們邂逅之前，他從事社工。做愛後，他將告訴她這項經歷，提起他在上一份工作目睹的慘劇。他將欲言又止，提到他在兒保處上班時認識的一個女人。女人有個幼女，兩歲大，好漂亮。講到這裡，他停下，低頭吻她的頭髮。妳眞的想聽下去嗎？他會問，彷彿剛想起她正在聽。她以他的胸膛爲枕，點點頭，他將感受得到。他將繼續敘述。有位墨西哥婦人有一個漂亮聰明的兩歲女兒，在高速公路附近的汽車旅館讓女兒活活餓死。有個青少年嗑古柯鹼，飄飄欲仙，強行進入隔壁公寓，劃破鄰居的咽喉。有個男人在司巴克斯碼頭的輕食店上班，以一杯檸檬水誘拐精障女孩進男廁。有個太陽谷的男人逼自己兒子住門廊底下，男孩在地板鑽洞，偷窺繼母早上梳頭。

他說，她聽。恍若她終於找到肯正視人間最黑暗面的人。迫不得已而正視。她將產生前所未有的感覺：終於有人懂她的心了。他講完一個故事後，她會叫他再講一個，然後再講一個，想把這些故事像磚塊一樣疊起來，建造幾堵哀愁牆，把兩人包圍住，密封成一體。一股無法控制的感受——像自由落體——將在她內心孳生：兩人能由此構築一份愛。

然後，她將故作一時興起，叫他說說他做過的壞事。小時候做的事也行。夜深了。漸盈的明月將似水的光輝灑在床角，照亮白床單。兩支燭火——男友的點子——將在床頭櫃上懶懶飄搖，引蛾撲撞紗窗。他將說出弟弟、鞭砲、查茲窩斯鎮鄰居農屋的事，以乾草保暖隔熱的牆壁和乾舊木板嘩的一聲引燃，火勢快到讓人覺得不合理，繞去前門按鈴——她將覺得門鈴的說法啓人疑竇——攙扶鄰居老嫗走下前門廊。講完後，他會說，輪到妳了，然後他會呵呵笑。笑得驚天動地。

講到這裡，能透露的往事變得好多——太多了。她哀求爸媽斥資買一對熱帶蜥蜴送她，蜥蜴到手後，她愈養愈覺得枯燥，乾脆拿去野外棄養，隨牠們自生自滅。去朋友家過夜時，她從朋友的珠寶盒偷走幾枚生日石戒指和一只眞金手環。同校有個落魄的醜男生，小銀河系似的環狀癬爬得滿頭都是，她邀他去旗杆下面獻吻，卻在他現身時爆笑不止。這些往事，她從少女時代始終帶在身上，當成小石子一樣，裝在口袋裡。講究實際的男人將會靜候。坦白心底事的原因何在，挑什麼時機坦白，誰說得準呢？

我們這個女孩現在十六歲，手心按在發燙的烤盤鐵架上，閨蜜莉娜站在她對面，掌心也平貼烤盤架。莉娜是明尼蘇達州人，牙齒很大顆。兩人瞪著對方，一陣皮膚加熱的氣味在兩人之間飄起。她們玩的遊戲很多，這是其中之一。我們這位女孩的圍裙口袋裡有一疊肉肉的義式辣香腸，被烘得邊邊蜷曲起來。在她背後，披薩烤爐的柵口呼呼吹著熱氣。被烤焦的烤盤紙漂浮在一盤熱油脂裡。女孩一時想不起這種油脂的品牌，如果再敘述下去，提到這地方的其他細節，她應該會連帶想起。在今天之前，她忘了這地方的一切——一袋剛打開的香腸發出脹氣般的臭味、遮蓋電腦鍵盤和電話按鍵的泛黃塑膠薄片、厚紙箱鋸齒狀的邊邊割破她的食指，幾乎見骨。女孩裸身躺在自己床上，身邊的男人令她覺得講太多了，也太急了，這時女孩將想起油脂的名稱——渦旋——也憶起當時有意燙平指紋的妙計。

女孩的朋友莉娜終於從烤盤架縮手，甩手舒緩刺痛。妳贏了，莉娜說。

女孩再等一下下，沾沾自喜，這才抽手，掌心熱得發紅光。她取出一片義式辣香腸，摺進嘴裡。再比一次吧，她說。

不久，經理讓女孩下班。經理名叫蘇西，方臉如磚，頭髮像鐵絲。女孩走向餐廳後面的洗手間。洗手間以石膏板草草搭建，外面有一排金屬洗濯臺，兩個送貨生正在洗餐具。其中一個男孩十九歲，名叫傑洛米，自以爲愛上了這個女孩，但女孩已婉拒過他的一次邀約。他母親的男友家的空地有一座單戶式貨櫃屋，是他一人的天下。他約她看經典殭屍片《活人生吃》。

洗手間的塑膠架上堆積日光燈泡和列印紙，也有十幾個兩加侖裝塑膠空桶，以前用來裝一種奶油醬，現在這家連鎖店已經停用。她摘掉帽子，脫掉圍裙和已經不白的網球鞋和踝襪。名牌以別針固定在國旗顏色的有領制服上，她解下來，把制服往上脫掉，頭鑽出來。燕麥粥的黃屑掉在睫毛上，掉進頭髮分邊的頭皮上。她脫掉卡其長褲。褲子沾到黑黑的不知名油脂，也沾到和麵水，乾掉了，褲子變得硬邦邦。

她站在鏡子前，剩下胸罩和內褲，聆聽著外面三座洗濯臺慢動作的咚咚碰撞聲。她脫掉內褲。女經理在餐廳前半部吼叫，某人的無底紋鞋子在瓷磚磨出唧聲。女孩在洗手臺前，按出含有顆粒的粉紅洗手液，刷除內褲的個人體味。日後，洗內褲留下的濕意將勾起這間披薩店的往事，令她想起可憐又可悲的送貨生傑洛米，想起她恨不得遺忘的前生種種遺恨。

她坐在櫃檯前的長椅上，等莉娜下班，看著前來領外帶的母親停車不熄火，來店裡領走披薩和以錫箔裹住、外面油滑的起司條，再蹣跚走回車子那裡。六個半小時前，在公路另一邊的沃爾瑪停車場，凱爾．彼德森剛甩掉莉娜。凱爾是學校爵士樂隊的次中音薩克斯風手，和莉娜交往近一年，最近看上一位首席笛手新生，比莉娜瘦，比莉娜開放。分手兩小時之後，莉娜揉得眼睛發紅，女孩進石膏板洗手間，爲莉娜擦掉眼袋的睫毛膏，問莉娜想不想逃出這個狗屁城市。兩小時後，女孩確定母親和繼父出門了——參加每週五的十二步驟互助會——才打電話回家，對著答錄機說，我下班後想去莉娜家過夜，我愛你們。女孩向父母撒謊後，總不忘附帶這句話。莉娜下班的時間到了，兩人內心已漲滿一團魯莽的意圖，這是青春期稀鬆平常的現象。其中一人有駕照，有一輛像新車的道奇Neon。暑假剛揭幕，這表示大學男生群聚拉斯維加斯，來自芝加哥、佛羅里達、紐約市等地，在賭城大道閒逛，物色著願意的女孩——願意做她和莉娜自認願意做的那種事。

這裡離賭城六十英里。晚上八點，莉娜換掉制服，在洗手間的洗手臺潑水打濕頭髮，洗洗胳肢窩，然後跟女孩走出去，進停車場，捲成一包的髒制服夾在腋下，圍裙繫繩在柏油路上拖地，好像明天不必在晚餐尖峰期上班似的，彷彿再也不必回來似的。

上路後，一路只見沙漠和夜色，只見前車的尾燈。電臺訊號時有時無。邊開著車子，莉娜不轉頭，繼續直視前方路況，對女孩說，早知道就跟他做了。不曉得我當初爲什麼不做。女孩點頭不語。山脈的另一邊是拉斯維加斯，莉娜開著Neon車，繞過山路最後一處彎道，霎然呈現眼前的是覆蓋整片山谷的一毯子燈火，賭城宛如一面瀲灩的大湖，燈火是流體。

莉娜嘖一聲，吸掉大牙上的一點唾液，問可不可以關掉收音機。她缺乏在賭城開車的經驗。女孩說，可以啊，因爲電臺節目突然跟繁華的市景沒得比。到處是廣告看板、加長禮車、出租敞篷車、各家商店在人行道裝設的音響放送自家音樂。只要能安撫莉娜，能讓莉娜繼續開車，要女孩說什麼，女孩全願意。

女孩指引莉娜開進「紐約紐約」樓頂的停車場。今天是二〇〇一年六月。最近拉斯維加斯剛放棄闔家度假市場。滑水道、雲霄飛車、溜冰場曾是超大型度假村的設施，如今全被拆除，增建飯店摩天樓、辦公室，以及類似這棟的停車場。莉娜照她母親教她的方式，猛拉手刹車。高一那年，她母親在奈伊郡衛生局找到護士的工作，母女從明尼蘇達州搬來內華達，雙親早在她有記憶之前就已離異。莉娜的父親是會計，她在耶誕節和復活節會去看他，暑假也會去他在明尼蘇達的聖保羅家住五星期。潮野水上樂園和米高梅樂園都不見了，莉娜對這些場所一無所知。反之，女孩在這些地方過生日，年終戶外教學也是，如今這些地方一間間消失，她可能難過，可能認爲童年被摧毀。但這一類的想法多年之後才會進她的腦海。

莉娜皮包裡有一管防水睫毛膏，有一支孔雀藍眼筆。女孩有一罐香草豆爽身香水，有奇異果草莓唇彩，有三種口味的口香糖。她們在車上前座交換使用，直到兩人都畫好眼線，全身芬芳，口氣清新。從停車場，她們穿越「紐約紐約」。賭場裡的門面飾以縮小百分之五十比例的消防逃生梯、書報攤、側面有假塗鴉的郵箱，店裡販售內森聞名熱狗、小型自由女神橡皮擦、計程車鑰匙環、款式琳琅滿目的一口杯。

女孩帶頭走。地板鋪的不是花樣目不暇給的地毯，就是塑膠鵝卵石，會被她母親悶悶地嫌俗氣。天花板亮著豆燈，仿如暮色裡的滿天星斗，是目前在賭城大道很時興的裝飾。一排吃角子機中間立著一顆紅光閃閃、圓鼓鼓的蘋果。動線標示指向蜿蜒的走道，兩旁是小酒吧和球賽賭局。莉娜以爲迷路了，輕碰女孩一下，但女孩說，相信我。莉娜相信。

外面夜空暑熱半退，微風徐徐吹拂，眾車的喇叭聲加上數十億規律閃爍的燈泡譜成歡樂節奏，對兩女釋放的訊息是：她們終於活起來了。拉斯維加斯大道對面矗立一頭巨大的金獅，坐在噴泉水霧中，模樣尊貴。這頭獅子是第二頭，最早的那隻塑造成張嘴狂嗥，外形威武，不料嚇壞了部分中國觀光客，另外有些人也嫌它會招來厄運，所以被換掉。若沿著這條大道走下去，會看到一座亞瑟王古堡，年久無新意，不夠亮眼。再往前走，有一座黑玻璃金字塔，塔尖朝天放射粗大的光束，號稱從太空看得見。兩女孩往反方向前行，走向一個不斷擴張的古羅馬，棕櫚夾道、車流擁擠的馬路對面是巴黎鐵塔——施工進入第二期，女孩的繼父曾參與灌漿工程。她們橫越布魯克林大橋，橋下的水底可見繁多的硬幣。她們走過一個傻笑的紐約孔尼島小丑，牙齒是木頭做的。早在兩個女孩其中一個向人透露今夜發生的事之前，小丑像已被拆除。

人行道上週末人潮洶湧，多數是外國人或美國中西部來的遊客。等紅燈時，兩女手牽手，故意踏出人行道，走進往來的車流，還向後瞄，以確定背後的行人是否傻傻跟進，惹來計程車喇叭聲大作，她們則樂在其中。對周遭的動態，她們具有青少年的後知後覺：陌生人正在拍照，她們糊塗走進鏡頭；莉娜兩度踩到走在前面的同一個日本觀光客的鞋跟。對於周遭的男孩與男人則不然，男孩男人還沒進她們的眼簾，她們就感應到了，彼此肘戳肋骨通報，凝神追蹤全排鈕釦衫、棒球帽、特大號球衣，聽見滑板聲立刻轉身看。

不久，她們站在下樓的戶外手扶梯，女孩倚著橡皮扶手，目不轉睛注視一群正要上樓的年輕男子，電梯交錯時，莉娜轉身向他們招手，但女孩冷冷下電梯，頭也不回，祭出似有情似無意的必殺技，釣他們上鉤。那群男人上樓後，立刻轉身站上下樓的電梯。

男比女多兩個。四男慢慢包圍過來，在她和莉娜身旁形成半圈，她喜歡。她也喜歡這四個一模一樣的打扮，全穿鬆垮垮的牛仔褲和粉色系的有領襯衫，學多數同齡或大幾歲的男孩穿著，彷彿上衣和褲子是來自兩套拼圖的混搭，一套的圖名是男孩，另一套是男人。男人之一自我介紹是布萊德，另一個是湯姆，下一個是葛瑞格，最後一個是艾倫。除了艾倫之外，這些名字喊得太頻繁，像糖果太大顆，含不住——這位是布萊德。布萊德，跟她握手嘛。要懂禮貌嘛，布萊德。基於這破綻，在場所有人都曉得名字是假的。唯獨莉娜狀況外。莉娜揮揮手說，很高興認識你，布萊德。

自稱湯姆的男生建議散步去百樂宮豪華飯店看噴泉秀。兩個女孩互看一眼，說，好啊。來到噴泉旁，其中一個——好像叫葛瑞格吧？——請她們喝暗摻伏特加的柳橙汽水。莉娜吸一口，噘嘴吐掉吸管，但女孩把吸管湊回莉娜嘴邊，莉娜才喝得大口一些。兩個女孩輪流喝，杯子傳來傳去。這是她們此行的目的。

不久，工業級的噴泉噴嘴從鏡面黑水升起，某處有弦樂開始演奏《燕歸巢》，女孩聽了好高興，並非因爲她懂歌名，而是因爲大飯店噴泉全亮時具有心痛得令人瞠目結舌的效果，她希望讓莉娜體驗一下，而她相信最能傳達這份感受的做法是讓大水柱搭配古典樂，苦戀卻無法修成正果的哀愁音符最適合。

噴泉秀結束後，自稱葛瑞格的男孩轉向她們。他的塊頭很大，在大學健身房練出來的肌肉過度發達，不像爲生活打拼的男人那種苦勞熬出的線條——女孩的繼父會這麼說。葛瑞格問，妳們多大了？

夠大了，莉娜說。女孩聽了爲她驕傲。

葛瑞格哈哈笑。到時候就知道。

男孩們再問她們幾個問題——住哪裡，上哪一所學校。問答時，其中一人爲她們添滿汽水杯。女孩爲他們編織一套城市生活的謊言：胡謅兩家是左右鄰居，住在兩棟兩層樓房子，藝廊購物中心就在附近；胡謅她們明年就畢業，學校的美式足球隊曾將自己眞正的校隊打得落花流水。

邊走邊喝。男孩們說，他們就讀加大聖巴巴拉（UCSB），女孩卻記成加大聖克魯茲（UCSC），因此接下來幾年，這群男孩對她們做的事糅合了遙遠的聖克魯茲。多年後，女孩躺在床上，身邊是講究實際、笑聲驚天動地的男人——頭一次遇到一個不會讓她想另尋對象的男人，談到賭城往事時，這群男孩將散發潮濕的紅杉味，稜角鮮明，像她讀過的當地山獅的樣子。

在她床上，燭火在背後漸漸黯淡，她將不提這幾個聯想。她會幾乎沒注意到。她會抽掉身下壓著的被單，心不在焉地以手指碰觸雙腿間殘留的體液，說，他們有一個房間。

講究實際的男人果然不簡單，將從她臉上看出稜角，發問時，語音夾帶潮濕的紅杉味：妳去了嗎？單獨去？妳不過是一個女孩子。

她會說，我有莉娜。我的朋友。

由於他預知後續發展，她這句話更讓人難受。

男孩帶女孩進他們的飯店。以前進這間飯店，意味著必須通過金吼獅嚇人的大嘴，如今卻毫無意義。糖和酒精烘得女孩暖洋洋，她迫切想告訴莉娜獅子的事，想對莉娜說，迷信的中國觀光客趕走原版獅子。爲什麼想告訴莉娜？因爲莉娜一輩子只認識今晚這隻獅子。女孩霎時認爲，假如莉娜知道吼獅的存在，明尼蘇達和內華達之間的萬里路程終於能像床單一樣摺起來，遠距被摺成近程，以後她們能彼此道盡心事，永永遠遠。

可惜講故事的時機來了又去，取而代之的是突如其來的氯水味和藍得過分的水，獅子端坐水池中間。接著，冷氣機的風向她們迎面撲來，帶有悶在室內的菸味，也送來米高梅賭場裡面的角子機噪音。

六人穿越一樓，走向飯店的兩座高塔。自稱湯姆的男孩一手放在女孩的頸背。有個警衛站在金色垃圾桶旁，一行六人經過時，女孩著魔似的，一時衝動，想伸手對準垃圾桶頂部的黑沙菸灰缸戳下去，但她忍住。她背後的莉娜踉蹌一下，趕緊站穩，然後又踉蹌。自稱布萊德的男孩鉗住莉娜的上臂。他咬著油亮的白牙，沉聲說，婊子，冷靜一點。

莉娜穩穩走幾步，然後停下。與其說她瞭解，不如說她感受到布萊德的言下之意。莉娜說，我想尿尿。女孩告訴湯姆，我們馬上回來。她跟著閨蜜進入女廁。

莉娜進了廁所最裡面的殘障專用室，鎖門，不脫褲子，直接坐上馬桶。女孩進莉娜隔壁那間，關門，以同樣的方式坐在馬桶上。有個女人在洗手，自動水龍頭的水流斷斷續續。莉娜以嘴沉重呼吸。女人洗完手，手還沒完全烘乾就走，廁所門開了又關，烘手機繼續呼呼吹。

女孩一手伸進隔間板下面，莉娜見到她的手指，考慮一下，才伸手下去握。兩人無言半晌，只在隔間板下面握手。莉娜輕輕哭了起來。除了隱約從賭場傳來的聲響外，廁所裡僅有莉娜吃力的喉鼻黏液聲。

我不舒服，莉娜說。我想念凱爾。

妳想不想吐？

不想，莉娜說。隨後改說，想。女孩鬆開莉娜的手，走出自己這間，任門自動關上，然後四腳著地，從莉娜那間殘障人士專用的大廁所門下鑽進去。莉娜跪在馬桶前彎腰，包包放在身邊的地上。

女孩說，我幫妳。說著掀開馬桶座。莉娜開始嘔吐時，女孩為好友兜攏頭髮，一手握住。她說，吐出來吧。全吐出來。在嘔吐的空檔，莉娜口中說著唯有她自己聽得懂的哀怨詞語，主題絕對是凱爾。

女孩撫摸著莉娜頸背嬰兒般的細毛，說，噓。

最後，莉娜微微抬頭。我想我可以回家了，她說。

這句話彷彿在女孩身上變出衣物，女孩立時察覺到遲遲乾不了的內褲，敏感起來，看見披薩店後面那間石膏板搭建的廁所。送貨生傑洛米。繼父。繼父大老遠開車去賭城工地上班。繼父後座有幾袋洋芋片，有的吃光了，有的剩幾片，在後座盪來盪去，像洩氣的聚脂樹脂氣球。然後，女孩的回憶不停跳接，她看到母親抖著手，坐不住，用餐時不斷跑去幫他添菜，再幫他倒一杯牛奶。

莉娜又吐。女孩把莉娜的頭髮塞進領子下面。女孩快動作脫掉自己的鞋子和長褲，然後脫掉未乾的內褲，把內褲對摺再對摺，丟進裝有紙袋的金屬垃圾桶。這個桶子專收用過的女性衛生用品和包裝紙。

莉娜對著馬桶呻吟。我想回家，她說。

女孩腰部以下一絲不掛，彎腰從莉娜的皮包掏出車子鑰匙。

不行，女孩說，同時開始穿回褲子。

她們在洗手臺整理儀容之際，四眼在鏡子裡交會。女孩點頭說，妳沒事了。我們去玩個痛快吧。

莉娜的笑容虛弱。我沒事了，她複誦。她們回到賭場。

她將躺在她床上，繼續敘述。她將接著回憶說，男生的房間有兩張雙人床，鋪著裝飾用的拼花罩被，材質是人工合成布料，很薄，金色加粉紫。燈全部開著。不對，光線是從電視來的。一臺黑色小冰箱底層有一箱罐裝啤酒，側放著，箱子被撕破。但講究實際的男人會插嘴。

四個男生全在嗎？

不是。她從他的表情看出他如釋重負，關心過度的態度迫使她不再面對他，轉頭望著窗外漸漸變粉紅的晨曦。她說，其中一個去買鬆餅了。艾倫。我教他怎麼去IHOP鬆餅屋。

他會以死氣沉沉的語調說，所以他們三個人。對妳們兩個女生。

五個人開始看電影。有荷莉．貝瑞。莉娜說她在明尼蘇達時，有一次差點跟男朋友做了。不過。

她做了嗎？

沒有。我叫她應該早點做掉，一了百了。

妳有嗎？

有，她會說。但不像那樣。

他們對妳們做了什麼？

她會搖搖頭，旁人幾乎無法察覺這動作。不像那樣。事後，跟我做的那個跟我要電話。他叫湯姆吧，好像。他說，我眞的喜歡妳。差不多是這樣說。

他後來有沒有打給妳？

這問題將令她措手不及，她不得不稍停下來，回憶一陣。沒有，她久久之後說。他們以爲我們住賭城，所以我當時謊報區號。

妳朋友呢？

莉娜。她醉倒在另一張床上。我本來以爲她可能在裝睡。爲什麼那樣想，我不曉得。電視上的片子演到一半，大塊頭爬到她身上。布萊德。脫掉她的衣服。她的眼睛閉著，嘴裡喃喃講著什麼東西。我不知道她在說什麼。另一個男生把她攤開。大塊頭對著自己的手吐口水。這我記得。我在另一張床上，跟我的那個在一起。

天啊。

另一個把鳥伸向莉娜的臉，輕輕打她。他們罵她罵得好難聽。醉屄。骯髒的破布。

我的天啊。

講到這裡，她將停下來。你確定你想聽嗎？她會問。就算他喊停，她也會照樣講下去。他會緩緩點一點頭。

她將繼續說，莉娜醒了，在過程中。莉娜下床，站在床邊。那兩個男生不阻止她。她全身赤條條，左看右看身邊的地板。可能想找衣服吧。或鑰匙。後來她不看地板了，杵在原地，改看我。湯姆吧——誰知道他叫什麼名字——已經進我裡面。莉娜呆呆站著。

這時候，在房間電視光線的照耀下，莉娜顯得癱軟，皮膚紅白不均勻，彷彿渾身的骨頭已無力接合。莉娜站在兩床之間，凝視著女孩，裸露的胴體猶如一個她不敢打的問號，猶如一句她想不起來的禱告。莉娜背後的兩個男生望向女孩。大塊頭赤裸上半身，長褲敞開。另一個男生已經脫掉褲子，還穿著襯衫，釦子扣得好好的，裸臀被電視照成藍色，一手握鳥。女孩逼自己揣摩他們的心意，但女孩心裡有數。他們正徵求女孩的准許。

有一天，在莉娜考到駕照之前，莉娜的母親在郡診所上班，女孩和莉娜過去找她，等她下班載她們回家。她們在檔案夾翻到幾張印在圖卡紙上的性病相片。莉娜說母親常去高中上性教育課，會帶這些相片去介紹。女孩翻閱著。莉娜嘻嘻笑，不肯看，直說好噁。女孩繼續看。確實好噁，不過莫名其妙令人看了還想再看，好像是一張地形圖，上面畫著她永遠不會去的地方。其中有一張，攝影師或醫生拍到病人的拇指和食指。她當時納悶，誰會拍這種相片嘛。隨即想到，八成是護士或實習生。鏡頭裡的手指握著陰莖。女孩看得見男病人的拇指指甲有凹凸條紋，角質層有一小片皮膚剝落翹起。此景令她但願自己不是女人。

在男生的飯店房間裡，莉娜往女孩那邊伸手，喊著女孩的名字。兩個男生也望向女孩，甚至連壓著她、自稱湯姆的那個也一樣。女孩握住莉娜的手。

沒關係啦，她說。玩得開心就好。

女孩催朋友回床上，輕輕催，彷彿想從莉娜癱軟的指尖剝除最後一絲可恥、惡質的東西。事後，下樓至大廳途中，電梯門擦得雪亮，女孩端詳自己的臉，然後看莉娜的臉。莉娜的眼睛和嘴巴四周浮腫，頭髮不知被他們澆了什麼東西，歪向一邊，黏在一起。那年夏天，兩個女生繼續在披薩店打工，原本就緊密的生活圈重疊的部分逐日縮減。有時候，女孩會在烤爐前忙，望向莉娜招呼客人的背影，熱氣會燻得女孩想哭喊。但她又能說什麼呢？有時候，女孩切著披薩，蓄積在義式辣香腸表面熱滾滾的油漬會蹦到她的手背，或飛到她裸露的前臂，燙到她，反能帶給她一份舒坦。

那年夏天，莉娜漸漸萎縮枯黃，一層白濁的薄膜慢慢籠罩她的眼珠，就連她的大牙也似乎縮進牙齦，彷彿整個人漸漸屈服於本市的規模、未鋪柏油的街道、灌溉溝渠、臭臭的苜蓿田。受制於披薩店的四壁、母親那棟制式矮房子的爆米花紋理天花板。有一天，送貨生傑洛米進莉娜負責的那間儲藏室，邀她去參觀他的樂隊練習，她會答應，落寞的語音充滿莫可奈何和倦怠。傑洛米的貨櫃屋主臥室會漸漸讓她覺得像自己的臥房。傑洛米對她的愛會變成一種無法質疑而單純的東西，嫉妒浪潮將日益高漲。正因他的愛屬於這一型——他自稱是愛——他才會在國慶日那天第一次打她。那天他們參加家庭派對，在被踩硬的前院黑土上跳舞，她和他的一個朋友舞得太親近，所以挨打。女孩從門廊上看見，人群會聚集，但她會袖手旁觀。

到了九月，她和莉娜在走廊上相遇也懶得點頭。第一節上課的廣播傳來時，女孩子總不免故作矜持：在她未知的建築物裡爲死人哀悼，爲她無法想見的地方感到沉痛。她被賜死，卻又怕沉沉的死氣降臨，於是望向教室另一邊的莉娜，見到老友如今散發一股病態的羞恥，自己也想承受同樣的苦難，自認如此能略盡心力。但莉娜將變得幾乎無法辨識；莉娜駝背站在左撇子課桌旁，右手貼心，哭泣著。此景將爲女孩帶來一陣穩定上揚的慰藉感，情緒逐漸緩和，因爲她明瞭到，一眨眼間，人就會變。幾乎只要想到這裡，她就能飄走。

擴音器將放送有聲無影的人類吐氣聲，宣布著，事物將從此改觀，好像沒人對她說，她不會知道似的；好像她不懂高塔岌岌可危，不懂城市渴望成廢墟的心願；好像這不是她此行的目的似的。

過去完成式、過去進行式、簡單過去式

這種事每年夏天發生。遊客去賭城郊外的沙漠健行，水沒帶夠，迷路了。多數沒命了。今年夏天，根據《奈伊郡記事報》，失蹤的是一個義大利來的男學生，二十歲。櫻桃苑農場的經理曼尼拿著報紙，朗讀這則新聞給妲拉聽。妲拉是他最紅的小姐。兩人正在泳池邊的傍晚長日下曬太陽。

「他的朋友找到路，回來報警，謝天謝地。警方認爲，迷路小子在沙漠頂多撐七天。」曼尼看手錶。「呃，六天才對。報紙寫的是昨天的舊聞。」

「他媽的觀光客。」妲拉抬頭說。她原本埋首於《US》週刊。她光著上身，趴在海灘巾上。她剛找來一張被太陽烤歪的野餐木桌，拉到曼尼那張有裂痕的塑膠躺椅旁，趴上桌做日光浴。妲拉來櫻桃苑上班兩年了，雖然和曼尼的十五年沒得比，但也比這裡多數小姐撐得久，堪稱老將。雖然奶子健美如體操選手，才二十歲的她卻頭腦精明，臉蛋渾圓亮麗，門牙縫讓她足足年輕五歲——在這一行是實實在在的資產。異性戀男人最愛吃這一套。

有一次，她和蕾希結伴去染頭髮，同樣染成紅銅草莓金色。曼尼警告她們：「會影響生意喔。男人喜歡多樣化。」結果，客人一上門，反應令曼尼大呼驚奇。這位客人指著這兩個剛染紅髮的小姐，問：「跟母女檔3P一次多少錢？」

可憐的蕾希氣得嘴唇發抖——想必這才發現她夠老了，足夠當妲拉的媽。反觀妲拉，她乾脆握住蕾希的手，說：「媽，要不要考慮一下？四千，可以嗎？」

「別再讀屁報了啦，」她現在對曼尼說：「搞得我心情好糟。」

曼尼再讀片刻，以瞭解失蹤外國客的情形，明知這男孩極可能渴死，心情卻振奮到有失體面。他改看其他時事的主角，有俗稱紅頸族的鄉下人、種田的農夫、迷耶穌成痴的奈伊郡民。斯巴達女將隊贏得三A州壘球錦標賽。龐德羅莎酪農公司向土地管理局訴願，想爭取更多土地。這裡的日子沉悶，爲了新鮮事而振奮，有什麼好愧疚的？他把報紙塞到躺椅下面。

妲拉查看手機，在野餐桌上翻身，對太陽曝露嬌小的裸乳。她攤開雜誌摺著，靠向曼尼，點一點雜誌裡的相片，焦點是一名電影明星，濕答答地站在馬里布海水裡。「我見過他本人。」她說。「在洛杉磯。他以前常光顧留蘭香。我的一個女的朋友爲他跳過貼腿舞。她說他的老二好大。」

「小姐啊，別講了。我慾火憋太久，想抓個男人過來強暴，連冷凍食品送貨員都行。」

「那我跟你換位子。」她說著，一手伸進兩腿之間，動作謹慎。「我的穴好痛。」她繼續看她的雜誌。曼尼看著熱浪扭曲遠山，景色變得飄搖。六天。可憐的小子。不久後，妲拉舉起太陽眼鏡，兩指按左乳房。「該不會曬傷了吧？」

曼尼按一按奶子。「有點。」

「那就好。」

那天晚上，太陽下山後，計程車載米凱雷來到櫻桃苑。他今年二十歲，和失蹤的友人同年齡。他是土木工程系學生。選擇土木是因爲他成績進不了醫學系，也缺乏法律人的頭腦。誕生在他這種家庭，男生能選的志願就這麼多。

來到院子門外，他駐足仰望天空。一道濃密的星辰以斜線分布在夜空。假使這一趟旅行照原訂計畫進行，他和倫佐現在已經到大峽谷了。假如計畫沒在一瞬間出錯，錯到沒屁放，他們八月就能搭飛機回國。朋友如果問他暑假過得怎樣，他可以告訴大家，美國有奧妙難測的景觀，有數不清的毒品，有精力充沛的女孩子。如果詩興大發，他可能會簡單說：**好美。那裡有好多星星，我一輩子沒見過那麼多。**

但事與願違。如今他站在這裡，聽著直升機的聲音，警方正在內華達沙漠尋找他迷路的朋友。但是，警方在警察局說過，晚上不會出動直升機去搜救，因爲看不到東西。

他想像倫佐抬頭望黑夜，仰望邈遠的銀河系奧祕，傾聽不存在的直升機。在倫佐失蹤前一晚，倫佐指著星空，指向銀河最靠近他們的一端，說銀河能證明某件事，闡述他從書上讀到的無爲無望的概念。米凱雷早已對這些概念厭煩。倫佐想像自己具有犀利又不留情的智慧，時時能領悟人在世上多渺小。

計程車司機從車窗嚷嚷，用英文反覆講同一件事，米凱雷聽不太懂。最後司機以食指比劃按電鈴的動作。米凱雷不禁納悶，**這是什麼地方？哪國的酒吧有電鈴？**

門鈴聲震撼曼尼的喉嚨深處。小姐們已洗完澡、刮完毛、拔過睫毛、漂過頭髮、噴過香水、塗過乳液、撲過粉，紛紛來到亮著霓虹燈的大廳，面對正門，等曼尼打開，一一把她們介紹給客人，鼓勵客人欽點對象。妲拉排在最後。她認爲她站最後最有可能雀屛中選，曼尼知道。每位小姐都希望一字排開時被選上，而不願退居酒吧拉客。即使是拉客非常拿手的妲拉也不想。站一排被挑中，保證拿得到錢。當初曼尼就以這樣的訴求，才勸妲拉辭掉脫衣舞。那天在「留蘭香」裡，走音的電吉他聲吱吱彈著，他提高嗓門對妲拉說：「妹子啊，跳脫衣舞就像端盤子，不是嗎？來我那邊上班，包妳不必再跟客人討小費。」

曼尼這時拍拍手。「好了，女士們。記得，客人上門不是來看戲的，懂嗎？他們要的是『上戲』。」整晚等到現在才有客人上門，這筆生意非做不行。他打開門。「歡迎光臨櫻桃苑農場。」前門階上站著一位小帥弟，橄欖色皮膚光滑，捲黑髮亮麗，眼睛湛藍如後院的游泳池。曼尼遞給他一疊簡介和一張選單，催他踏進門檻。「這是你第一次光臨本農場嗎？」

「哈囉。」帥弟輕聲說，伸手和曼尼握手。「榮幸，呃，認識你。」

「啊。認識你也是我的榮幸。你可以去酒吧點酒喝，也可以選個小姐，讓她帶你參觀一下。這些豔麗動人的小姐會讓你賓至如歸的。」曼尼逐一介紹花名——上班只准喊花名，這條規則不必提醒，大家都瞭然於心。整排的小姐一一打招呼，小手揮一揮，笑容可掬。群鶯面對這位異國口音的客氣無毛小子，把話憋在嘴裡，曼尼幾乎從她們緊咬的牙縫之間聽得見：**挑我嘛**。

首先是芝娜，具有一半的肖松尼族血統，體形豐滿，穿著皺皺的花格子連身裝，她的常客傑夫送這件給她，希望獲得她免費招待一次，結果如願以償。由於小姐的貨櫃屋都裝對講機系統，她怕被曼尼聽見，所以去傑夫的小卡車招待他，在車斗上騎他騎到接近天亮。他們以為曼尼沒發現。

翠許排在第二個。她也在美容院兼差，本苑眾姐妹想脫毛都找她。她的沙龍位於奈伊市，名叫機緣，壁紙黏好幾層。她半價優待姐妹，而她們也從優賞小費。碧安卡排在下一個，花了很大的工夫才把頭髮打直、上油，紅色小褲褲遮不住剖腹生產留下的粉紅疤。她有兩個十一、二歲的女兒，週一到週五由外婆帶。女兒以為媽媽在薩莫林市的水療館當按摩師。

蕾希排在下一個。曼尼站太遠，雖然嗅不到，卻知道她又灑太多「維多莉亞的祕密」的情愛魔咒爽身香水。站她旁邊的是女兵艾咪，戴著銀環耳環和接近方形的迷彩帽，穿著破毛邊牛仔熱褲，上身精光，只黏一對藍色的星形乳貼亮片，以睫毛膠貼在大奶頭上。艾咪是本苑大明星，拍過A片的人只有她一個，所以她的相片躍上看板和計程車廣告，非法移民在賭城大道發的宣傳卡也以她吸睛。

艾咪旁邊是妲拉。她穿著黑色馬甲，眼圈輕灑亮銀粉，以討好曼尼。她本想穿綢緞睡衣，被曼尼勸換：「妹子，怎麼穿這件呢？別怪我講話太直，我是疼妳心切才講的——穿這件讓妳像蕾絲邊。」她這時排在最後，假裝撥弄著吊襪帶，故作天真情切。這是她的專精領域。

一眼望去，小姐們全是尖角：高跟鞋的塑膠尖錐、濕意盎然的噘嘴、笑僵的下頷突出、激凸的奶頭。在曼尼開門前一秒，大家才迅速捏一捏乳頭，振作一下。每一角都發送版本略異的相同訊息：**挑我嘛。要我嘛**。但帥弟捧著簡介亂翻，沒聽見。

爲了慶祝十八歲生日，很多男生結伴開車來這裡，在朋友注目之下，按下門鈴久久不放手，醉意來自父親車庫迷你冰箱裡的美樂MGD啤酒，也被男子氣概衝得迷茫。看我變大人。結果一進妓女戶，見到小姐一字排開，奶子如雲，該挺的地方都挺，符合他們夢寐以求的景象，他們卻瑟縮回小男生。多數男生推說迷路了，詢問如何回奈伊或賭城，其實全是本地人，從小全住在方圓七十英里內。明知這裡是妓院卻裝糊塗。

但這帥弟是眞糊塗，曼尼看得出來。和曼尼頭一次上門的模樣比較起來，他顯得更娘，而曼尼是個大娘泡。賭城司機和任何人一樣，精得很，看準了興奮過度的觀光客口袋塞滿新鈔，把乘客直接載來妓院，不告知實情，爲的是多撈一點車資。曼尼不縱容這種現象，但他一聽見帥弟的歐洲腔柔如水，不禁暗謝上帝把這位優質白牙男孩變來他面前。

怎麼被載來這裡？米凱雷也不確定。他以爲，在賭城上車時，他請司機載他去一間不檢查年齡的酒吧。司機聽了點頭，按下計程器，問他身上有沒有現金，他以爲司機懂他的英文。在義大利，合法飲酒年齡是十六歲，美國是二十一歲。他和倫佐在舊金山玩了兩天，終於碰到店員拒賣酒，倫佐氣呼呼離開酒品商店，舉起粗短的手臂亂揮，以義大利文罵：「你們美國人怎麼搞的？突然滿口仁義道德，不賣酒了？好啊，逼不得已，我們只好用偷的，像該死的小孩子。」既笨又固執的倫佐。

米凱雷站三七步，重心從一腳移到另一腳，在洛杉磯戶外購物中心買的白色耐吉大球鞋顯得太耀眼，像兒童電視節目裡的角色穿的鞋子。他瀏覽著老闆遞給他的印刷品正反面，漫不經心地撩開遮住眼睛的頭髮。他看得懂這上面印的英文字，但排列組合成的詞彙令他一竅不通：純炮友、椅出情趣、半套。周遊美國四星期以來，他不只一次恨自己在義大利上語言課不夠用功，現在亦然。

他轉向應門的男人。米凱雷覺得他講話快到難以想像。米凱雷想說明，但苦於找不到英文句子，只好以大手比劃一番，對方還是不懂，他最後說：「不，呃，我不是……我是一個義大利人。」

「OK啦。」曼尼說，一手放在帥弟肩膀上。

米凱雷明白這句話。「OK。」他回應。

「喝一杯吧。」曼尼帶他穿越大廳，進酒吧。

「啊，是的。一杯。」終於。「我喜歡百威。英文怎麼說？啤酒之王？」

曼尼沒要求他出示證件。今晚生意清淡，留他總比沒客人好。客人拍拍屁股走人，你能賺什麼錢？這是吉姆教他的生意經。

多數小姐看到這男生怯生生的，知道沒錢可賺，所以回去唱歌。剛才門鈴響時，她們正在唱卡拉OK，爲了見客而按暫停鍵。然而，妲拉、艾咪和蕾希跟在他背後，走進酒吧。曼尼幫大家倒酒。三個小姐在男孩肘邊搶位子，模樣甜蜜，但妲拉推擠的動作最嬌。

「你的名字怎麼唸啊？再教人家一下嘛。」她貼過去問。

「米─凱─雷。」他伸出修長的中指，每唸一音節敲吧臺一下。

「發音是米—凱—雷，對嗎？」

「對。」他低頭親玉手。「非常聰明的小姐。」

妲拉臉紅了。「屁啦。」

「什麼……？」

「屁啦？喔，意思是『少來了』或『我不相信你』。」

「妳不相信誰？」

「你。」她說。

「不，妳。」他說。「妳屁啦。」

男孩喝得不緩不急。付帳時，他拿出一張平滑的二十美元新鈔，一杯給一張，叫曼尼不必找錢。後來，男孩走後，曼尼聽見蕾希和妲拉在走廊閒聊。蕾希會說：「媽呀。那小子喝百威，喝掉八十元咧。」

妲拉糾正。「一百二才對。」

在吧臺邊，小姐們問米凱雷，想瞭解義大利的一切：時裝、小車、黑手黨。表面上，她們聽得聚精會神，其實不然。隔天，你如果在奈伊市雜貨店，或在「機緣」沙龍外抽菸碰到她們，拿米蘭的氣候抽考她們，問她們知不知道義大利贏世界盃時米凱雷在哪裡，她們會一問三不知。因爲，在他講話時，她們盯著他，該點頭時點頭，心裡卻只有：**挑我嘛，挑我嘛。唉，上帝，快叫他挑我。**

曼尼也好不到哪裡。他太常任自己的視線飄向帥弟，看著他飽滿的嘴唇爲講不出英文而掙扎。那雙手。胸膛的曲線。同一個啤酒杯被他擦了五分鐘，放下來，拿起來再擦。他非沒事找事做不可，怕心思誤闖禁區。是高溫嗎？或者是脫水？四十八小時不喝水，人體會有什麼影響？

他再也憋不住了。他放下晶瑩的啤酒杯，在吧臺上敲出巨響。「你們去沙漠做什麼？」

米凱雷以呑呑吐吐的英文，說明他和倫佐失散的過程。那天，他們照著旅遊指南書，前去惡魔洞，想看全球僅此一地的瀕臨絕種生物沙漠鯉齒鱂。惡魔洞在奈伊郊外，是一座溫泉，據說是無底洞。倫佐讀到這裡，以義大利文說「惡魔洞」，目光舞現危機。

米凱雷對小姐們說，可惜惡魔洞沒看頭，不過是荒郊野外的一池熱水，和澡缸差不多大，稀有魚類長得像大肚魚，在陰影裡閃動。倫佐也一樣失望。他在惡魔洞發脾氣，罵說，這一趟白跑了。他建議——不對，堅持——至少健行到附近沙丘，以挽回泡湯的一天。「你自己去吧。」米凱雷想說，但他看得見赭紅色的沙丘頂矗立在天邊，看起來好近，甚至有一條步道可以走，小路蜿蜒在易碎的膨潤土丘之間。倫佐連步道也嫌；他要的是道道地地的沙漠，不受文明污染的荒野。他一直問：「美國人怎麼搞的？非把所有東西搞成廣告不行嗎？」這是米凱雷聽他講的最後一句話。

倫佐勇往直前，米凱雷勉強跟在後面，兩人不講話，才走了一小時，米凱雷停下來喝水，搖掉鞋子裡的小石子。等到米凱雷站起來，朋友已經不見了。

他喊著要倫佐等他，沒聽到回應。他對地上吐痰，看著痰被乾土呑噬。走不下去了，太熱。他循原路回去，坐在租車裡吹冷氣，等倫佐回來。但一直不見倫佐的人影。

「所以我們，呃，是分離的。」帥弟說。

「你們被拆散了。」曼尼說。

「現在，我等。」他環視酒吧、妓院、群鶯，好像人事地物全有默契似的。

「等什麼？」艾咪悶悶地問。

米凱雷沉悶片刻，低頭看著自己的大手。「我等，呃，我的朋友。」他說。「等他回來。」

姐拉說：「唉，可憐你了。」說著雙手摟他的脖子。她說：「別操心，人一定會找到的。」她大概嗅得到他的古龍水、旅館的香皂。廉價啤酒。乾淨的汗味。鹽。

米凱雷猛灌一口百威。「是的，是的。」他說，然後嚥下。「然後我回家。跟倫佐。」

米凱雷那一夜沒被姐拉帶走。那一夜生意清淡。傑夫來找芝娜，事後再送禮，這次是一只醜八怪的鍍金幸運手環。艾咪和碧安卡招待紐澤西來的兩位房貸仲介。他們來賭城參加大會。但米凱雷和姐拉只坐在吧臺聊天。在正常狀況下，小姐整晚純聊天，不帶客人回貨櫃屋，曼尼一定會氣炸。在正常狀況下，曼尼會叫她進辦公室訓話，「我不喜歡兇自己人，妳是知道的。不過呢，講得太白傷到友情，老子也不在乎。因爲啊，妹子，妳沒拿到錢，我也沒錢可拿，懂嗎？媽的，催客人趕快下單嘛。」

非這樣訓話不可。不然會被這群婊子騎到頭上。

但今晚的狀況非比尋常。今晚，他一想到姐拉——或任何一位小姐——帶義大利帥弟回貨櫃屋，一小時不出來，也許兩小時，他會覺得不舒服，會有類似吃醋的感受。肯定是荷爾蒙在作祟，因爲他好久沒搞了，講講也難爲情。也有可能是帥弟看妲拉的神情使然吧，醉臉紅暈，充滿小孩想要又嚮往的神態。這種模樣他再熟悉不過，見太多了。見過世面的男人，比這小子歲數大一兩倍的男人都有這種表情。曼尼見過妲拉對這些男人予取予求，搶盡他們願意給的一切，甚至更多。所以曼尼才始終器重她。

清晨五點，計程車駛進停車場按喇叭，曼尼攙扶著酒醉的帥弟下門階。旭日初昇，他獨自站在門廊上，望著計程車的紅色尾燈在宏斯戴路上漸行漸遠，上山朝賭城前進。極目所及，只見紫羅蘭色的慵懶山脈、尖刀葉王蘭、蒺藜、那條綳緊的緞帶路。可憐的倫佐在這裡絕無活命的機會，小帥弟遲早會明瞭。

曼尼想像義大利男孩從計程車後窗回頭望。男孩見到的妓院像一棟玩偶屋，特徵是老虎窗外掛著幾盒罌粟花和沙漠月見草的盆栽，木製隔牆板漆成肉穴的豔紫紅，鄉趣窗框漆成粉粉的薰衣草色。這一棟如果建在美東，適合作爲民宿；若建在中西部，適合開古董店。但在這裡，風向計裝著一盞紅燈，黎明時分轉方向。在這裡，這一棟適合做這一行。曼尼走回孔雀籠。

曼尼在拉斯維加斯長大，十五歲開始接客，做到十八歲，一直懷抱遠大的志向但遲遲不行動，直到有天被妖姬皮條客拿尖跟鞋摑耳光，他才覺醒。有天開車離開賭城，來到櫻桃苑，開門的人碰巧是老闆吉姆·哈特。那年吉姆五十歲，腰圍和駝背的角度近似上了年紀的運動員，滿頭烏黑的頭髮才開始出現銀絲。吉姆認爲，老闆自己應門有礙生意，因此從來不開門，所以那天算曼尼走運。吉姆看曼尼一眼，揮手叫小姐可以走了，說著：「抱歉，老弟，本店沒有男人坐檯。」曼尼早料到會被回絕，準備好了一套訴求。「爲什麼沒有？老哥啊，你賠大了。我在『包養男孩』打手槍一次收多少，你知道嗎？三百五。打手槍而已。而且是在賭城大道外環的地段喔。」

吉姆帶他直接進內部的辦公室，助理葛拉蒂絲也在。商量一個小時之後，吉姆說：「這樣吧，老弟，重點是，每兩個禮拜的星期二，我會用廂型車，把所有小姐載去奈伊郡健康中心驗血。每兩個禮拜一次。全內華達州上上下下，沒有一個合法妓女被驗出性病過。一個也沒有。連陰虱也沒有過。這裡做的是安全、衛生的性行爲。這是我們打的招牌。假如我讓男人坐檯嘛……生意做得好好的，我幹嘛砸自己招牌呢？」椅子上的他向後仰，銜著筆。「至於玻璃媽媽桑嘛，這就新鮮了。」

那是十五年前的事了。曼尼這時走過小姐的露營車。妓院的主體後院排著兩行這種露營車，像蛋盒裡的雞蛋，中間是中庭和游泳池。在露營車後面，有幾座單戶式貨櫃屋，美其名爲套房：東方室、按摩浴缸屋、英軍砲房，以對講機的線路連接，粗黑的電線癱掛在貨櫃之間。游泳池周圍種著骨節繁多的檉柳，也有還生不出果子的石榴樹。曼尼把姐拉的野餐桌拉回中庭的定位。中庭的土石地上散見牧豆樹和白楊幼株。他從乾枯的地上撿起口紅印環繞的菸蒂，收進胸前口袋，然後悄悄進孔雀籠。

依照官方的紀錄，吉姆．哈特豢養印度藍孔雀至一九七〇年，然後取得職業許可證。在那之前，就政府所知，哈特農場向動物園供應孔雀，或賣給民眾當寵物，利潤微薄。事實上，吉姆百般不情願賣孔雀，儘量找藉口少賣一隻算一隻。扣掉飼料和養殖費用，賣孔雀的收支勉強打平。

小姐賺的錢總比孔雀多，但櫻桃苑開張很久後，寬廣通風的孔雀籠兩旁才出現多於兩棟單戶式貨櫃屋。一九七〇那年，吉姆和卡森城的友人預測，州議會可能在克拉克郡禁娼，因此吉姆改造農場，讓農場騎在郡界線上，貨櫃屋和主體設在奈伊郡，孔雀嚴格說來是克拉克郡的居民。等到曼尼抵達時，櫻桃苑是最靠近賭城的合法妓院。

曼尼上班第二星期，快遞公司上門，帶走三隻打過鎮定針的幼雀，買主是電影製作人，在太平崖有大片房地產供牠們漫遊。曼尼在孔雀籠旁邊發現，吉姆坐在倒立的飼料桶上，捂臉痛哭著。吉姆留意到曼尼駐足旁觀，背靠向鐵絲網。「可惡。」吉姆說，以掌心近腕處按眼眶，彷彿此舉能止淚。

曼尼蹲在老闆面前。「沒關係啦。」

「我知道，小子。」吉姆勉強吐出這句，又繼續垂頭捂臉抽噎哭泣，活像小孩。曼尼抱著他，姿態僵硬而彆扭，像約書亞樹，有意無意地摸著吉姆的頭髮。這種事，曼尼不是很在行。

雙方維持這種姿勢一陣子，曼尼蹲太久，大腿開始痠了，吉姆才平靜下來，呼吸穩定，但他不抬臉，反而一手按住曼尼的頸背，逼曼尼的頭垂向他胯下。

曼尼單手解開吉姆的皮帶扣環，感激之情好比寵物：這種事，他才內行。吉姆在曼尼口中辦完事，身體連續抽動幾下，倒立的飼料桶跟著在地面磨擦。然後，吉姆拉上藍哥牛仔褲的拉鏈，擦眼睛，瞇眼遙望鼠尾草叢。「老天爺，」他說：「感覺像賣掉自己的親骨肉。」

從那天起，吉姆不再賣孔雀，剩下的十六隻全以內華達的十六郡命名。最老的一隻是母雀瓦舒，二〇〇三年冬天被入侵籠子的郊狼咬死。她的男件之一蘭德不久後老死，但在曼尼傷感的時日，他不難想見蘭德的死因是心碎。如今，農場裡共有四母六公，其中一隻名叫白松，是罕見的白子，只有眼珠是紅色，從頭到腳，甚至連五英尺長的濃密屏羽都一片雪白。

兩年後，吉姆移民去巴西。雖說是養老，他才五十二歲。他帶妻子一起搬家。臨走前，他只說：「曼尼小子，好好照顧我的寶貝。也照顧小姐。」吉姆每年回國查帳簿一次，最近改坐輪椅來，多數時間待在陰涼的孔雀籠裡，財務年度的帳簿攤在大腿上，臉朝太陽。

曼尼也逐漸愛上這些鳥。每天日出時分，在他上床前，他會去餵食；日落時分早餐後，他再餵一次。每星期至少一次，他會拿一支重量級的耙子，打掃鳥籠，以堅固的鋼齒清除石子和屎尿塊。有時候，睡到正午醒來，小姐還在睡覺，他會去外面，站在孔雀籠的陰影裡。他喜歡看公雀整個喉嚨藍彩光耀眼，抖著身體，大搖大擺走路，雀冠跟著抖，紅綠金色的眼球開散在屏羽上。他仰慕孔雀奮力開屏時的模樣，仰慕牠們努力到極點的苦心。儘管有些小姐抱怨孔雀叫聲擾人，這叫聲卻能撫慰曼尼，他睡覺時關上露營車的百葉窗，把沙漠豔陽隔絕在外，聽著尊貴的孔雀發顫音、嘎嘎，進而沉沉入睡。

他在孔雀籠的鐵絲網上留一串念珠。儘管他十三歲就不再望彌撒，卻養成有些早上單獨在鳥籠裡祈禱的習慣。在他心目中，破曉時分的孔雀籠是人間最酷似聖土的地方。

那一夜，計程車把米凱雷載回汽車旅館，司機回頭問米凱雷，改天想不想再去。米凱雷勉強說：「是的，我是非常喜歡的。」

司機說：「明天再去囉？」米凱雷懷疑司機在開玩笑，但他仍遲疑一陣。他當然明白那地方不僅僅賣酒。熱那亞也有妓女戶，他更不是什麼純潔輔祭童。話說回來，櫻桃苑待人友善，而且不問他幾歲。如果不回那裡，他又能做什麼？昨晚，他打開倫佐的行李，接著再幫他整理行李，今晚再重複一遍嗎？或者，傻傻瞪著警方給他的手機，以念力叫它響，也叫它別響？把玩著水壺——那天兩人只帶這一個水壺就上路。他扔下倫佐不管時，這水壺在他身上。他試想著三天沒水喝的感覺。

司機等著他回應。米凱雷的錢夠多，再去幾趟也不成問題，這事唯獨天知道。內華達搜救隊送他一張提款卡，供他支付生活開銷。他們說，錢由大使館提供，因為他是外國人，因為法令有可乘之隙。最後這詞他沒聽過，所以查字典。他和倫佐在熱帶街合租的拉昆塔飯店房間也不需他出錢。但在警方解釋這些之前，在警方送他提款卡之前，他們先給他一張國際電話卡，拜託他打電話通知倫佐父母。警察說，對不起，找不到會講義大利文的同事，只好請他通知親屬。一位警官帶他進小房間，裡面有張桌子，骯髒的速食咖啡機旁邊有一臺電話機。警官叫米凱雷最好建議倫佐的父母飛來美國，說完輕輕關上門離去。

米凱雷以手指纏繞電話的彈性圓圈線，猶豫片刻。他拿起話筒，輸入電話卡上的號碼，然後不撥倫佐家的電話，反而打給自己父母。母親接聽，問他是否一切安好，語氣比一般母親更顯赤裸。他說，一切平安。接下來的謊言說得比較順口。「其實出了一點事。」他以義大利文說。他告訴母親，在洛杉磯海邊，他下水前把錢包放在岸上，被人偷走了，幸好小偷只拿錢，沒拿走證件。母親安慰他，以柔和的語氣揶揄他太天眞了。她感謝上帝只出了這件事。她說，她會叫爸爸再匯一點零花錢給他。掛電話前，母親說，我愛你，要乖喔。

講完電話，警官回來，溫情的一手放在米凱雷肩膀上，以下巴指向電話說：「我們感激你。」米凱雷不語。

隔天早上，米凱雷拿警方給的提款卡，走去旅館對面加油站的提款機，心不在焉地提領幾疊二十美元鈔票，直到機器嗶一聲，吐出一張平整的熱紙。他穿越停車場回旅館，邊走邊數鈔票，發現總共領到五百美元，油然心驚。進房間後，他趕緊查口袋型字典，翻譯紙上的英文，最後瞭解五百元是單日提款的上限。

從那天起，米凱雷每天早上去加油站，買一個甜滋滋的蜂蜜麵包和一小罐紙盒包的柳橙汁，再提領五百美元。每天早上，他以爲提款機會宣布他的卡片失效。如果警方問錢的事，他打算推說自己太粗心，說他不會操作提款機，或推說他換算美金算錯了，乖乖繳回剩下的錢。

心情好的日子裡，他期望花這些錢買高級大麻和搖頭丸，期待和倫佐同遊大峽谷時一起享用。即使是現在，他坐在計程車後座，仍想像倫佐的臉在營火中閃動，科羅拉多河從旁邊流過。他想像，倫佐爲了某件事大笑，笑到幾乎講不出話，坐在他身邊的女孩也在笑，邊笑邊含情脈脈看著米凱雷，眼圈的銀色亮片舞動著。

「再講一遍，」他們以義大利文要求，笑得淚水順著臉頰滑下，「說你是怎麼騙光美國警察的錢。」

「是的。」米凱雷這時對計程車司機說。「請你明天來，好嗎？」

隔天，街燈初上，山影在市區愈拖愈長，司機回旅館接他，上三十三號公路西向道，離開拉斯維加斯，翻越泉山，脫離那座總是燈光飽滿的山谷。

曼尼看著孔雀籠，注意到車頭燈從公路轉彎過來，視線也轉過去。一陣熱切的希望霎然在他心田滋長，他盼望再見義大利男孩一面，但他深諳肉慾和寂寞的奧妙，知道再盼也是空想。他繼續看孔雀；叫小姐站一排，助理葛拉蒂絲就能應付。然而，不久後，他耙著砂石，「沙沙沙」沒蓋過前門打開的聲音，微風送來熟悉的驚喜聲。妲拉每見常客，總會尖著嗓子表示喜出望外。

曼尼回自己的貨櫃屋換衣服，以一團衛生紙擦掉額頭和胳肢窩的汗水，重新塗抹防狐臭劑。等到他踏進大廳，妲拉正在為米凱雷添一杯百威，像蜂鳥似的，嘰嘰喳喳在他身旁飛舞，最後棲息在他鄰座的軟墊高腳凳上，兩腳邋呀邋，穿著塑膠高跟鞋也蹬不到地面。

「二〇〇六年杜林奧運，你去了沒？」她問。

「喔，啊，沒有。」米凱雷笑笑。「我住很遠。但我看電視看到。」

「可惜啊。」妲拉說。「我好愛奧運。我最喜歡夏季奧運，游泳啦，跳水啦，我全喜歡。我好想去看現場。我從沒去過歐洲。我只去過墨西哥、加拿大、澳洲、哥斯大黎加，從沒去過歐洲。」這句是謊言，曼尼聽過不知幾千遍。除了在洛杉磯跳脫衣舞那年，妲拉最遠只去過哈瓦蘇湖過春假。但這謊言能把人唬得一愣一愣，觀光客和本地人都信。有幸睡到一位國際級的妓女，這些恩客喜不自勝。

「是的，歐洲是最好的旅遊地點。妳去的時候，搭火車。火車是最好的。」

「你知道嗎，錢夠多的時候，媽的，多到花不完，可以花在一些奇奇怪怪的體育項目上，例如步槍或桌球或綵帶體操的東東，錢一砸下去，誰都能成爲奧運選手。我就有這種心願。找個高桿的教練，名氣大一點的，我就把這工作辭了。」

她絮叨不休，米凱雷似乎聽得高興。妓院和脫衣舞店的差別就在這裡。有些男人上門，只想談心。他們是貪色沒錯，渴望到大老遠跑來撒錢。但環境也能勾起他們內心的寂寞。也許是因爲距離文明世界遙遠。他們辦完事後講的東西全進對講機裡，曼尼聽過。男人有老有少，有的已婚，有的有固定女友，有的一輩子過得可悲，徹底打光棍。他們傾聽女伴絮叨，聊到鐘點結束，當她伸手拿衣服，或從床頭櫃拿摺成三角形的白毛巾擦拭自己時，他們會緊緊抱住她，以細到近似靜電嘶嘶聲響的音量說：等一下。

義大利男孩隔晚又來，天天來。曼尼觀望他和妲拉愈混愈親近。他倆在吧臺聊天，然後在大廳沙發上促膝談心，然後在泳池泡腳，在水泥地上剝石榴，吐出種籽，扔向沙土。

其他小姐開始講閒話了。有天早上就寢前，艾咪的講話聲從走廊廁所傳出來。「要是米凱雷是糟老頭一個，從第一天起，曼尼保證把他從那小姐的奶子扳開來。終於有帥弟的屁股可看了，曼尼求之不得呢。」

換成吉姆，吉姆絕不容許這種現象。但曼尼狠不下心趕小子走。艾咪說得對：他確實喜歡看米凱雷來來去去，也確實妄想過，**為何不挑我呢？**他上次親熱是在泰科帕三溫暖熱呼呼的泡澡室，摩門蟋蟀在屋簷吱吱吱，過程寂聊，不值得回味。自從吉姆走後，情況一直如此。

曼尼愈來愈常陪伴孔雀，遠離室內的紛紛擾擾。他知道他不能永遠漠視，但他儘量假裝沒看見。他刷洗水槽裡累積的鹽分，親手餵孔雀吃沙丁魚和蘋果切片，看著一整隻煮好的雞被牠們啄食至只剩骨頭。旭日東昇之際，他耙著沙，耙了又耙，畫出繁複的圖形，像他在電視上看過的僧侶，彷彿能以沙土向上帝獻祭。

到了第六晚，米凱雷和妲拉貼坐在角落的低級紅沙發上，看其他小姐唱卡拉ＯＫ，這時門鈴響徹酒吧。米凱雷首度注意到到處都是黑色小盒子──肯定是音響喇叭。吧臺裡的玻璃架背面有一個，打著霓虹燈的交誼廳也有一個，矮天花板和牆壁交接處也有一個。門鈴一響，小姐湧向大廳，邊走邊整理儀容，調整吊帶襪、胸部、髮型。妲拉站起來，以舌頭抹牙齒，在嘴唇上塗抹一種果香油。

「妳去哪裡？」他對著背影問。

塑膠高跟鞋在超耐磨木地板舞池叩叩響，艾咪提高音量說：「蜜糖，你別擔心。我們會照顧你的。」說著調皮地眨眨眼。

米凱雷不離開沙發，看著一位手臂粗壯的男人踏進前門，塑膠鏡面的墨鏡以螢光色吊帶垂掛在胸前，水泥粉漬遍布工作靴。他指向妲拉，喊她的名字，然後手挽手，一起走過吧臺。她齜牙笑盈盈，像參加選美脫穎而出。趁男人不注意，她偷偷向米凱雷獻飛吻。這女孩愛惹麻煩。倫佐如果還在，一定會愛上她。倫佐老是想找麻煩。

不會吧：**倫佐如果還在**。過去式動不動脫口而出，令米凱雷心驚。警方說過，**存活的機率不是沒有。如果氣溫不是太高的話**。即使是米凱雷聽了也點頭，舌頭默默練習著動詞變化。警察繼續說，**他還年輕。他常運動**。米凱雷聽了，大腦屢次糾正他：應該用過去式。就在今天早上，米凱雷打到警察局，接電話的女人說，很遺憾，今天沒消息，一找到人，警方會立刻打他的手機通知。「不過，你不必擔心。」她說。「上帝會製造奇蹟。」

米凱雷彷彿做夢講英文，回答：「是的，祂以前會。」簡單過去式。

學英文多年來，米凱雷總是分不清過去完成式、過去進行式、簡單過去式，如今，出了這種事，他總算明白。幾年前，在他放棄英文動詞變化之前，他記下一堆文法小抄，現在小抄上的重點歷歷在目。**簡單過去式：用在動作開始並結束在過去特定時間點。說話者可能略過時間不提，但他心裡明白時間點何在。**

一字排開後，曼尼和艾咪回酒吧。米凱雷也來了。艾咪把曬得太黑的咪咪擺在吧臺上，像裝在皮囊裡的兩個球。「可惡，怎麼沒人要我嘛。」她說。

米凱雷對她微笑，嘴巴張得很開，是外國人不懂裝懂的傻笑。

艾咪單指在帥弟的前臂上上下下遊走。「曼尼，怎麼不幫這小子倒一點眞正的啤酒？」曼尼奉上一杯伯丁罕給米凱雷。男孩看著剛倒的啤酒，見到泡沫拚命往上湧，面露微微困惑。

「百威是尿，」艾咪說：「在這裡被當笑話。」

米凱雷長長喝一大口新啤酒。「什麼時候她將，呃，回來？」

「妲拉？看情況囉。」曼尼說。他打電話回辦公室。「葛拉蒂絲，她報多少？」

曼尼開始在妓院上班時，曾問葛拉蒂絲是否偷聽過套房裡的好事，「聽著好玩嘛，有沒有？」葛拉蒂絲哼一聲說：「好玩？寶貝，我全見過了。我以前最凱的客人是郡委。他開別克車，從托諾帕大老遠過來，一個月一次，只叫我拿他亡妻的義腿敲地板。那時候，你還沒出娘胎哩。」

「等一等。」葛拉蒂絲這時在辦公室說，按下連接至套房的舊對講機按鈕，她和曼尼聽見按鍵喀嚓聲。「沒啥特別的，寶貝。」她回報。「只是吸和幹。一千。」

曼尼不禁吹口哨。那數字的一半歸他。「可惡。那女孩的兩腿中間有座金礦。」

「有啥了不起？」艾咪說。她隔著背心，雙手各捧一乳，捧向米凱雷的臉，一次給一邊。「想想看，假如她有這兩個資產，她能怎麼活用。」米凱雷轉頭不看。誰能怪他呢？這一行以外的人，沒有人認爲艾咪是美女。她的雙頭肌雄壯，在軍中槓鈴臥推鍛鍊出來的胸肌傲人。據說她是綠扁帽特戰隊員。每次推出新廣告，她會拿著校樣，逢人就現，同時列舉廣告看板即將高高掛起的地點：印第安泉附近的十五號州際公路旁、通往核試區的交流道邊、州界鎮的三九五號公路上，吸引有錢的加州色狼。在最近的廣告裡，艾咪微笑敬禮，下面的大字寫著：來看女兵艾咪，來個光榮**砲戰！**

艾咪的指頭伸進米凱雷的啤酒，攪和著泡沫。「我在她這年紀啊，賺錢好辛苦，常辦多P派對，一幹就是連續十二、十三個鐘頭喔。這樣學到的東西才多。」她把手指深深戳進自己嘴巴，舔乾淨。「義大利小子，要不要我教你呀？」

米凱雷搖頭。

「別這樣嘛。又花不了一千塊。」

他再喝一口伯丁罕，說：「屁啦，妳。」

艾咪在高腳凳上打直腰桿。「義大利小子，我知道你想把她變成乖乖女，可是啊，我告訴你——唉，怎麼講才好呢？你的畢業舞伴呀，她正在吸卡車司機的雞雞啦。懂嗎？」

米凱雷不慎撞翻自己的啤酒杯，黃湯打濕艾咪那件俗稱「毆妻裝」的白背心。濕答答的艾咪往後跳開。

「對不起。」他說。「非常對不起。」他把不管用的紙巾攤在逐漸擴散的啤酒池上。

她咬牙隱忍，湊向他。「我敢打賭，這下子，你肯幹我了吧，你這個爛醉鬼。」

「夠了。」曼尼說。

「我？」艾咪說。

他拿乾抹布擦拭吧臺上的啤酒。「去換衣服。」

艾咪抓起裙襬，擰乾。「我知道你在想什麼，曼尼。你省省吧。她把這小子的老二當作鼻子牽。你呢？」她哈哈一笑，「你只有聞屁的份。」

空酒杯滾落吧臺，在超耐磨木地板上摔碎。

曼尼直視她。「去換衣服，不然滾回老家。」

艾咪氣呼呼走後門離開。曼尼從吧臺裡面走出來，幫米凱雷撿地上的碎玻璃。幾位小姐過來圍觀。蕾希想幫忙，但曼尼揮手趕她走，一夥人只好回沙發坐。沙發上有兩個南方來的卡車司機，是她們藉辦公室無線電從公路上召來的客人。點唱機播放著重鼻音、哀愁、痛苦的曲子。

米凱雷蹲在地上，倚向曼尼，近到曼尼感覺得到他的呼吸。「什麼時候她結束？」米凱雷問。

以後見之明而言，曼尼在這節骨眼應有自知之明，應該及早覺醒。但他從未和帥弟如此接近，情不自禁的他只想摸一下。他把抹布按向米凱雷的濕T恤。照理說，觸感不可能穿越兩層濕布，但曼尼的確感覺到他的體熱，感覺到胸肌的線條。曼尼感覺到他的心跳。「一個鐘頭。」他移開抹布，豎起食指，比在兩人之間。「一個鐘頭。」

米凱雷喝完遞補杯，然後再來一杯。妲拉終於向卡車司機恩客道別，向葛拉蒂絲繳錢，回吧臺見米凱雷，這時米凱雷已醉成懶散不振的醉漢，以雙肘支撐上身，眼瞼委靡。曼尼旁觀著妲拉把頭靠在他肩上，端著小紅莓汁，嚼著果汁裡伸出的吸管頭。她肯定能感受米凱雷的體熱、頸部的血脈。「你知道嗎，奧運以前有拔河這個項目喲。」她說。「我會拔河。」

米凱雷的嘴半伸進剛添滿的啤酒杯，說著：「妳可以做任何事。妳是一個金礦。」

這時候，妲拉做了一個曼尼從未看她做過的動作。她握住米凱雷的臉，讓他低頭湊向她，輕吻他的額頭。

第七天。在汽車旅館裡，米凱雷側躺著，凝望整齊的鄰床。他幾天沒睡了，嚴格說來是沒睡好。西向的窗戶有兩面厚重的窗簾，夕陽的紅橙光從中間的縫隙穿透，這時他才起床。雖然浴室裡備有香皂和洗髮精，他淋浴時卻不用，洗澡用品仍以光面防菌紙包裝。他把熱水開到燙，沖完澡後，踏上油氈地板，以手掌抹掉浴室鏡上的水氣，才看到皮膚通紅，背部和肩膀已略現燙傷的症狀，腹部、臀部、陰囊也是。他赤條條坐在床緣。

他和倫佐是從小的哥兒倆，參加同一個少年足球社，一起上大學，修同樣的課程，宿舍住同一間，然後一起在校園附近合租地下室公寓。三年間，每天早晨，米凱雷醒來看見倫佐躺在對面牆邊的床上，滿地是他的髒衣服，上廁所的途中要小心，以免踩到。但現在，米凱雷已經憶不起倫佐的手、倫佐的笑聲、倫佐生氣時的確切表情。現在，米凱雷只看得見這張棉被平鋪工整的床，洗過太多次的白床單鋪得緊繃，過於飽滿的枕頭在大白天看似不瞑目的死人眼。他只聽見冷氣機在西牆的刻苦運轉聲，熱帶街上停停走走的車聲宛如隔著水面傳來，搜救隊的手機放在床頭櫃上，響了又響——終於——響了。

同一晚，門鈴響起，曼尼開門前望向小姐陣容一眼，獨不見妲拉。最後一次看見她時，她陪米凱雷坐在沙發上，現在米凱雷也不見了。曼尼不開門，丟下站一排的小姐，去辦公室找葛拉蒂絲。葛拉蒂絲戴著耳機坐著，半笑的嘴傻傻開著。在交換機上，代表妲拉露營屋的燈亮著。「青春情懷。」葛拉蒂絲說。

門鈴又響。「快一點啦，曼尼。」艾咪從大廳喊著。「趕快讓好戲登場嘛。」

曼尼向葛拉蒂絲示意。葛拉蒂絲喜歡看隔夜的《中央醫院》影集錄影帶，登錄進帳時不得不按暫停鍵，按得不甘不願，這時應曼尼要求，她有同樣的反應。她摘下耳機，爲曼尼戴上，讓粗糙的黑泡綿蓋住他的小耳朵。透過舊對講機的吱吱喳喳雜音，妲拉的講話聲從露營屋傳進耳機。

「你們義大利沒有他媽的金像獎？太扯了。我愛金像獎。隨便問我一年。」

「我不，呃……」

「快啦，隨便問我一年。快問啊。」她和所有客人玩的遊戲。

「一九，呃，七……四？」

「《教父續集》。」無語一陣。曼尼想像米凱雷無毛的臉露出習慣性的困惑狀。「就是那年的最佳電影啦。再問我。」

「好的。一九九……一？」

「簡單。《沉默的羔羊》。太簡單了。不准再問一九九〇年代。」

「一九五二？」

「應該是……《戲王之王》。西席·地密爾。」

「一九三八？」

「《浮生若夢》。媽的，卡普拉的經典。好笑。悲哀。樂觀。是我最愛的電影之一。」

「妳非常厲害。」

她也背得出最佳男女演員。就算她亂掰，米凱雷也不知差別何在，但她是真的能倒背如流，每一年都背得滾瓜爛熟。根據她的說法，每次一字排開站，或跨坐在新客人身上，或躺在床上睡不著，聽著孔雀在籠裡扯嗓追來追去時，她會在腦海裡反覆細數金像獎。

耳機傳來微弱的窸窸窣窣。曼尼聽見妲拉驚呼。她緊接著說：「媽呀，小凱，這麼多，哪裡來的？」

「他們給我的，生活用，等倫佐。」

「總共多少？」對講機沙沙響。

「我不確定。看。」較長的無語空檔。門鈴再度響起。

「起碼有九千、一萬耶。怎麼——」

線路不穩，妲拉的言語被靜電淹沒。曼尼使勁搖電線，猛按耳機，按到耳朵刺痛。線路回穩時，米凱雷說：「跟我，呃，一起。去義大利。」

曼尼一手按心臟。這個傻孩子。

門鈴再響，這次按得用力，久久不放，曼尼一時之間聽不到其他聲音。

「明天我將再來。」米凱雷說。「然後我們一起走。」大眼的蠢米凱雷。「我們，呃，飛回家。」他說著，「明天。」

在妲拉來得及回應前，曼尼按對話鍵。「妲拉，」他說：「去排隊。馬上去。」

曼尼總算去應門了。一直按電鈴的胖子走進來，鑰匙圈在食指上兜來兜去，下唇含著一團像爛草皮的菸草。儘管妲拉幾乎連正眼也懶得看，他仍選妲拉。曼尼難道是死腦筋？無論是米凱雷或這隻肥鬼，不全都一樣？跑來這個雞不生蛋的地方，還不是想藉她填補內心的空虛。

早上餵完孔雀，曼尼簡短禱告幾句，然後進妲拉房間，發現她正在看黑白片。她以手勢叫他過來，兩人一起躺在雙人床上，頭對腳。他說：「什麼電影？」

「《可愛之極》。」她說。「弗雷德·阿斯泰爾。麗泰·海華斯。公用頻道。」

曼尼把臉頰貼向她骨瘦的腳背。女主角在布宜諾翩然起舞，身上的光澤和亮片閃閃迷人。

「妹子，」他終於說：「妳真的喜歡這男孩嗎？」

妲拉把視線固定在螢幕。「你來的目的是問這個？」

「他剛吃過不少苦。」

她聳聳肩。「他苦，這裡所有人不也一樣？」她移動棉被下的腳丫。「你知道我敬愛你，曼尼。你對我好得不得了。可是，那男孩是我脫離這裡的機票。」

「妹子，當眞不得啊。妳會傷到人家的。」

「傷到人家？你不是教我們『多給他們一點關懷』？『比他們的女友、妻子更善待他們，提振他們的心情』？曼尼，你不必碰這些人。你不必跟這些爛人打炮。你坐在鳥籠裡摸摸該死的孔雀就行，寫寫信向吉姆報告自己多乖，幫他賺多少錢，希望他別太早斷氣扔下你。你進來簽發薪水支票，竟敢警告我別傷人？太遲了，老頭。男人不知被我傷到多少個了。是你教我的。」

隔天晚上，米凱雷離開旅館，再也不回來，把倫佐的背包留在他床上。還沒按門鈴，艾咪就為米凱雷開門，帶他進酒吧。「坐吧，寶貝。百威？」

「是的，請。」

她以紙巾墊酒杯，旁邊有一個滿是黃湯的一口杯。「敬勇氣一杯。」她說。米凱雷喝下，拍一拍軍警短褲口袋裡的幾大疊二十元鈔票。全在口袋裡。從提款機領出來的搜救隊救濟金、父母匯的兩千美元、他自己的錢、倫佐的錢。他心意已決。他不能回熱那亞了。他的班機今天上午起飛。他會幫妲拉買一張機票。一枚訂婚戒指。在他鄉找公寓，付押金，遠離家人。遠離倫佐的朋友圈。天啊，倫佐的家屬。他覺得新生活折疊在口袋裡。是的，他相信九千美元能換取嶄新的人生。有女人相隨的人生，讓他兩手有得忙，為他斟酒，幫助他遺忘。忘掉他曾獨行美國。忘掉他根本從未來過。

他等著。時鐘慢慢走。他把手伸進吧臺，打開酒龍頭，為自己添杯。四周的男人來來去去，但每次門鈴響徹全廳，應門的是老婦人。他等著妲拉，遲遲不見她人影。他問她去哪裡，沒有一位小姐肯回答。他的頭昏沉沉，好燙，而他的計程車早上才來。他找不到其他事可做。他去外面，踏在塵土和石子路上，去妲拉的露營屋敲門。沒反應，他接著敲窗。裡面的燈沒開，但他往百葉窗裡望，看得見抽屜櫃的抽屜半開，裡面空著，只剩墊紙。最後一次見到她是在她床上，如今棉被和床單被收走。他窺視其他貨櫃屋。喊她的名字。沒有回應。

艾咪不知從哪裡鑽出來，再斟幾小杯，在吧臺上排列成小紀念碑，請米凱雷一起喝，一杯接一杯。「她在哪裡？」他終於說，語調不掩痛刺感。

她再倒一排一口杯。「這裡。」

「告訴我。」

「我不知道。」她說。「她整個人就不見了。我發誓。」

接近破曉時分，曼尼從陰暗的走廊冒出來，雙手放在米凱雷肩膀上。「陪我散散步，老弟。」隨曼尼走後門出去後，脫離妓院的燈火與聲響，進入沙漠，米凱雷望著天。倫佐臨死前，赤裸躺在沙地上，看到的正是這幅景象吧：天光初露的蒼穹、逐漸褪色的星辰、漸虧的白月如地平線上的下頷。一隻孔雀嘎嘎叫。內心深處——講幽靈話的深處——他自知再也看不到妲拉。

孔雀籠有棕櫚葉和帆布罩遮蔭，紫粉紅的黎明照不到，鳥飼料、塵土、鳥臭味濃厚。米凱雷要進去鳥籠前躊躇著。「這些是，呃，你的寵物？」

「不是我的，是老闆的。我聽說你要出遠門了。你想走了。」

「是的，我回去義大利。」

「我也聽說，你想帶走妲拉。」

「她，呃，想離開。她曾告訴我。」一隻孔雀在鳥巢裡撇撇動。「我，呃，喜歡妲拉。」

「我也喜歡過她。」曼尼說。

「我愛她。」

「老弟，我知道。問題是，她沒愛過你，懂嗎？」

「她愛。」他說，但尾音上揚，近似問句。

「美國女孩啊，你不懂啦。她們只在乎錢，懂嗎？尤其是這些女孩。你不知道嗎？全在做生意。即使是妲拉也一樣。」

「她在哪裡？」

曼尼伸手進飼料槽，以手爲篩子，讓微風吹走種籽殼。「別爲這事煩惱了。」

「告訴我，她在哪裡。」

「生意一場嘛，小子。她有別的地方要去。」兩人之間有一絲緊繃的靜肅。籠外，黎明照亮大地萬物，唯獨鳥籠留存暗夜的最後幾點殘渣。「他們找到你朋友了，對不對？」

米凱雷撥弄著孔雀籠的鐵絲網。「是的。」隨即連忙說：「不是的。他們說他死了。他們放棄搜索了。」

說完，他轉身，手指勾著鐵絲網，寬肩開始顫巍巍。他開始搖晃籠子的一整面，來回搖，愈來愈用力，曼尼唯恐舊木板被他搖斷，出言制止，他才停下。巢裡的孔雀受到驚嚇，醒來橫衝直撞，呱呱叫個不停，模樣慌張，其中一隻是名叫白松的白子，一抹鮮明的雪白在鳥籠中亂竄，米凱雷則痛哭著，喉嚨深處發出蠻獸音。

「媽的，小子，」曼尼說，音量小到聽不見，「別鬧了。」他把米凱雷拉過來，讓他轉身面對面。米凱雷被籠牆撞得滿臉鼻血，曼尼擁抱他。他起先想掙脫，隨後癱軟，任自己的頭落在曼尼肩膀上。他啜泣著。

「我老闆吉姆，」曼尼說，也許是沒話找話講，「這些孔雀的主人，他也快死了。很多時候，他連我是誰都搞不清楚。原以為這一天不會來，結果呢。不過，這些小姐——」

「我，呃，必須帶她走。」米凱雷說，抖掉他的手。「我是愛她的。」

曼尼握住他的肩膀，輕輕讓他轉身，面對妓院的黃色燈火。「小子，」他柔聲說：「你好好看一看。那裡面沒有愛。相信我。」

曼尼任憑自己的雙臂環抱他的腰，貼近他背後。霎時之間——極短暫的一秒——孔雀全靜止不動，曼尼感受到體熱。

米凱雷掙脫開來，搖著頭。「不——」

「她從來沒在意過你。」曼尼說，渾身熱呼呼的慾求，走向男孩。焚身了。米凱雷用力推他走。孔雀現在尖叫著，振翅亂拍，奈何無處可逃。曼尼再靠近他。「她從沒有。你是個小孩。」米凱雷想走，在半暗不明的籠子裡，醉醺醺地摸索籠門。「一個可悲的外國蠢小孩，死了一個朋友，錢太多。你就是這麼一回事，懂不懂？我是為了你好。」

事後，曼尼會說，事情發生得很快——耙子一揮，快到只見模糊的弧線，只見慣性定律和帥弟，宛如旋舞僧，耙爪一閃即逝。然後米凱雷走了，去路邊等計程車，再也沒回來。但事實上，狀況在曼尼眼前慢動作演進。男孩拱背。肋骨腔的輪廓顯示在T恤上。口鼻的血已凝結成醬紫色。耙子的重量使得三頭肌鼓起。揮耙的準頭差太遠，曼尼根本不必站開。米凱雷的耙齒正中白松的胸部。

剎那間，空氣瀰漫著胸骨斷裂的驚爆聲。米凱雷從未見過這樣的鳥類。血汩汩湧現在耙齒周圍，染紅了雪白的羽毛。他扭退耙子，感覺孔雀的胸肉讓步。鳥嘴開開合合，滲漏出泣嬰纖細的哀戚哭聲。那陣哭聲日後將代表「美國」。

願你同在

一開始，有一男一女。他們很年輕，但比他們的理想年齡老幾歲。他們談戀愛。他們結婚。他們生小孩。他們來到一個所有房舍都是西式泥磚屋的小鎮，買一棟西式泥磚屋。鎮上的麥當勞也是西式泥磚屋。年輕人名叫卡特。卡特常以這間麥當勞的設計爲例，證明遷離大都市是明智的抉擇。女人名叫瑪蓮，也慶幸搬來這裡，但她想念朋友，想念如海低吟無絕期的車流。她覺得這座小鎮太做作了。

卡特和瑪蓮一發現懷孕了，立刻開始爲了小孩爭吵。該餵小孩吃什麼？該教小孩什麼？該允許小孩看俗世的什麼東西？胎兒不過是幾個細胞集結成的薄薄一片，兩人就爲這些事爭論。在小孩成員之前，小孩就成了吵架的導火線。

吵來吵去，癥結全是同一個：卡特想確定瑪蓮會爲小孩而改進。瑪蓮缺乏責任心。她隨便亂吃東西。她從不運動。她欠缺理財概念。她愛抽菸，太常看電視，動不動就閒得發慌，跟大家聚會時喜歡招惹人。

卡特以前對她這些習慣無所謂。當初愛上她的原因正是她的這些習性。瑪蓮對卡特點明這一點，屢提不厭。她問，不然你以爲你娶的是誰。他說，有小孩就要改變一些東西。生養小孩是一種犧牲。這話無從辯解起，最後她放棄辯解。每一天，他有一串新問題，問她打算成為什麼樣的母親。

她打算使用拋棄式尿布嗎？

當然不要。

她准小孩看電視嗎？

只准一點點。不行，不行。完全禁止。

她打算用微波爐為小孩的食品加熱嗎？

絕不。

卡特說，他小時候，家裡有菜園，新鮮蔬果自種自吃。他一直跟瑪蓮談起這座菜園，屢提不厭。這座菜園豐收到不像話。卡特的母親常在他們家地下室，忙著製作農產品罐頭。他問瑪蓮，將來妳會種菜嗎？會做罐頭嗎？

她說，當然會。

為何如此回答？她不知道。她才不願自製罐頭。

瑪蓮從不下廚。晚餐，她喜歡自己吃穀片，或起司加餅乾，或半個英式瑪芬糕，塗美乃滋，上面加一顆微波爐煮的蛋。這也是她非改不可的一件事。卡特也從不下廚，但這卻不是非改不可的一件事。卡特有七個兄弟姐妹。他說他小時候，母親每晚為全家煮一頓熱騰騰的營養晚餐，二十年如一日。她從不使用微波爐。

卡特說，他小時候，他們家從不外食。他和瑪蓮是常年外食族，冰箱擠滿鐵絲提把的中式餐館外帶盒、盒蓋能嵌合的義大利麵盒子、裝著美式蟹肉餅和墨式蔬菜起司煎餅的對折式保麗龍包裝盒、在餐廳吃不完用鋁箔紙包住的牛排。瑪蓮假意爲外食表達歉意——說什麼兩人實在太忙了。其實，她喜歡外食。餐廳裡眾人和諧無間的氣氛令她心安。她也喜歡把吃剩的冷牛排帶上床，一面啃咬，一面看電視。

小倆口爭吵時，瑪蓮常會想起一件往事：

交往才三個月，卡特有天想帶她去見爸媽。那天剛下過雨，兩人走路去舊金山捷運站，你一言我一語地笑罵剛才那部電影多爛多誇張。走在水亮的人行道上，卡特停下來，牽起她的手。陪我一起回老家，他說。這要求來得急迫，語氣無懼，她喜歡。

隔天早上，他們驅車從舊金山到西雅圖，繼續前進西雅圖的北郊。那天是他母親的五十大壽，他想給母親一個驚喜。他倆抵達時，卡特的母親抱住瑪蓮，把她當成自己的嬰兒。瑪蓮得知，他母親沒有在銀行開戶。他母親沒有駕照。生日大餐自己煮。

在廚房，瑪蓮想表現幫忙的意願。她打開食品儲藏室的門，發現一整牆的手工罐頭蔬果，顏色繽紛如彩色玻璃，有番茄、美洲黃瓜、美洲綠胡瓜、四季豆，也有整根紅蘿蔔、切半的甜菜根、杏子、去核橫切成環形的蘋果。更有被醃得縮水的小黃瓜、甜黃瓜醬、一排同款的土色果醬。宛如眼球的珍珠洋蔥。

在食品儲藏室裡，瑪蓮說，我想出去透透氣。沒人聽見她。

她過馬路，到對面的網球場。她在粉餅盒裡藏了一支放太久的大麻菸，拿出來抽幾小口。小白蛾靜靜在球場燈的光暈裡飛舞，她一直看，看到心情稍稍轉好才回屋裡。晚餐期間，她清楚看出，慶祝五十大壽的壽星女主人從無性高潮。

回家的路途漫長，坐在車上的瑪蓮默默不講話，把焦慮醞釀在腦子裡。她具有自毀的傾向，她知道。在和卡特交往之前，她愛上的孤傲美男一個又一個，名字雄赳赳如非常穩固的餐桌的四條腿[1]。即使到現在，她仍有一股衝動，想打電話給其中一個，看看他是否仍明瞭她的心。有時候，她一整天煽動內心的寂聊，以春夢助燃，主角是多數時候對她不厚道的男人。

她什麼時候才會眞正長大？

她望向卡特。卡特微笑，開車的眼神疲憊，一手放在她的頸背。她那年二十九歲。他是個好丈夫的料子。優等父親。他愛她，愛得像他從未想過不愛她的日子會是什麼樣的光景。她想成爲一個有資格享受這種愛的人。她以微笑回敬，打開車窗一道縫，感覺不流通的空氣從出租車裡被吸走。她深吸一口氣，吐氣時讓疑慮隨之溜出窗外，散落在五號州際公路上。

六個月後，在四月某日，在金門大橋公園的雜樹林裡，在紙花似的野蘋果花朵點綴下，瑪蓮和卡特結婚了。卡特已在鎮上找到高薪工作。本鎮位於沙漠高地，思想前進，嚴格執行區域劃分

1 「卡特」英文原文爲 Carter，此名偏文弱。

法，非常適合生養兒女。他們買了第一輛車，掛在搬家卡車後面，拖出加州。每走一百英里左右，瑪蓮就叫卡特靠邊停車，車子一停，她打開車門，吐在路邊。

抵達泥磚小鎮後，問話開始了。卡特下班回家，總想知道她今天吃了什麼？

有沒有運動？

喝了多少水？

體溫多少？

有沒有午睡？

以什麼姿勢睡？

她有時回說，我不想談。

我們非談不可，他說。

他說得對，她知道。兩人即將一起生小孩了，大小事情必須溝通清楚。將來也有一籮筐的事情溝通。

胎兒在她體內漸漸茁壯。卡特買水果和綠色蔬菜回家，也買一些瑪蓮從未聽過的冷門糙穀。睡前，以前卡特會愛撫她，現在變成對著她的腹部低頭講話。他堅持爲她按摩她不覺得瘦的頸子和腳，堅持按摩她覺得瘦的脊椎兩側。在他的按摩下，瑪蓮忍不住又回到婆婆的儲藏室。整牆的各色罐頭食品朝她步步進逼。天花板下面垂掛著亮晃晃的燈泡，白蛾在四周飛舞。屬於她自己的人生何其短暫。

後來，小孩出世後，不期然的現象發生在兩人之間。卡特不再問東問西了。現在，小孩快滿三個月了，彷彿再問也是枉然。就算不是枉然，至少他也不再提。她看得出他想問——從他臉上不時一閃即逝的陰影可知——但他不問。也許，他終於愛原汁原味的她了。也許，他明白她正在盡力。也許，他跟她一樣累。

生下小孩後的頭幾星期，兩人筋疲力竭，但收穫也不少。兒子會抬頭了。他會微笑了。他會趴在爸爸的胸膛睡覺了。瑪蓮忙著拍照。小孩以後一定會想看。

這週末，他們將首度闔家出遊，和定居大都市的一對已婚朋友結伴至塔霍湖露營。在飛機上，嬰兒睡著了，卡特睡著了，瑪蓮利用這段清閒時光，首次想到，能跟年輕時的這對老友相見該多好。她翻開飛機上的雜誌，中間有幾張塔霍湖的跨頁相片，附圖的說明把湖水比擬爲寶石。翡翠。藍寶石。海藍寶石。白沙灘環繞大湖，她看得見他們在湖畔。凡兒。傑克。小孩出生前的故舊。她多盼望和他們同坐湖邊，欣賞這座北美洲最大的高山湖。

兩對的會合地點在營地。凡兒和傑克有小孩，一男一女。也養一條狗。小孩四歲和六歲。狗毛的顏色偏紅，是一條紅銅毛的獵犬。大夥兒走向水邊：卡特和瑪蓮、凡兒和傑克、兒童和嬰兒和狗。

湖濱的石頭多於瑪蓮能容忍的範圍，但水比她想像來得更清澈。凡兒和卡特帶兩個小孩去游泳。卡特興沖沖想教男孩游狗爬式——他說，第一步是滑出去，滑的動作最重要——可惜男孩的興致已消失。瑪蓮抱著嬰兒坐在毯子上，躲在陽傘下，嬰兒戴著帽子。

狗很愛狂奔，橫衝直撞，像悶了一輩子沒跑似的。傑克丟網球，狗跑去叼回來。狗急著要那顆球，急到不清楚自己要的是什麼，每次咬著球回來，就緊咬著不放，傑克用力拔，才從黑黏的狗嘴肉裡扯出球。傑克把球丟進水裡。他戴著棒球帽，白色汗漬線沿著鬆緊帶環繞。有一次，狗跳起來，撞歪帽沿，傑克微微脫帽，重新戴正。瑪蓮赫見他的頭頂幾乎全禿。沙色金髮的他以前頭髮濃密，茂盛如沙丘青草。何時開始掉頭髮？她無法想像。

每次狗從湖邊游回岸上，總不忘奮力甩頭身，臭狗身上的水濺到瑪蓮和嬰兒。傑克應該制止卻無動於衷。瑪蓮屢次更動陽傘的位置，想避免嬰兒受日光和狗身上的水侵害，但徒勞無功。那條狗令她愈看愈討厭。可惡的狗名叫敏格子，她暗中叫牠鈍格子。她暗自喊著，**滾開啦，鈍格子。去趴著，鈍格子。鈍格子不乖。**岸邊有一對小情侶，裹在同一條毛巾裡熱吻。鈍格子蹦向他們，開始吠叫。傑克對著狗喊，但狗不聽話。抱歉了，他大聲對著岸邊說。

可憐的小情侶，瑪蓮說。

他們還年輕，傑克說。親熱的時間多著呢。

瑪蓮哼一聲，傑克轉向她。他下巴指一指戴帽的嬰兒，問，很久沒有了吧？

瑪蓮抬頭看，瞇著眼睛。太久了，她說。

大學時代，卡特和傑克同是跳水校隊的選手。多年後，她當然和卡特成一對，但最初是傑克。瑪蓮仍記得第一次見到他的情景。有朋友在後院辦派對，她見到一個男生赤腳站在濕潤的草地上，重心輕輕在左腳右腳之間移動，四周有很多人圍觀，他搓揉雙手，噘起薄唇，視線和瑪蓮相接片刻，然後表演後空翻，雙腳穩穩落地，動作零瑕疵。傑克把鞋子穿回腳上之際，觀眾報以掌聲，醉醺醺地求他再表演一次。

日落時，所有人回營地。傑克和卡特徒步去商店買啤酒和棉花糖。孩子鬧著想跟，最後仍被迫留守。凡兒和瑪蓮開始準備晚餐。嬰兒仰躺在陰涼處的毯子上。兩個小孩對著鈍格子扔石頭和小片樹皮。這對小兄妹愛尖聲吵架。凡兒好像沒聽見似的。如蛇影的暮色逐步降落在大湖盆地。有一股燒材煙味，隔著無枝的松樹幹可見鄰近營地的營火。

男人回來了。傑克現在不戴帽子了，滿頭是瑰麗的紅色。他提著一打裝的印度淡啤酒，放在野餐桌上。瑪蓮正在野餐桌前剝玉米殼。卡特去抱毯子上的兒子。逐漸透紅的炭塊在營火爐裡忽明忽暗。凡兒翻找男人買來的雜貨。她轉向傑克，拿起濕濕的一包熱狗問他，幹嘛買這個？

傑克說，妳喜歡啊。記得嗎？我們在曼馬斯吃過。妳驚訝說，瘦瘦的一條熱狗居然飽含這麼豐富的口味。

可是我已經有雞肉了，凡兒指向塑膠碗，裡面有雞胸、大小腿、雞翅，以血紅的烤肉醬浸泡。

男孩說，好了啦，媽。雞肉是老包心菜，過氣了。

對啊，女孩說，老包心菜，過氣了。

男孩說，她抄襲我。

凡兒不計較了。她望向瑪蓮，聳聳肩。老包心菜，她說。不曉得他從哪裡學來的。

瑪蓮喝啤酒吃熱狗。卡特坐她對面，她瞥見卡特瞄她的啤酒一眼。瑪蓮將近一年不沾酒了。

但她今晚可以喝。她一個星期前停止哺乳。她是個低產乳母。小孩剛出生時，她的右乳只擠得出一盎司母乳，左邊兩盎司。卡特記錄成表。小兒科醫生叫她多喝水。她聽話，常常喝水，喝再多也不夠。卡特說，嬰兒喝的奶水有百分之五十一應該來自母乳。至少百分之五十一。瑪蓮試過母乳花草茶。她試過聖薊。每天服用一粒葫蘆巴膠囊。兩粒。三粒。醫生開給她胃複安處方藥。儘管如此，她的右邊只搾得出三盎司，左邊兩盎司。「搾」是他的用語。最後，乾脆完全用嬰兒奶粉。丈夫默默承受的失望再添一樁。

或者說，默默承受到今天爲止。從雷諾機場租車前來塔霍湖的路上，他問她，停止哺乳之後痛不痛。有沒有脹脹的感覺。

沒有，她說。

沒有，卡特若有所思說。我猜也是。

晚餐後，所有人圍爐，拿著竹籤，戳著棉花糖烤著。男孩終究是男孩，拿竹籤戳妹妹。妹妹哭了哭，噘嘴不高興，硬要母親禁閉哥哥才甘心。凡兒把兒子關進露營車，叫他自我反省。在管教聲中、在吵著怎樣做才公平時，瑪蓮從冷藏箱再拿一瓶啤酒。

卡特去拿尿布袋，用他去商店買的一桶蒸餾水泡奶粉餵兒子，拍拍背讓他打嗝，然後把兒子傳給瑪蓮。她抱著嬰兒繞行營地，等著他睡著。凡兒、傑克和卡特坐在火邊的露營椅。傑克抽雪茄。

小女孩名叫蘇菲，爬上母親的大腿，扭來扭去。她問，那個小貝比喜歡什麼？

凡兒摸她頭髮。蟲蟲，我不知道。妳可以去問瑪蓮啊。

誰是瑪蓮？

小貝比的媽咪。

女童考慮一下，然後脫離母親，小腳加快速度，跟上瑪蓮一步步揚起的灰塵。瑪蓮？她說。妳的小貝比喜歡什麼？

瑪蓮思考著。他喜歡喝奶，她說。喜歡在洗手臺泡澡。喜歡奶嘴。

玩具呢？蘇菲問。

也喜歡玩具，瑪蓮說。

他都做些什麼？

其實不多啦。多半吃吃睡睡而已。便便。

瑪蓮以爲結尾兩字會逗得小女孩大笑，但蘇菲不笑。蘇菲想了一想，然後說，因爲他只是個小貝比。

沒錯。

可以讓我抱他嗎？

瑪蓮瞄向卡特。他正在觀察他們。當然可以，瑪蓮說。

瑪蓮帶蘇菲過去坐她的折疊椅，雙臂伸向她的大腿，把嬰兒放在大腿形成的搖籃，拉女孩的雙手來環抱嬰兒腰。好了，她說。就這樣抱。卡特觀察著。蘇菲滿臉嚴肅，認眞看待這項責任。只不過，女孩的腳微微盪，喜孜孜。

瑪蓮把啤酒放在椅子的網袋，這時拿出來繼續喝。她說，妳很內行喔，語畢立刻反悔，因爲女孩笑得好燦爛，動用了整個五官。天啊，瑪蓮暗忖，講錯話了。

就在這當兒，蘇菲的哥哥自省完畢，走出露營車，審視全場，見到嬰兒躺在妹妹的大腿上，集大人的視線於一身。他說，不公平啦。我想抱小貝比。

蘇菲樂歪了。你不能，艾登，因爲我正在抱。

艾登說，可是——

卡特起立。他說，睡覺時間到了，小貝比該上床了。

瑪蓮從蘇菲大腿上撈起兒子，跟隨卡特走向露營車。他們帶來一個組合式安撫遊戲床——堅決不用嬰兒圍欄——好讓嬰兒睡車上。帳篷有兩個，一個給傑克和凡兒夫妻睡，另一個給兒女睡。嬰兒睡戶外太冷了，所以他們才讓卡特和瑪蓮睡露營車。傑克組裝遊戲床，發現床太寬了，露營車太窄。卡特讓擴展一半的床嘩啦掉在地上。

這下怎麼辦？他說。

遊戲床是瑪蓮構思的嗎？露營車是瑪蓮設計的嗎？她說，可以睡床上啊。

凡兒事先爲他們組合兩張長椅和餐桌當床。卡特考慮著。他問，兒子會不會翻身？

被他這麼一問，瑪蓮大吃一驚。他不知道答案，瑪蓮多麼心滿意足。

不會，她隨便搖頭說。他不會翻身。

好吧，卡特說。他在床緣堆枕頭和睡袋，把嬰兒包好，讓他仰躺——一定只能仰躺——讓他睡在床中間。卡特靜靜關上車門，一手停在門把上。傑克的雪茄味飄進車裡。那些枕頭，卡特說。妳確定他可以嗎？

他不會有事的，她說。他不會翻身。

他當然不會翻身。他會翻身的話，瑪蓮才不會提議讓他睡床上。貝比太小了，不會翻身。再大幾個禮拜才會。書上都這樣寫。小兒科醫生也這樣說。嬰兒能伸手到頭上，裹在布袋形睡褲的小腳也偶爾會交叉踢，但他不會翻身。

話說回來，這孩子確實會翻身。有一次在西式泥磚屋的家裡，她把小孩放在夫妻的床鋪中間，讓他仰躺。他睡著了。卡特在上班。她去沖個澡。非洗不可。她耳後和膝蓋窩累積一層像起司的污垢。她洗頭髮，用洗髮精產生的泡沫洗身體。她沒用潤絲精。她沒刮毛。她沒關浴室門。頂多五分鐘。她走出淋浴間，望進臥房，見到嬰兒不在她放下的地方。

她衝向床，赤裸的身體濕答答。她看見了，嬰兒卡在她飽滿的枕頭下面。還有呼吸。謝天謝地，還有呼吸。她拿起枕頭。一定是他做夢夢到自己翻身。恐慌開始退潮後，小孩被安置在遊戲床後，她擦乾身體、穿好衣服後，她才想到，睡夢中才有辦法做的事，現實生活也辦得到。那是將近兩星期前的事了。她從未告訴卡特。

露營車外，傑克和凡兒終於叫兩個小孩進帳篷睡覺，四個老朋友沉沉陷入往事的世界。瑪蓮再拿一瓶啤酒。向著冷藏箱彎腰時，她的脊背感受到營火的熱度，感受到丈夫的目光。她不想看他。今晚不想。她不願見他曾經和善的臉龐被失望拉垮。她不想，**絕對不想**朝他的方向望去。她覺得自己好像一輩子都望著他。

圍坐營火邊是聊往事的時刻。記得嗎？他們問。記得穿過南校區走回家的路嗎？記得用壓扁的啤酒罐塞桑迪的郵箱嗎？記得史傳德街上的文盲房東嗎？他留一張紙條給我們，最後一句怎麼寫，記得嗎？四人異口同聲說：**我將不被容忍**。

從裝零錢的布包裡，傑克取出一根菸管和一個夾鏈袋，遞給卡特。

卡特說，謝了，我不要。

傑克改遞向瑪蓮。M？

M。他以前爲她取的小名。

瑪蓮接下大麻用品。管它的。三人抽幾口。幾分鐘後，瑪蓮吐氣說，我們以前常爬上我屋頂呼麻，記得嗎？

傑克微笑說，記得從屋頂看煙火嗎？

瑪蓮說，記得塔夫嗎？

天啊，塔夫。

傑克的室友。塔夫呼得腦筋短路，在屋頂樂得跳來跳去，慶祝腦袋短路，一不小心踩破瑪蓮公寓的爛屋頂。瑪蓮和傑克笑到幾乎走不動，趕緊下樓梯，拋下卡在屋頂的塔夫不管，害他一腿吊在鄰居臥房的天花板。記得嗎，記得嗎，記得嗎。塔夫後來怎麼了？當年屋頂上的人怎麼全變了個樣？

大家頓時無話可說，靜到聽得見遠處露營客的聲音和夜鶯的嗚嗚叫。鈍格子睡在傑克腳邊，夢到自己在跑，然後哼唉一陣，隨即靜止。凡兒站起來，說她想睡了。大家祝她晚安。瑪蓮看著卡特，火光在他臉上拉出長影。卡特不理她。一時之間，她不記得爲什麼。她害怕起來。卡特凝望火堆，她也看著火。自己的丈夫連看都不看她一眼。爲什麼？他去哪裡了？

瑪蓮按捺住恐懼，摸黑去尿尿。在她解內急的地方，她看得見繁星，而星光提醒她遲早要回去的小鎮。想到這裡，她發現四周無人，又害怕起來，因爲她在樹林裡，光著屁股。

交往之初，有一天瑪蓮帶卡特回家鄉。瑪蓮的故鄉位於莫哈維沙漠兩條州道的丁字路口。他們開車過去，在汽車旅館過夜。小時候，瑪蓮和童年朋友多次翻牆進來，在腎形的游泳池戲水。她很久很久沒帶男朋友回家了。傑克對這種事情沒興趣。

那一夜，瑪蓮和卡特在池裡游泳，別無旁人。他在柔和的水裡擁吻她，鬍碴像砂紙磨擦她的頸子、下頷、鎖骨。泳池熄燈後，他把她抱上池邊，爲她紓解頸背的痠痛，輪流把奶頭送進嘴裡，然後說，我想做這件事，渴望了整晚。說完，他把她胯下的泳裝推向一旁，以他從此不再有的激情上她。

完事後，她告訴他，我們小時候在這裡玩一種遊戲。忘記名稱了。類似不出聲的躲貓貓。一個人當鬼，其他人不吭聲。這座泳池很小，但當年他們不覺得。在那時候，大家覺得好氣派。帶卡特同遊，她當然覺得這是家鄉能略盡的微薄心意。

玩這種遊戲時，鬼要憑直覺去抓人。不准講話。不准喊。只有老友在溫度太高的池水裡。有些時候，鬼游到你面前了，你一直憋氣，眼看著鬼伸手，卻碰觸到池邊，沒有抓到你。你想逃走，只能潛進絲柔的氯味夢裡。鬼會覺得多麼洩氣啊。明明確定伸手搆得著知心朋友，卻只摸到池邊的水泥地，摸到無意義的東西。

該回營地了。她找到暗夜裡的火光，朝營火的方向前進，希望是他們的營地。

傑克在，單獨一人。她在他身旁坐下。嗨，她說。

嗨，他說。

卡特去睡了？

傑克朝露營車點頭。嬰兒在哭，他說。妳沒聽見嗎？

我從來聽不見。

好吧。傑克起身。他自顧自的笑一笑。

笑什麼？她說著站起來，向他走一步。

妳不是把麥爾斯推進魚池嗎，記得吧？在科琳爸媽家。

瑪蓮點點頭。她全記得。她挨向傑克。她嗅得到雪茄的氣息。她看得見細小的營火映在他瞳孔上。她看得見自己被他壓著。

她說，是他先挑釁我的。說著，她的手指勾進他短褲的腰。

傑克微笑，稍稍向右偏頭，近似小鳥好奇時的動作。然後，他向後退一步，讓她的兩手從他的腰帶墜落，搖著頭，對營火拋出某種東西——小樹枝嗎？松葉嗎？我的天啊，他以親切的口吻說。和妳在一起，一定像在作惡夢。

傑克進帳篷就寢，瑪蓮坐他的椅子，兩腿蹺在火邊的暖石上。她雙手捧臉。有一年半的時間，她曾獨居，住在被塔夫踩破屋頂的那棟。有時候，獨處時，她會有怪異的舉止。她會穿萬聖節的搞笑道具，通常是白絲手套，或獨眼龍的眼罩，或穿戴首飾，儘量多到戴不住。或把泳裝穿在日常服裝裡面，在公寓裡若無其事走動。她會含著各種金屬，嘗嘗看口感，例如硬幣、別針、耳環。她對著浴室鏡子，拿眼線筆在上唇畫兩道，爲帥勁的炭灰色八字鬍增添兩條尾鬚。她會朗誦她喜歡的語詞。髓。癒合。飛艇。她不寂寞。才不是。她是寂寞的相反。

不知不覺夜深了。瑪蓮對著營火踹土，不夠熄滅炭火。上床睡覺。

進露營車，她擠上床邊。卡特睡在另一側。小孩睡中間。明天滿十一週。和卡特的前臂一樣長。小孩會做什麼？會抬頭。會伸手。會講一種以L音和「喔」音爲主的語言。會躺在兩人中間。今早從機場開車前來的途中，太陽仍未從天邊昇起，卡特小聲說，這跟我的憧憬有差別。

半月形的床鋪空間好小。她能感受到身旁這包小孩。青春的感覺，舊愛的感覺令她飄飄然，但這兩項的瓦解也爲她的心頭添上重量。在這種特殊重力下，她昏昏入睡。

她夢見自己跟紅銅獵犬糾纏，在狗嘴裡摸索網球。在無石的沙灘跟鈍格子格鬥。在蘆葦叢裡翻滾。灰綠色的毛囊屈服於強風下。投降了。她在狗嘴裡，手肘以下全淹沒在濕暖的嘴肉中。她呵呵笑著，在完美的熱白沙堆上打滾。在睡夢中她說，你的小貝比喜歡什麼？在睡夢中她說，這跟我的憧憬有差別。在睡夢中她滾到孩子身上，害孩子窒息。

她醒來，驚嚇到喊不出聲音，急著挖一層又一層的毯子。毯子好多，幾百條。柔軟似紙的嬰兒毯，厚重夠分量的成人毯。全有落水狗的臭味。卡特在那裡。就在那裡。他呻吟一聲。一團小孩在兩人中間，不知在哪裡。他們的小孩。

這時，她雙手碰觸到皮膚。一個非常小的肉體。她在黑暗中感受到。呼吸著。活著。對，活著。

她抬起嬰兒，動作不溫和，把嬰兒抱緊。嬰兒哭了起來。

卡特在黑暗中坐起來。在哪裡？他說，口齒不清，睡魔纏身。不問「什麼」。不問「誰」。在哪裡？**你在哪裡？**

戰士煙火

國慶的隔天，七月五日。麥蘿溜走，在乾湖床上到處嗅，老人哈理斯則把他撿到的寶物搬上卡車。麥蘿是流浪動物之家來的雜種狗，血統以拉布拉多犬為主，哈理斯猜。被棄置的這箱很不錯，好像昨晚的慶祝會根本沒用到。至少有十五個可以連發三十三顆的碎敵火神、一桶黑貓炮和尖叫咪咪彈、幾個火堡壘和熔核炮、大約三打綠野仙炮、一個戰士煙火——這是市面上罕見的專業級套裝煙火，連印第安保留區都禁止施放，因為一九九九年，有個排悠族男孩玩這種煙火，不幸炸爛弟弟的臉。這些煙火總值兩千美元，是哈理斯撿過最大的一堆。

每年七月四日，來自葛拉奇、尼克遜、勒夫拉克的小孩和排悠族小孩都會跑來黑岩沙漠，帶著庭院椅、裝著美樂啤酒的冷藏箱、幾瓶女生喝的亮彩水果淡酒，生起營火，喝得醉醺醺，然後施放煙火自娛。這片湖床不長樹，也沒有雜草，不愁鬧火警，四處盡是遠古內海演變成的光禿盆地。他們把焰火筒、飛彈頭、彗星群、科摩多龍三千噴泉煙火堆在一起，遠離營地，以免被營火引燃。興頭一來，他們會走進湖床施放。

問題是，這裡的暗夜黑壓壓，年輕人又喝得爛醉，忘記煙火放在哪裡，甚至忘掉煙火的存在。他們像大人一樣狂喝，像他們的父親和叔伯舅舅，像他媽的喬治·華盛頓，剝掉上衣，捶胸對著漆黑的宇宙鬼叫一通，然後倒在卡車斗上不省人事，一個接一個讓走路東倒西歪的女友載回家，留下煙火，讓尋寶老人日出時過來撿拾。

哈理斯這時快步走，流著汗，太陽把山谷的薄霧蒸散了。他解開上衣鈕釦，煙火全搬上車後準備離開。他喊麥蘿，拍拍大腿，吹口哨，但麥蘿一直不回來。

哈理斯掃視四方，依稀看見遠處有某種物體，形狀被地面蒸發的熱氣扭曲。他開車過去，留意著紅寶石峰的方位，以免找不到回家的路。在湖床上，人很容易迷失方向，找不到路，無特色的四方景觀全一模一樣，東邊看似南邊，南邊看似西邊，不知來向，不知如何回家。

遠方的物體是麥蘿，正如哈理斯所料。牠正低頭嗅著一堆東西。他把小卡車開近，停車，下車，輕輕把車門帶上。

「過來，老狗。」他說。但麥蘿不走，繼續以鼻子撥弄那堆物體。是一個女孩——一個少女，墨西哥人——側躺著，昏迷不醒。可能死了。哈理斯繞著她走一圈。她穿毛邊牛仔短褲，白色的口袋內裡從脫線的褲管裡露出來。她缺了一隻鞋，只穿一隻厚底人字拖，上身是全排鈕釦的男士白襯衫，下面打結，曝露肥肚，肚臍穿洞，一個粉紅首飾吊在肚臍眼裡。首飾上方有一片瘀青，黑紫色，大如棒球。或拳頭。

嘔吐穢物凝結在女孩的黑髮上，頭髮貼在頭上，麥蘿舔著。哈理斯以靴子推開狗，彎腰看她，一手放在她的小腿上。她的皮膚很燙，清晨的豔陽已開始灼傷她。他這時看到，她還有呼吸，若有似無。她的嘴唇乾裂，和湖床一般白。她無疑很久沒喝水了，時間長短只有天知道。她的指甲塗成黑色，指甲油已有剝落的現象。十五歲吧，頂多十六歲，化妝品用了一卡車。現在的小孩愛化妝，他難以辨識年齡。

哈理斯輕搖女孩，想搖醒她。他四下看，周遭不見人，只見泥土、遠山、天空。他從水壺倒一些水，濕潤她的嘴唇。葛拉奇鎮有一間流動診所，從這裡開車去要一個半小時，而且護士能幫的忙不比他多到哪裡。他抱起女孩，膝蓋發出啪一聲，把女孩抱進小卡車，橫放座椅上。

「我們走吧。」他對狗說，拍拍大腿。麥蘿這次聽話了，動作慢吞吞：耳朵靈敏，視力差，髖骨有毛病，四條腿都跛，跛的方式互異。哈理斯蹲下，抱狗上車斗。

在湖床表面的白鹽地上，車子飛奔了六、七英里。哈理斯若有所思地留意黑色的濕土地。黑岩沙漠一逮到下雨的機會，彷彿記得內華達曾有大片汪洋，彷彿使盡吃奶的力氣想讓大盆地回歸水底，所以儘量吸收水分。假使車輪陷入泥巴，即使用他預留在車斗的方塊地毯增加抓地力，憑他單打獨鬥也無法把車子駛出爛泥。何況，目前狀況緊急。

福特車的輪胎碾壓乾土前進，留下兩條淡淡的軌跡。哈理斯轉彎，跟隨兩道寬如輪痕的直線走，路上的鼠尾草叢被壓扁。路面由雜草轉爲泥土，再轉爲砂石。哈理斯彎腰，臉湊向女孩的臉，以臉頰感受女孩的呼吸。他一度回頭查看麥蘿，看到牠對著整批煙火搖著尾巴。他忘了此行的目的是撿煙火。

路再轉兩個彎，第一次轉上四十號州道——一條無路肩的滾燙柏油路，然後再轉進瑞茲路——十英里長的砂石路，通往哈理斯家。哈理斯的磚房位於沖積扇地形，略顯傾頹。

哈理斯揹女孩進家裡，把她放在沙發上，她一動也不動。她的腳趾微微往內勾，哈理斯脫掉僅剩的拖鞋時，她也沒反應。麥蘿在她腳下走動，嗅嗅哈理斯丟在地板上的拖鞋。「想都別想。」他說。挨罵的老狗退至水冷散熱器前面，悶悶不樂。

女孩仍穿著打結的襯衫，哈理斯認爲解開比較舒服，所以爲她解開。雖然他已見過突出的恥骨，也見過隆起的腹部——能露的部位全露得差不多了——但在他扣好皺巴巴的衣襬時，他的雙手慌亂一陣，呼吸變得短促，擔心如果女孩這時醒來，他大概有理也辯不清。

但整個下午，她只醒來一次，喃喃亂語著。他用廣口瓶裝自來水餵女孩喝，水順著拉長的頸子往下流，弄濕胸部，在鎖骨上方的凹洞蓄積。在她昏迷期間，哈理斯多次查看她，摸她是否發燒，拿小毛巾沾水，放在額頭和臉頰上降溫。他也拿濕紙巾擦掉頭髮上的穢物。在他照顧女孩的過程中，女孩腹部的瘀青似乎會脈動，似乎會變形。

他能做的只有這麼多了。趁女孩還沒醒，他打掃房子、洗餐具、整理床鋪、剪狗指甲。家裡多久沒有客人投宿了？他記不清楚。這女孩能算是客人嗎？至少十六年了。儘管女孩處於昏迷狀態，把她帶進家裡令哈理斯產生一絲羞恥心，感嘆多年來沒人囉唆他，雜物囤積太多了。客廳的牆邊有架子、桌面架、玻璃櫃，原本擺滿裝飾品，但那些小玩意老早全被凱麗安分批帶走了。那一陣子，她常住法倫鎮的姐姐家，一去幾星期不回家。在她帶走東西時，他坐在門廊上抽菸，不是氣到講不出話，就是害怕問她幹嘛帶丘比娃娃去姐姐家。

後來，她一去不回。現在，架子上改陳列他的礦石：東牆擺著火成岩長石、石英、橄欖石、雲母石；北牆的內建式書架擺著沉積片麻岩和變晶狀花崗岩；西牆擺著頁岩、粉砂岩、角礫岩以及多數礫岩。至於石灰岩、寶石，和少數蛋白石，他收在臥房裡。

裝牛奶瓶的塑膠箱排在臥房邊緣，多數裝滿塊狀的矽孔雀石，是他去年冬天拿鶴嘴鋤，去尼克遜鎮山上從冰岩開鑿出來的。其中幾塊含有數道細細的金紋，幾乎用顯微鏡才看得到。外套衣櫃附近有幾個塵封的紙箱，疊了四、五層，已有迸裂的跡象。衣櫃前面堆滿採樣，他準備送這些樣本去雷諾的檢驗室，冀望他開墾的礦權區總算有所回報，盼能添補他的礦工退休金。門廊上有幾個生鏽的油桶，前院有幾臺獨輪車，滿是骯髒的黑碧璽、土耳其玉、未加工孔雀石，等著他切割、滾磨，分量足夠供應從本地到舊金山的一連串礦石店。

哈理斯儘量整理，奈何東西這麼多，找不到地方全收起來。即使是床頭櫃唯一的抽屜也裝滿皂石和幾塊乳白透光的鈉硼解石，等著他貼標籤。

他也觀察著湖床動態，但他知道不會有人來。扔下女孩的人不會糊塗到過來找她。早上才十點，氣溫已飆升至攝氏四十一度。夏天會來這裡的人只有一個，就是哈維．波曼，他是戰山人，認同摩門教。波曼之所以會來，全因政府付錢找他幫忙。但哈理斯很清楚，波曼領薪水不管事，把土地管理局的吉普車停在一百五十英里外的「野馬農場」，那裡的貨櫃屋屋頂裝著散熱器，再熱也能嘿咻。波曼搞上的女人比楊百翰的老婆還多。

湖床邈無人煙。扔下女孩不管的人不會回來找，想找她的人也不知從何找起。想到這裡，哈理斯不由自主地產生一股異樣的欣喜。

他煎義式臘腸，夾成三明治當晚餐，配一碗番茄濃湯。他在廚房裡，手指伸進玻璃罐撈蒔蘿醃黃瓜，這時女孩醒過來。

「我的鞋子在哪裡？」她一肘支撐上身說。

「妳的鞋子在那邊。」哈理斯說。

她低頭看。「對。」她面露即將嘔吐的表情，哈理斯見狀衝過去，及時讓她對著醃黃瓜罐乾嘔。女孩抬頭，看著蹲在她前方的哈理斯，臉色崩垮，突如其來推他肚子一把，他跌坐地上，醃黃瓜汁潑灑在他的胸腹部。

女孩神色慌張，望向門口。

「放輕鬆啦。」哈理斯說，揉揉被她打中的肋骨。「我不會傷害妳的。我在湖床發現妳。這一棟是我的房子。我住這裡。妳昏迷一天了。」

他爬起來站著，從窗臺拿來一個廣口瓶，裝水，緩緩遞給女孩，也給她一條抹布擦嘴。「拿去。」她斜眼看廣口瓶，然後接下。她喝光三大瓶，輕咳幾下，哈理斯爲她添水。

「謝謝。」她最後說。「你叫什麼名字？」

「艾德溫．哈理斯。」他說。「叫我巴德。」他補上這句話。好幾年沒有人喊這小名了。

她游目張望，看似在審視這棟房子，審視屋中物，藉此進一步瞭解這個喜歡別人喊小名的糟老頭屋主。哈理斯問她叫什麼名字。「茉德。」她說。「正名是抹大拉。我媽是信教狂。」

「茉德，妳能活下來是命大。」他說。「妳幹嘛自己一個人待在那裡？」

她拿抹布擦擦嘴，懶洋洋地在客廳東看西看，涮一涮廣口瓶底所剩的水。「酒喝太多了吧，我猜。」她說著微微聳肩。「祝美國生日快樂。」

他點頭，進臥房換穿乾淨的上衣。酒喝太多——他原本也這麼猜。一年到頭，湖床都有小孩喝酒狂歡。哈理斯常聽見陣陣回音傳來鬼叫和砰砰聲，是青少年所謂的音樂。如果波曼開著吉普車過來，車頭燈在五十英里外就能被青少年看見，但波曼很少來趕人。整片湖床是禁區，但哈理斯和多數青少年知道，付錢叫一個人巡邏整座盆地，從湖床北岸一路巡邏到昆恩河窪地，面積將近一千平方哩，付錢找人巡邏等於是撒錢。

他回到廚房。不知爲何，這女孩似乎跟喝酒狂歡的青少年不同類。她的面貌姣好，平常可能更漂亮。以她這年紀，她的五官看起來太疲倦了。

茱德指向趴在散熱器前面的狗。「牠是誰？」

「麥蘿。」他說。「牠是妳的救命恩人。妳可能中暑了。妳應該吃點東西。」他端一杯濃湯給她，幫她添滿水。

她以嘴唇沾一點湯，點頭對狗客氣說：「謝了，麥蘿。」她四下看著，湯匙在杯中舀來舀去，不喝湯，彷彿能在馬克杯底舀出祕密似的。「你是個礦石迷，對吧？」

「我從事一點採礦工作。」他說。

「你是礦工嗎？」

「以前是。退休了。」

茱德把湯杯放在咖啡桌上。從身邊的架子上，她拿起一塊蒙了灰塵的渾濁石英，大小如火星塞，放在掌心。「那你住在這裡做什麼？」她問。

「過日子。」他說。「我有幾個礦權區。」

「金礦？」

他點頭，她呵呵笑起來，顯露補牙的金屬填料和一顆全銀臼齒。「這地方被掏空了啦。」她說著又大笑。她的笑很開朗，嘴張得很開，露出滿嘴牙。「老爺爺啊，金礦被採光了。」

「金礦沒有被採盡，」哈理斯說：「找對地方就採得到。」他把湯杯推向她。「妳應該吃點東西。」

茱德看著湯。「我身體不舒服。宿醉。」

麥蘿起身，過來趴在哈理斯腳邊。哈理斯搔搔牠耳後的軟毛皮。「我從湖床載妳上車回來。」他說著，指向前方的戶外。「我的車廂是標準型。很小。妳的味道不像酒喝太多。我完全沒聞到酒味。」

茱德把石英放在咖啡桌上，動作粗魯，背靠進沙發背。「好體貼喔。」她語帶諷刺。

哈理斯走向食品儲藏室，拿來長條包的鹽酥餅乾，放在茱德的大腿上。「我前妻愛吃這東西，吃幾盒也不厭。」

「她好厲害。」茱德說。

「尤其是在她懷孕的期間。」他說。「我猜，吃這種餅乾，她的胃才會安分。以前，這餅乾在家裡到處擺，她的床頭櫃、藥櫥、我車上的置物箱。」

茉德摸摸肚子，急忙縮手。她看著鹽酥餅乾，考慮片刻，打開長條包，取出一片，把有鹽巴的一面按在舌頭上。「你看得出來啊？」她邊嚼邊問。

哈理斯點頭。「十二週了，對吧？」

茉德似乎對這問題感到無聊。她聳聳肩，當作他問她想不想拿鐵錘敲開一顆晶洞，看看裡面有什麼。

凱麗安懷孕十二星期時，用拍立得相機拍了一百張相片，底片好貴。她想把相片寄給家人，可惜，光說不練的她從來沒寄。就這樣，相片像石膏板，在家中閒置幾個月。胎兒流掉後，他再也無法忍受這堆相片，收齊每一張，帶去上班，趁四下無人，丟進焚化爐燒掉。

這時，他把石英拿在手上，指向茉德的腹部。「是誰打的？方便告訴我嗎？」他對石英吐口水，以拇指磨擦唾液滴落處。

「是我男朋友打的。」她說。她再以舌頭把餅乾折成兩半。「不過他是應我要求才打的。」

哈理斯霎時覺得噁心。「那他幹嘛丟下妳不管？」

「因爲隆尼是他媽的媽寶。他才打完，我們就看到土地管理局的車子開過來。那個管理員和隆尼是同一間教會的。被他看見，我們就糟了。」她微笑。「隆尼說他回頭會來接我走。」

「什麼狗屁計畫。」

「你以爲我不曉得嗎？他溜走就不回來了。」她再以嘴折斷另一片餅乾。

「把妳打成這樣，不怕出人命嗎？」

「不然怎麼辦？他的媽咪威脅說，再跟我交往，就把他送去鹽湖城跟外婆住。」

「妳爸媽呢？」

「算了吧。」

「天啊。」哈理斯輕聲說。

「我試過他。」茱德笑說。「也試過我們家的聖母。沒用。」

哈理斯決定讓女孩獨處一陣子。他打開AM電臺的爵士樂頻道，去門廊抽他的每晚一支菸。透過紗門傳來的是暈頭‧葛拉斯比、查理‧帕克、胖子‧瓦勒、亞提‧蕭的音符。抽完菸，他回客廳，茱德正在嚼長條包裡的最後一片餅乾。「可以關掉嗎？」她說，不等回應就按掉收音機的電源鍵。

哈理斯走向食品儲藏室，取出整盒鹽酥餅乾，放在咖啡桌上。「妳要的話，整盒帶走吧。」她看著盒子。「我會載妳一程，」他說：「不送妳回家不行。」

「我知道。可是……我身體還有點不太舒服。」她用手指梳頭。「我在想，坐車會讓肚子更不舒服吧，你不覺得嗎？我留下來，說不定比較好，在這裡過一夜。如果你不介意的話，巴德。」

哈理斯心知這是假話，但她的表情不露任何玄機。藏匿逃家青少年，被警方找上門，他有理也說不清，他不樂見這種事發生。更何況，也有必要考慮到她的雙親。假使哈理斯自己有女兒，到處找不到她，卻發現有人留女兒過夜，他絕對把對方打得滿地找牙。整郡的男人——身爲人父的男人——都會做同樣的事，出手甚至更重。

但他不語，只雙手握膝，再坐一會兒，然後走向寢具櫃，幫女孩拿一床碎布棉被和乾淨的枕頭套。明天，大清早再送她回家吧。把寢具遞給女孩時，女孩仰頭對他微笑。過一夜，有啥大不了？

他睡得不安穩，時睡時醒。最近他頻尿，這晚幾度起床小便，過走廊時腳步儘量放輕，以免女孩注意到。總算睡著時，他夢到一幕幕慘狀，有腹部、拳頭，也有嬰兒和血。有一次他醒來，確定剛剛聽見茱德站在臥室門外，傳進一陣陣的喉音，以西班牙文喊「起床」。清晨四時，他被一陣微弱的敲門聲驚醒，原來是想像力在作祟。下面撐得短褲緊繃。好久沒勃起的福氣了，他靜靜把握住這機會消火。解決後，他以熟睡度過殘餘的惡夢時分。

天空初露紫羅蘭色，哈理斯起床，坐立難安，感覺像挖掘一塊沒開墾過的土地。他穿上乾淨的藍色牛仔褲、白棉襪、靴子、剛洗好的白T恤，在胸前口袋放一包未拆封的無濾嘴駱駝菸，幫自己倒一杯咖啡，靜靜穿越客廳走到門廊，以免吵醒女孩。

凱麗安從玻璃櫃帶走丘比娃娃和小花瓷器，以報紙包著，在一九九一年春天告別，改嫁她在法倫鎮認識的州警。沒錯，就是她住姐姐家期間結的緣。她老早跟新丈夫搬去加州沙加緬度了，兩人的奇蹟寶寶已經快十六歲。儘管如此，哈理斯還就她，不在屋內吞雲吐霧。

在她剛剛結婚之後，她禁止哈理斯在屋內抽菸，他發了一小頓牛脾氣，囉唆說，男人賺錢養家，難道沒權利在家裡解菸癮？然而事實上，他不在意被趕出門。後來，他甚至耐心聽她數落說，她和哈理斯當初想再懷一胎時，百試無結果，原因是他抽菸，而且每晚一杯波本，不懂得養生。她更罵說，哈理斯根本不在乎生不出小孩。但他對待年輕妻子的態度不能說不夠順從。凱麗安脾氣不好，他從未因此責怪她——甚至在她道歉之前，他就已在心中原諒她。但他也從未透露，當凱麗安火冒三丈時，他知道她發飆總比悶在心裡好，所以他心情反而舒坦。更何況，他也不是沒有好處可拿，因為火爆老婆一發洩完脾氣，內疚不已時，往往會以行動賠罪，例如煮一頓牛排晚餐、為他按摩腳丫、吹吹喇叭。

有一次，小倆口鬥嘴完，哈理斯決定發揮成年人的自制力，少抽幾根菸。但幾年下來，起初的自制演變為不經大腦思考的慣性，一天抽四根菸：早上、午餐後、下午三四點、日落。這四根菸有助於他留意光陰的流逝，尤其是在天下似乎只剩太陽和天空的大白天，尤其是在他沒事亂罵麥蘿，只為了聽自己的聲音。逐日漸減的香菸存量告訴他，他沒有被扔在這裡自生自滅，他終究必須駕車進市區，而那裡的景物依舊，地球並未停止運轉。

茉德醒了，他聽得見她在床上翻身。他在門廊擺福爵咖啡的空罐，這時藉罐身捻熄菸頭，把菸屁股丟進罐子。日光滲進泛黃的紙窗簾，照得客廳和煦。哈理斯進門，任由紗門在身後關上，發出柔和的碰撞聲，掀起茉德的眼瞼。

她拱背，像貓一樣伸腰。「早安。」她說。

「要咖啡嗎？」他說。

她苦著臉，把舊棉被拉至腋下。她昨晚沒換衣服就睡了。「可以讓我洗個澡嗎？」

「該送妳回家了。」

「別這樣嘛，巴德。我好臭。」她抬頭看他，笑容甜蜜。「跟你同車，會把你薰死喔。」

好久沒有女人勸他做任何事了。「洗快一點。」他說。「熱水不夠洗二十分鐘。幫浦漏水。」她拖著腳步進走廊，仍以棉被裹身。他對著背影喊：「水質硬，不好意思。」

「沒關係。」她說。她從浴室門探頭，肩膀已裸露。「我們家的水質也硬。」

蒸汽不久從門下鑽出，走廊的空氣隨之凝重，水汽凝結在金屬門把和鉸鏈上。哈理斯聽見赤腳在瓷磚上扭轉的吱聲。從她的睡姿來看，哈理斯不難想像其他部位。他忙著洗咖啡機，爲狗盤添水，其實麥蘿比較喜歡舔馬桶水。

最後，水龍頭的水流停止，在水管裡發出吱嘎聲響，浴室門開啓。哈理斯轉身看見茉德站在門口，圍著他的醬紫色薄浴巾，穿成酒會洋裝似的，濕頭髮黑亮，髮梢在肩膀和鎖骨蜷曲。髒衣服被她捲成一團，夾在腋下。麥蘿跛著腳走向她。她彎腰，搔一搔狗下巴，不抬頭就問：「可以跟你借衣服穿嗎？」

讓她翻找抽屜的話，她一定會摸到他泛白的內褲上的雲母屑，哈理斯一想就不自在。但總勝過叫他爲女孩挑選衣服吧。「去拿吧。」他說。「臥房在左邊。」

「巴德，」她回眸一笑，濕頭髮貼在皮膚上，「這棟房子才四個房廳，我進過其中三個了。」

從臥房出來時，茉德穿著黑T恤，及膝的長統白襪在她的腳踝隆起一包，下身是巴德的寶藍色游泳短褲。和這裡的所有東西一樣，游泳褲也陳舊——茉德本身除外。這件游泳褲的兩側有黃白相間的縱條紋，褲管很短，即使穿在嬌小的身軀也不夠長。她一定是把褲腰儘量往上拉。她站在門口。哈理斯家有幾罐有凹痕的小蜜媞護唇膏，她伸手進其中一罐沾一點抹唇，塗得亮晶晶。

「我們今天有什麼行程？」她說。

「行程？」

「我們去游泳吧。」她說。「我敢說，這附近有哪些溫泉，你一定全知道。」

「游泳？小妹妹啊，沒搞錯吧，這裡不是什麼露宿體驗營。」

她盤腿坐在沙發躺椅上，搖得椅子吱嘎響。「你太忙了，是嗎？」

兩年來，讓他忙的事情唯有「她」。「一定會有人過來找妳。」

「不會有人來找我啦。」她說。她站起來，走出門。

哈理斯心中悲苦，但願她說得對。他用抹布擦乾手，跟隨她走上門廊。

「別鬧了。該把妳送回家了。」

「我才不回家。」

「爲什麼？因爲妳做了什麼傻事嗎？因爲妳的男朋友是狗娘養的嗎？沒啥大不了啦。妳這種年紀的女生常出同樣的狀況。」

「巴德。」她轉身面對他，被太陽刺得瞇眼。

「妳爸媽呢？他們大概急成熱鍋上的螞蟻了。」

「巴德。」她又說。

但他說個不停，一來是因爲她有必要聽，二來是因爲小名被人反覆喊，他完全不在意。「可惡，小子，假如我是妳爸爸——」

「你又不是。」

「我想說的只是——」

「巴德，你是他媽的大白痴。」她笑著說，對著遼闊開放的谷地刻薄地大笑。「你以爲我在替我男友擔心？隆尼是摩門教處男。」她又笑。「我騙隆尼說，我懷他的孩子是因爲跟他一起泡澡。結果他怎麼反應，你知道嗎？『我聽說這種事有時會發生。』」她掀起T恤，一手抹過肚皮上的瘀青，好像找到化石後，抹掉塵土才能露出礦化的枯骨。

哈理斯說：「不然孩子是誰的？」

「別問我。」她把中指伸進嘴裡，以下排牙齒刮掉一些黑指甲油。「拜託，不要問。」

老少凝視半晌，她望向山谷，哈理斯看著她。他看著她忍著不哭，只說：「幹。」他也正想這麼罵，可惜口舌乾掉了。

「沒關係。」他久久之後說。「我們去游泳。」

她望著哈理斯。「眞的？」

「我去找鞋子給妳穿。」

麥蘿留守，他們坐上車，走四十號公路，朝市區前進十五英里。即使哈理斯不斷說：「沒關係。」他看得出茉德不信。她僵著身體坐著，右手握門把，不肯正眼看他。後來車子駛進毛驢溪交流道，葛拉奇鎮開始在背後縮小，她的態度才軟化。

溫泉兩旁生出長長的幾道藍草和雲蘭花，幾條小母牛正在吃草，耳朵掛著亮亮的塑膠牌。哈理斯的小卡車停在鹽鹼地的邊緣，幾隻牛抬頭看，但多數繼續埋首啃乾草。哈理斯熄火。「到了。」

「好美喲，巴德。我根本不知道有這個地方。」茉德下車，穿著哈理斯的床邊拖鞋，穿越長草地。哈理斯跟在她後面，來到泉水流到下坡而匯聚的池子，池水清澈，池底是岩石。

「嚴格說來，這裡是印第安人的領土。」他說。

她脫掉拖鞋和襪子。「運氣全被印第安人搶光了。」

他坐下來，看女孩下水，衣服不脫。水淹到腰時，她回頭說：「你不下來？」

「不了。」

她踩到一顆鬆動的石頭，一個不穩，滑到更深的地方。「來嘛。你不熱嗎？」

哈理斯甩頭，其實火氣正旺。

茉德捏鼻子，整個頭浸水，另一手撥開臉上的頭髮。她出水時說：「感覺好棒。」她以手腳無力的蛙式，游到一顆半露水面的巨岩，爬上去，躺在上面，濕衣服貼身。

哈理斯轉頭不看。他把指頭掐進沙土裡——習慣動作——心不在焉地留意四周有無反射陽光的東西。茉德坐起來說：「巴德，你以前是什麼樣的小孩？」

「唉，我哪知道？」

「別裝蒜了。這裡只有我們兩個。你以前都做什麼事？」

「一般小孩子做的鳥事吧，我猜。」他抓起一把沙，讓沙子從指縫漏掉。

「比如說……？」

「我以前常睡外面。跟我的幾個朋友。我最要好的朋友是一對兄弟。姓海斯丁斯，一個是路卡斯，另一個是吉米。他們爸媽經營肉牛農場，那地方現在改成園遊會場了。他們會帶我去他們家的土地玩。」

「玩什麼呢？」

「聊聊天吧，我猜。砍大山。」

「聊什麼呢？」

他用兩指捏起一小塊土。「聊搬家。我們不過是小毛頭而已。」

「搬去哪？」

「最常講雷諾。或是鹽湖城。沙加緬度。舊金山。紐約。依我們當年的想法，這些地方都差不多。大都市。」哈理斯回憶著，不禁自我嘲諷一下。「我們常整夜不睡，一直列舉城市裡有哪些地方適合帶女孩去。我們其中一個會說：『去公園。』另一個會說：『去博物館。』再一個會說：『看電影。』我們最喜歡的就是『看電影』。每次有人提起電影，三人會一起說：『看—電—影』，講得慢吞吞的，當成是哪門子的祈禱文。」

茱德從巨岩溜下水，慢慢下沉。哈理斯這次允許自己觀看她的肚子被淹沒，接著入水的是被T恤貼著的小乳房，然後是肩膀、下頷、嘴唇。她在水面下拱背，彈出水面，以胸骨帶頭，濕透的衣服不掩凹凸的肋骨腔，乳頭緊繃如鈕釦。水珠從眉毛、睫毛、鼻尖、突出的下唇滴落。她一手收攏頭髮擰乾。

「怎麼了？」她說，裝糊塗。

哈理斯再看埋進土裡的手，說：「三十年沒想起海斯丁斯兄弟了。講起小時候在這裡做的事，聽起來很驢。」

「才不會咧。」她說。「我們現在都會做。」

回程的路上，茱德解開安全帶，脫掉拖鞋，背靠車門，赤腳伸向兩人之間的座椅，頭靠在車窗上，不久就睡著了，伸長的頸子到赤腳丫呈一長線。車上充滿浸水的礦物味。路面如洗衣板，兩人的身體隨之微微蹦跳，被泡成葡萄乾的腳趾不時碰觸到他的大腿。他又硬了。他暗罵著，老天爺啊，老到六十七歲了，竟然和青少年一樣不規矩。

晚餐吃完煮熱狗後，哈理斯去門廊抽晚菸，遙望夕陽燒天：高空淡藍，下面是金色和火橙色，一抹薰衣草色和珊瑚色的雲彩，一種靛色深到看似煤炭塊飄浮在山脈上空。最接近夕陽之處，天空是傷口的炫紅色，好像非把落日逼下地平線不可。哈理斯知道夕陽純屬物理現象，由塵埃、空氣雜質、地表傾斜之際日光折射所產生。儘管如此，漂亮總是漂亮。

茱德忙著教麥蘿咬樹枝回來，無視背後的絢麗。這天下午，他們從溫泉回來，下車時見麥蘿在門廊下鬱鬱寡歡，終於把牠哄出來的人是茱德。她找來一根牧豆枝，用哈理斯的李德門折疊刀砍掉刺，在滿地岩石的院子擲枝馴狗。沒想到，麥蘿只信步走向樹枝，在旁邊趴下，啃咬幾口，以紓解牙齦流血的痛。茱德不肯放過牠。她拍大腿反覆說：「過來呀，麥蘿。麥蘿，過來！」老母狗終於站起來後，慢吞吞走著，沒咬樹枝回來。最後，茱德死心了。她去哈理斯身旁坐下，望向湖床。

「你那天在那裡做什麼？」她問。

「我住在這裡。」

「你住在**這裡**。你去**那裡**做什麼？」

他思考片刻。「我拿給妳看。」他說。「待在這裡別走。」

他走向小卡車的後面，吃力地放下車尾板，這動作的難度似乎逐年遞增。一九六八年至今，每逢七月五日，哈理斯必定去湖床，在三合板和雜貨托盤的餘燼附近尋找煙火。第一年，他是年少輕狂族的一員，醉醒後，眼窩隱隱作痛的他發現，值一個月薪水的焰火筒被忘在湖床，急忙打給未來的前妻凱麗安，低聲講電話，以免被他母親聽見，「早安，小蜜蜂。妳把我的鑰匙藏在哪裡？」

他向茱德約略敘述由來。

「你有過老婆啊？」她說。「她現在住哪裡？」

「不重要。」他說。接著說：「沙加緬度。」

「城市女孩。」

「大概吧。」

「爲你遺憾。」

「不必。很久以前的事了。」他轉向女孩，抱著一箱大如他軀體的套裝砲彈型煙火。戰士煙火。

接下來四十分鐘，哈理斯在鄰近小山爬上爬下，排列煙火，不時回工具屋找PVC管、砂紙或膠帶。他彎腰把一截管子固定在地上，撚合兩條導火線，背疼痛不已。硫磺的鹹腥味刺激他的鼻竇。他看一眼在山下的茱德。她坐在門廊的第一階，雙臂壓在身後的門廊上。他想起凱麗安也曾坐在同一地方，等他回家，打著毛線或剝著玉米殼打發時間。哈理斯把這幅影像壓往心靈地平線以下。他和凱麗安，現在相安無事了。她如願生了小孩。哈理斯每年寄給小孩生日卡，裡面夾五十美元的儲蓄債券，署名「愛你的巴德伯伯」。憑良心說，他沒有怨言。他和凱麗安當年獲得重生的契機，能隨心所欲自由掌握人生。

導火線在他背後斷斷引燃，他趕緊下山，坐在茱德旁邊。她把T恤掀到胸部下面，一手貼著裸腹。她彎腰，檢查肚子，尋找某種跡象。

「看。」他指向他在小山上的傑作。

但她持續面對自己的腹部。「它八成死了，你不認爲嗎？」

「好了啦。」他說。他的回應來得太遲，缺乏安撫的作用。「別往那一方面想。」

「死了。」她說。「我知道。」哈理斯正要再開口，這時第一顆煙火彈被點燃，直衝他們正上方，哈理斯急急驚呼一聲，一手摟住茱德。煙火如小彗星升空，亮度減弱片刻，旋即大爆發——**砰**——似乎照亮整個天空，聲音迴盪山谷，傳回來——**砰**。

「看到沒？」他說。「那種綠。那是鋇火藥。」他摟緊一些，不動，她沒有掙脫的意思。

另一顆煙火砲升空——**砰**——燦爛的紅點嘶嘶如雨下。

他低頭湊近她耳邊。「鍶。」他低語。

「如果它死了，所有煩惱就結束了，」她說：「我會很高興的。」

他再摟緊一些，只說：「噓。」隨即又有一顆升空，比前幾顆衝得更高，彷彿被聲響推升，**砰**的一聲開展，五顏六色的火鬚從核心輻射，降落時像紅頭美洲鷲打轉。寂靜在兩人之間生根。

第四顆和第五顆從小山起飛，連續**砰砰**兩聲，炸出兩個大光球，一個是純藍色噴泉，另一個是紫色轉橙色的輪幅線。

「那一個是什麼？」茱德細聲問。

「藍色的是銅，」他說：「純銅磨成的粉。」

最後四顆同步升空，連砰四聲，茱德被嚇一小跳，挨著他瑟縮。哈理斯轉頭看她的臉、他的家，整座山谷被絢麗的黃光照亮。他抱住她。

「那一個呢？」她細聲問。

「那一個嘛，」他說：「那是黃金。」

當晚，哈理斯看她睡覺。舊床單被她拉扯成繩索狀，纏繞手臂，夾在雙腿之間。他堅持把床讓給她睡。她獨睡床上，模樣纖秀如一粒鹽晶。月光灑進窗戶，勾勒出床頭櫃上的礦石稜角。在半暗中，她的肚子顯得比較大。才短短幾天，有可能嗎？該不會被茱德料中吧？妻子懷孕時也說過，**我知道。胎兒走了，我有感覺**。難道胎兒真被摩門教傻小子打死了？不可能。雖然哈理斯親眼見到瘀青，看到皮下出血的跡象，但她的肚子的確顯得大一些。她應該去看醫生。去醫院。他勢必要打電話。開車載她去雷諾。醫生會告訴她，對，肚子是愈來愈大了。醫生會告訴她，還沒結束。才剛剛開始而已。她需要服用維他命。在內心深處，他明明知道不該妄想，卻忍不住想到，幾個月後她需要嬰兒車，她需要汽車嬰兒座椅。無法生育的人死纏著沃土不放。我們，他心想，我們需要嬰兒床。

哈理斯抽最後一口菸，對著靴底捻熄菸蒂。早上了。他把菸屁股丟進咖啡罐。待會兒去叫茱德起床，叫她穿衣服，帶她去雷諾。但他不進門，先掃描湖床一下。她進入他的世界後，他天天觀察湖床動靜。房子坐落於沖積扇，居高望遠，底下的山谷狀似漿燙過的白床單攤平在大地上。太陽漸漸昇起，照亮西邊，名為「最後機會山脈」的重重相連的山峰，啓程長征而過黑岩沙漠。他暫停動作。遠方有異狀。地平線上有一小團塵土形成的白霧。變大。暴風眼是一粒小黑點。一輛卡車。

「早安。」茱德說，嚇到哈理斯。她踏上門廊。她瞥見谷地揚起的土雲，瞇眼望著。「什麼東西啊？」

「妳比我清楚。」哈理斯說。「可能日出就從湖床另一邊開過來，在我發現妳的地方兜圈子。」

「慘了，幹。」她說。「是我爸爸。」她開始像困獸般在門廊上踱步。「幹、幹。幹。」一副快哭出來的模樣。

接著，車子彷彿聽見她似的，轉彎駛上四十號公路，朝瑞茲路前進。這條被洪水肆虐過的小路盡頭就是哈理斯家的車道。他的心跳像一群野馬在肋骨腔裡狂奔。

「進屋子裡去。」他告訴茉德。「他不知道妳在這裡。躲進臥房。關門。不要出來。我來應付就好。」他有點相信最後這句話。

漫長的砂石車道坡度大，車子拖著笨重的身軀慢慢爬，看似擔心飆車揚塵會影響到鄰居。哈理斯心慌之餘，翻找著獨輪推車裡的石頭，找到一大塊鐵礦石，有稜有角，而且夠分量，容易握。

他右手握著鐵礦石，以左手整理推車裡的石頭，在來人抵達時製造忙碌的假象。他依照礫粒的大小，在地上分幾堆。車子爬升到車道的一半，近到可以看見屋外的人，這時哈理斯聽見紗門唰的一聲打開又關上。他忍著不緊急轉身，但按捺不住恐慌，猛然回頭，只見麥蘿信步走向他。他氣得差點揍狗。

來車是黑色Ram的加寬型小卡車，後窗有一種橫向的標識。車子停在哈理斯自認是自家院子的邊緣，一名男子下車。他戴太陽眼鏡，牛仔皮帶扣環大如大菜盤，奶油色的牛仔帽很寬，穿著俗稱踢屎鞋的鱷魚皮靴，式樣華麗。

哈理斯認識這人。他姓卡斯坦內達，名字好像是胡安，哈理斯不確定。這人是哈理斯在礦場的同事。他和哈理斯一樣是工頭。

他們講過話。在礦坑裡休息時、坐紐蒙特礦場交通車回市區時。他們聊過球賽——內華達狼群美足賽、三月籃球瘋。有一次他們在殼牌加油站停車，店員是不到二十歲的女生，他們議論著她的奶子多美。卡斯坦內達聊過他的小孩。哈理斯見過他從皮夾取出幾張摺爛的相片，看過他的小孩，全是女兒。哈理斯當時真心稱讚，好漂亮。對方聽了，笑得嘴巴寬如海洋，說，我知道。哈理斯握緊鐵礦石，緊到指尖發白。

「早安。」哈理斯說。緊接著，「幫得上忙嗎？」講得太急。

「早安。」卡斯坦內達邊說邊脫帽，墨鏡不摘。他頭上沒有一絲白髮。「希望如此。」他前進時腳步輕盈。「哈理斯，對不對？老哥，最近日子過得美滿吧？」

「沒啥好抱怨。」

「發大財了沒？」

哈理斯繼續分石頭，容易握的那顆繼續握在右手。他抬頭看來人，然後望向白熱的湖床，接著朝日照的來向瞇眼，望向房子的後山。他依稀看得出小山頂的PVC管，昨晚用過之後東倒西歪，燒焦了。「你來這裡探勘礦石嗎？」哈理斯說。「這一帶四邊全是土管局的地盤，可別在山姆大叔頭上動土喔。」

「探勘？哈，才不是。我不是奇石迷。」卡斯坦內達說。「我想獵石雞。你經驗老到，應該曉得獵石雞的好地方吧。」卡斯坦內達朝自己停車的地方點頭。

「石雞。」哈理斯站直身體，面對他，擦掉上唇的汗，嘗到手指上尼古丁的苦味。「不曉得這附近哪兒有石雞。」因爲這附近根本沒有石雞，至少要到白松郡才有。這裡獵得到的東西只有響尾蛇。

「哼，可惡。」卡斯坦內達說。他伸手向背後，調整皮帶。「反正是帶錯槍了，沒石雞可打也好。」他拔出一把點四四口徑的左輪，在夏日豔陽下閃爍，放在掌心，彷彿只想炫耀。但哈理斯看得出他的用意。哈理斯握著石頭，像傻小孩似的站著，至少沒有笨到不懂他亮槍的目的。

就在這時候，麥蘿開始咆哮吠叫，但牠不針對卡斯坦內達，不針對平躺在掌心的槍，而是熱切望著哈理斯。牠的方向感錯亂了，也許是被暑熱烤得視覺失常。牠對著哈理斯吠叫。

卡斯坦內達提高音量以蓋過狗吠聲。「我不曉得她告訴你什麼。」他說。

「誰？」哈理斯說。

麥蘿繼續。

「別爲難我。」卡斯坦內達說。「她是個好女孩，只不過想像力太旺盛了。」

哈理斯嘴裡忽然嘗到血的金屬味。「這裡沒有其他人。」

「是嗎？」卡斯坦內達微笑了。「你放了整晚的煙火給自己看？」他大笑起來。茉德的笑遺傳自他。「老哥，她沒有別的地方可去了。」

哈理斯朝他踏出一步，手裡的鐵礦石顯得燙。

卡斯坦內達朝礦石點頭。「別輕舉妄動。」

「你這個狗娘養——」

卡斯坦內達舉起握槍的手。「想都別想。」哈理斯停止動作。

卡斯坦內達把槍插進藍哥牛仔褲，走過哈理斯身邊，小心跨越沙地上成堆的石頭，身後帶著一股油膩的刮鬍爽膚水味。他走進屋子。幾分鐘後——太快了——卡斯坦內達帶著茉德出門，一手放在她的腰上。她的臉成了石灰岩，成了花崗岩。她不看哈理斯。卡斯坦內達陪她走向車子的副駕駛座，以十足的紳士風度爲她開車門。

「等一下。」她上車前說。「我想說聲再見。」父親點頭，放手。她走向麥蘿。狗不吠了。茉德蹲下去，雙手搓摩下垂的狗耳後面，嘴巴湊近狗鼻，說一句哈理斯聽不見的話。

「她想留下來。」哈理斯喊著，語音聽起來詭異。

卡斯坦內達奸笑，轉向茉德。「是嗎？」

茉德搖搖頭，望向哈理斯，露出憐憫的神色，彷彿需要她的人是哈理斯。

哈理斯握緊鐵礦石。爲什麼不留下？他想問她。但他不問也知道。這地方能給誰什麼東西？

茉德轉向父親的車。卡斯坦內達牽著女兒的手，扶她上車，關車門之前對女兒微笑，一手順著她的頸背撫弄，動作很短暫，只有一瞬間，但哈理斯從他的撫觸看出端倪。手在裸頸上，粗短的指頭撩過頸背上嬰兒般的黑髮，然後鑽進上衣的領子底下。他的上衣。從他站的地方，他看見全部過程，看見更多。

車子發動，開始下坡，駛向荒蕪的谷地。麥蘿又開始吠叫。哈理斯叫牠安靜，但牠繼續吠。

有節奏、刺耳、不間歇。老人一輩子沒聽過如此清晰的聲音。他覺得內心有一股神聖的壓力，逐漸累積，像一道灌注脊椎的水結冰了，即將把他的身體裂成兩半。他箭步上前揪住狗。他想拿鐵礦石砸頭。他要自己的肩膀燒起來，希望手麻木。他要牠不管用的耳孔和眼洞變寬，變成一個大洞，骨頭癱塌，像峽谷壁被河流沖刷坍方。他要他要他要。

他揪住狗頸背的皮毛，想用雙腿夾住牠，但牠哀叫一聲，扭身掙脫，害他向後跌坐地上。他扔掉鐵礦石。麥蘿倉皇躲到獨輪手推車後面，推車裡面是哈理斯沒分類完的石頭。他伸手抓住生鏽推車的側面，想拉自己站起來，未料推車竟朝他歪斜，隨即傾倒，哈理斯被推回沙地上。石頭如雨落在他身上，膝蓋一陣劇痛，左手指也是。一片黑碧璽壓在手上。

他坐著，咻咻喘息，周邊盡是不值一文錢又沉重的礦石。他把受傷的手指伸進嘴裡含著，接著從口袋掏出打火機，點一根菸。吸進。呼出。卡斯坦內達的車在白得眩目的湖床上縮小。哈理斯繼續坐在原地抽菸，身旁是沖積扇上滾燙的垃圾、沉積物、黏土、飽含碎石的壤土。他看著一隻火蟻穿梭砂石，鑽進傾倒的推車影子裡。然後，他改看遠去的車。一股白煙塵在車後揚起，平息，消散。她走了。在此過程中，麥蘿不歇止的嗥叫聲迴盪山谷，彈回到哈理斯的聲音是煙火的砰砰聲、茉德從未低吟過的起床聲、躍過牧場的海斯丁斯兄弟嘿嘿笑聲，是他曾聽過的每一種聲響。

檔案資料員

再強效的藥膏也治不好他留下的空隙。即使科學界開發出一種治療心痛的油膏，即使發明一種失戀藥，我也不肯用。我要痛。我要的是驚天動地的痛楚。爲了達成這份心願，我重複我們以前的日常作息。

我是市立圖書館的職員，每晚下班回家，我會放一缸洗澡水，熱到我能忍受的高溫。我在浴缸旁擺一張廚房椅，在椅子上放一瓶便宜的卡本內、一本書、一包菸、一根大麻、一長條包的花生巧克力派。零嘴是我在轉角的贏家超商買的，酒也是。

有天晚上，我迷茫得特別厲害，我打電話給姐姐卡莉，告訴她，我跟艾卓吹了。我說：「這一次是眞的。」我每次都這樣說。她說她馬上過來。「帶寶寶過來。」我說。

我躺在浴缸裡等姐姐，以藍斑點的琺琅露營杯盛著酒喝。有一次，艾卓說我這杯子是牛仔杯。和他分手後，我無法把這杯子視爲牛仔杯以外的東西。每次拿這杯喝東西，一種無可救藥的粗野感會灌滿全身，卻也一直喝個不停。這就是他對我的影響：瀰漫我、飽和我，把我沉浸在他的身心裡。現在，我淹沒我自己。我浮出水面，抽一口菸，把他吸進我這兩片愚昧飢渴的肺葉。

吸菸是從我們認識的那天晚上開始的。我們坐在同一間酒吧打電動撲克，他站起來說：「我想去外面。」同時在嘴巴前面豎起兩指，比劃癮君子通用的手語，看似他輕吻著指尖的肉墊。我有個好男人在家等我。我說：「我也想。」說完跟他到外面，抽我今生第一支菸。那時我二十六歲。街上黑漆漆，唯有同一條路上的贏家超商像導航標似的亮著燈。艾卓挨過來，為我點火，然後為我撥開臉上的頭髮。「會維持一個禮拜吧，我敢說。」他說。「妳覺得呢？」我說：「兩禮拜，頂多。」他露出致命到極點的微笑，我們默默抽菸，感受著高速公路傳來的地震，體會著馬路對面黝暗的回收廠。隔天，我叫我男朋友搬走。那天起，我明白，艾卓如果肯讓我跟，我一定跟著他走遍天涯。

卡莉自己開門進我公寓，喊我名字。寶寶尖聲叫。卡莉在我這年紀時子宮外孕，失去一條輸卵管。後來她丈夫艾力克斯接受輸精管復原手術，我這個外甥女才誕生，所以暱稱為奇蹟寶貝。

卡莉進浴室說：「唉，妹妹。」臉上刻劃著將心比心的情緒。她讓奇蹟坐在浴缸旁的地上，在她身邊擺一圈粉色系的玩具，但她拒玩。奇蹟只玩成年人的東西，例如鑰匙、眼鏡、手機。才一歲大，就已出落得正經嚴肅。

卡莉最近常把奇蹟似羽的金髮綁成沖天頭，怎麼看都像卡通裡的大頭菜。奇蹟似乎不懂明白自己像大頭菜，也對這種造型懷抱適度的疑慮。她的眼珠子溜轉向澡缸裡的我。

卡莉偷偷拿走椅子上的葡萄酒和大麻，留下香菸、花生巧克力派、一本《國家地理》雜誌、牛仔杯。我發現杯子離奇空了，空得讓我失望。

我聽著她進廚房，聽著軟木塞被塞回快見底的酒瓶，聽著酒瓶被擺在冰箱上面。「紅酒含有白藜蘆醇和抗氧化劑，」我對她喊話，「對心臟有益。」

卡莉回浴室，翹腳坐在馬桶蓋上，打開一個花生巧克力派的包裝紙。她這樣子坐，酷似我們母親。她有母親的美腿，修長的手指。她摸嘴的手勢神似相片裡的母親。我們的母親是美女，也是酒鬼。她死的那年我十歲，卡莉十五。她酒醉駕車，上午十點撞上雷諾高中附近的電線桿。就我記憶所及，我姐姐一直想扮演的角色是我們欠缺的好媽媽。

卡莉把巧克力派摺成兩半，一半給奇蹟。「別告訴爹地喲。」她說。

「謝謝妳！」奇蹟說。

卡莉說：「不客氣！」然後，「我知道妳想念他，奈莉。不過，妳總不能泡澡呼麻，耗掉下半輩子吧。妳應該忘掉過去，向前走。培養嗜好嘛。博物館正在培訓講解志工。妳擔任講解員，最適合不過了。」她啃著巧克力派的邊緣。卡莉從未見過艾卓。

「我考慮看看。」我說。

「一定要。」她說。「午餐來找我。我介紹里彥給妳認識。」里彥是她的上司，她提過不只一次。她爽朗地拍拍我的腳。有工程可忙，她很高興。

艾卓和我維持了將近一年。每天晚上，我會先打開後門鎖，然後進浴缸。我會喝酒、讀東西、等他。有些晚上他整晚沒來，我會一直泡到水變冷，水龍頭再也放不出熱水。盼到他的時候，他通常瞳孔放大，兩手顫抖，自己開後門進來，進浴室，摸摸我頭頂，坐在馬桶蓋上。我會把一腳蹺到水龍頭上，他會默默以食指勾住大腳趾。我們會一起閱讀——我看《國家地理》和歷史書，也讀空難、船難、山崩生還者的眞人奇事，他讀的則是本地報紙和薄薄的劇本。我們會聊聊天，他會捲菸一起抽。時機好的時候，他也會捲大麻給我抽。他幫我把菸尾捲長一點，以免我抽到菸尾時被燙到。艾卓多半喝酒、嗑古柯鹼，只在已經恍神到亂七八糟時才呼麻。他也只在這種時候才說他愛我。

過了幾星期，我的日子天天過得渾渾噩噩，活像被炸彈震傻了，活像心碎的人。有些日子，我盡力而爲。最後，我甚至依約和卡莉一起吃午餐。我在畫廊裡等她，愈等愈明白我多討厭一般博物館，尤其討厭內華達美術館。這裡的幾廳都太亮了，而且我也不喜歡整棟博物館裡面的聲音變質走調。屋頂有一座天臺，缺乏血色，卡莉常在這裡爲會員辦雞尾酒會，吸收新會員。我有幾個高中朋友在天臺辦婚宴。

卡莉和我走去一間熟食店，點兩份魯賓三明治。吃著吃著，她冷不防說：「里彥讀過耶魯。」

「不錯嘛。」我說。浸滿醬料的裸麥麵包塞滿嘴。卡莉看我幾秒，不掩心痛，然後摘掉黏在我下巴的一片半透明德式酸菜。

回博物館途中，我們穿越中庭，路過一座我沒見過的塑像。表面上看來，這座塑像的材料是一百支柔軟的灰色浮木，以弧形交織成一體，手工細膩合度，塑造成一匹完美的駿馬，看起來彷彿我能一推就倒。我喜歡這特性。「摸摸看。」卡莉說。我一摸，馬上發現，材料根本不是木頭，而是色澤被漂成木頭色的銅條。我原以爲是交織的樹枝，其實是被焊接在一塊。這時候，卡莉對中庭另一邊呼喚。

里彥長得好看，外型的確像康州人，精瘦瀟灑，但他顯然在頭頂下過工夫，把頭髮挑撥成略微放蕩不羈的造型。卡莉介紹我們認識，然後說：「好吧。」迅速進裡面。

里彥微笑，雙手抽出口袋，彷彿童年挨過罵，剛記得不應該雙手插口袋。我以手心近腕處推塑像，產生無底井似的空洞聲。

「卡莉說妳有藝術學位。」里彥試探著。

「我以爲這是木頭做的。」

「本來是。」他說，帶有安慰的語氣，不禁令我留意到，我已走到需要安慰的境界。他趕緊接著說：「應該說是，她在木頭外面淋漿，然後燒光裡面的木頭。」附近有一顆大石頭，上面嵌著一片解說牌，可能是褒揚狀吧。他心虛地指著。

「太可怕了。」我說，忽然覺得暈眩。「這是我聽過最糟糕的事。」里彥正想再開口，態度高尚，但被我打斷。「對不起。」我說：「我該走了。」

里彥維持東岸尊嚴，只說：「行。」

走路回家的路上，我偶爾歇腳，靠在路旁的粗齒楓。我的乳房已開始在胸罩裡面茁壯，我雙手按著，渴望找一間感覺不像博物館的博物館。我喜歡歷史人物的故居。我喜歡隨時可插進墨水瓶的鵝毛筆、隨手扔在搖椅上的仕女帽、半堆在爐子旁的柴薪。等著永遠不來的人的一棟房子。這樣我才覺得有意義。

我前門外有一雙網球鞋，鞋跟被磨平了，帆布面被太陽曬得龜裂。球鞋上方的磚頭上可裝一片解說牌，寫著：

《結局》（上集）：以秋季來說，這天算是熱的。他們在卓吉河泡腳。他們從午餐開始喝葡萄酒，喝到現在。她醉了，他也快醉了。她對他解釋「秋老虎」一詞的由來。他不信。兩人因此大笑，結果他忽然不笑了，說：「我心底有點想要這樣。勝過其他東西。」他老喜歡講這句話。她很早就懷疑他的心到底有多少「點」。她自知愛上一個拼圖般的男人，他全是一片片支離破碎的部分，但她現在才領悟自己能擁有的幾片少得可憐。

他握住她的手。「百分之七十的時候，我要妳。」他說。「不對。百分之七十五。」

王八蛋，她暗罵，多想咬遍他全身，隨時隨地咬。咬他的蘋果頰。咬穿他手背的皮肉。她無話可說。在沉默中，她想到，從這裡步行幾分鐘就能到她的公寓。整天離家都不遠。她像野鳥一樣認得回巢路。

他說：「對不起。我恨我講那種話。」

「那就別講。」她說。

「我不能。」

她鼓起酒精助長的勇氣，也靠不合時令的豔陽壯膽。剛發現離家近，膽子更大。她對他說，他太為難她了。她對他說，她怕自己放任他永遠刁難她。這些話她憋了好久，其他東西也是。說完後，走路回家時，河水浸潤的腳丫踩在球鞋裡，她知道這些話代表兩人的結局。

第二片解說牌鑲嵌在屋內的前門旁邊，與胸同高，被擦得雪亮：

《結局》（中集）：兩天後，西邊吹來一陣暴風雨，艾卓頭一次走前門進來。她開門時他說：「嗨。」然後抬起她的下頷，接吻。她想從他口舌磨蹭的動作尋找某種跡象，但發現他這吻一如平常，吻得蠻橫，吻得銷魂，對她的效果和往常一樣。他把她轉過去，推她面向這條走廊陰涼的牆壁，一手粗魯揪她頭髮，吻她頸子時齒多於舌，用另一手往上摸，然後向下，剝掉她的衣服，拋在地上。前門仍開著，秋天的濕味溜進屋內。他把兩膝插進她的雙腿之間，撐開她。她發出不由自主的嬌喘，嘴巴被水泥牆蒙著。他朝她多使一把勁，她翹臀迎接。接著，他彷彿意識到她的抗力流失，把她轉過來面對面，彎腰吻她一下，這次吻鼻樑。她勉強說：「我們應該溝通幾件事。」

「好。」他說。「講吧。」

「你為什麼來這裡？你想要什麼？」

他微笑，情意綿綿地吻她的嘴，藉吻傳達：我要妳閉嘴，讓我操妳。

她心懷感激，所以服從。他雙手探向芳臀下面，抬高她，讓她以裸背抵著解說牌所在的此處。她以雙腿環繞他。她緊靠他厚實的肩膀，他晃一晃，進入她體內。她讓自己相信這可能是開始，而非結束；這就是他們兩人。隨即，她完全暫停思考。他出來時，總發出半呼半吸的急速抽氣聲，這次也一樣。他肌肉鬆弛下來，兩人緩緩沿著牆壁下滑，四肢鬆散地纏繞對方。兩人沒動作，汗水淋漓，他頭靠酥胸。一輛車子開過門前的馬路，輪胎俐落地劃過雨水。到這階段，該說的話不說也罷。

第三片解說牌位於凌亂的床鋪附近，不顯得突兀。

《結局》（下集）：事後，他抱她上床。睡著之前，她下床，朝緊急逃生梯點頭。「我想抽根菸。」她說。他不看她就說：「我戒了。」

天露白前幾分鐘，她醒來聽見艾卓在走廊撿拾他的衣物。她的屁股上方被他在牆壁上磨出兩顆野蘋果般的紅腫，已開始痛（詳見中集解說牌）。

她不說話。他穿好衣服，過來坐在她這邊的床緣。「我知道妳醒了。」他說。她不動。他以拇指摩挲她耳後的軟窩。「我愛妳。」他說。雖然她明白這是真心話，她仍閉眼說：「別說。」她不想讓愛變得如此嚇人、貧瘠、歪七扭八。他走了，她沒有攔人的意思。她已經不想再制止他了。打從邂逅那天起，她一直想制止他。

可憐的里彥被我甩掉的同一天下午，卡莉連續打了四次電話給我。我不理她。我在自己公寓裡來回走，輕撫艾卓在交往這年間留下的物品。他留下的東西很少也很可悲：一袋過期的白茶、一支想用來修紗窗卻沒修的螺絲起子、幾本書、一支我買給他的牙刷。我決定保留這些東西在原地，把公寓改裝成「葬情博物館」。我想像其他展覽品。一套簡訊集，收錄他寄給我的俏皮、語義閃爍的簡訊。我們認識的那間酒吧，照比例縮小複製。最值得回味的幾次出遊，以手工打造成小人國。那一夜，我被床單摩擦奶頭的感覺激醒。在黑暗中，我看見我倆最快樂的時光具體而微地呈現。

我見到我們剛聽完演唱會回來，在我臥房裡。我們是黏土做的，軟弱的手腳被隱形的牙籤固定。那個合唱團的音樂狂亂而悲痛。我們幾年前分別看過他們的演唱會。這次主唱顯得蒼老好幾歲，使得我們一邊聽他高歌，一邊也不知不覺老了兩三年。

黎明輕貼床邊的玻璃紙窗外。我的毛線頭髮亂糟糟，近看可見兩人身上有薄汗。我躺在手帕床單上，穿著痛了我整晚的紅高跟鞋。這雙是芭比娃娃鞋，細心塗上紅寶石蔻丹。艾卓坐床尾，我一腳擺在他大腿上。他低頭，爲我解開腳踝的細齒狀扣環，解開一邊後，再爲我解開另一鞋，然後單指輕揉繫帶在腳踝留下的凹痕。他的雙手即將捧著我的小腿腹，向上鑽進洋裝，和我做愛。事後他會說，我知道我是個很難搞的人。對不起。我會親他的胸膛說，告訴我，你會眞心相待。我不能，他會說。妳明明知道。但在小人國裡，他還沒說出這句話。在小人國裡，我們凍結在時空裡，他垂著頭，凝神噘著溫柔的嘴，鈣化黏土手指輕輕爲我解開鋁箔扣環。我把這作品稱爲「男人脫鞋」。

接下來這作品裡，我們是紙漿人，坐在卓吉河畔的餐廳裡，餐桌是玩偶桌，露天陽臺以冰棒棍子製作，下面是藍色和綠色衛生紙做的河水，以皺褶代表激流，以白點象徵水沫。餐桌中間有一形狀優美的玻璃瓶，裡面裝著紅酒，幾乎見底。我們點的餐全是開胃菜。請看卡片紙製作的餐盤擠滿桌面。請看以色筆畫的盤中殘餚：鯷魚、燻火腿薄片、普切塔、牡蠣、糖衣堅果點綴的軟白起司、被掏空的半圓形冷麵包。我們抽的菸是棉花捲，他的手指深陷我的軟氈頭髮。他張嘴露出那舉世無雙的笑。我在想，爲了讓你笑，我什麼事都做得出來。我稱這作品爲「我倆最美好的時光」。

我六個禮拜沒和艾卓講話了，月經至少八星期沒來。我驗一下。然後再驗一遍。我打電話找卡莉。

她聽我說，回應是：「太棒了！」她講的是眞心話。

我說：「妳去死。」

同一天晚上，卡莉來我公寓時，我躺在浴缸裡，已經躺了好一陣子。她把奇蹟放在地上，大頭菜髮型以藍絨蝴蝶結裝飾，和藍絨洋裝搭配得恰到好處。

我拿筒型衛生紙中間的厚紙板筒給她，她不太情願地接下，放進嘴裡咬。「這套是她的生日裝嗎？」我明知故問。我去過她的慶生會。

卡莉說：「妳告訴他了沒？」

「請不要先拿我開刀。」

「妳有必要通知他。」

「爲什麼？他會有什麼反應，我完全知道：『媽的，我們太不小心了。』『糟糕。這裡是四百元，妳收下。』」

「他才不會講那種話。他是好人。」

「他才不是。妳明明知道。」我伸手拿一個花生巧克力派。「未婚懷孕女滿腦浪漫妄想，妳居然在一旁煽風點火，羞恥心何在？」

她彎腰，一手伸向奇蹟的下巴下面。她說：「可以給我嗎？」寶寶把一團嚼爛的紙漿吐進母親的手中。卡莉說：「謝謝妳。」奇蹟說：「謝謝妳！」卡莉再蹺起腳來，四下看看。

「今晚不喝酒，」她說：「不抽菸，不呼麻。好現象喔。」

「跟妳想的東西有差距。」

「先告訴他嘛，奈莉。應該先通知他。」

我在浴缸裡坐起來，向外甥女伸出一隻手，要她握住我的食指，爲我灌注一些能振奮心情的嬰兒力。我對著她搖搖手指頭。她冷眼看一下，繼續咬紙筒，情緒不安寧。奇蹟具備的尊嚴近乎殘酷。

「我在等。」我說。

「等什麼？」卡莉問。

我縮回洗澡水裡。「我想等到有其他事可說的時候再說。」

我以前多次告訴艾卓，在他撫觸之前，我沒嘗過男人的撫觸；我是專爲他一人憑空變出來的女子，在他踏進第四街酒吧門的電光石火的剎那，我以處女之身降臨，出現在酒吧內部撲克電玩機之間。這種說法常逗得我倆歡笑。但艾卓之前有個山姆。可憐的好山姆。

山姆和我有過一個嬰兒，可以說是。他要孩子，我不要。山姆說，無論我決定留不留胎兒，他都支持我，他果然支持。他當然支持。以下是我認識艾卓、甩掉山姆前大約三個月的事。

山姆在等候室裡坐了六小時。眞的有那麼久，但手術本身不超過十分鐘。那天早上，他和我依照指示，提早抵達診所。這棟建築不掛招牌，坐落於牧草林商場對面，和西爾斯百貨同一邊。按鈴後，電動鎖打開，讓我們穿越兩道防彈門。在等候室裡，山姆擁抱我，然後吻我，然後再抱一下。我往裡面走，跟其他女人會合。

所有女人都是白人，不超過二十歲，或者二十多一點，總之比我年輕，除了一人例外。她是黑人，年齡多一大截，大概四十到四十五歲之間。我是最晚到的一個，在等候室見到所有少女的父親。整間見不到一個母親。

除了被護士召喚的時候以外，黑人連珠炮似的，不停講手機。我猜電話另一端是她的朋友。不是胎兒的爸爸。她實況轉播我們的一舉一動。我恨她做這種事。大概是我有心保護比我年輕的女孩吧，但我拿不出實際行動來捍衛她們。然而，死板的轉播卻也稍微舒緩我的心情，因爲她的言語產生一種效果，讓診所少一分異於常情的味道，把診所變得像銀行大廳或整脊師診所，不是人類追尋某種意義的地方——而這裡當然不是。我認為，讓這些小女生這樣看待診所也無妨。

黑人對著手機說，我們一個接一個塡寫一疊表格，接受驗血，看錄影帶瞭解個人權益。我們等候的這間牆壁有一張海報，上面引述女詩人芮曲的名句，黑人對著手機朗誦。護士給我們一張止痛藥的價位表，她也複誦給手機聽：加幾百元能買到兩粒高劑量的維可汀。加一百五十元，護士會為我們戴上一氧化二氮氣罩，氣味有點像口香糖，手術過程會幾乎無意識。我們被告知，這兩種止痛藥不能同時選用，只能配合局部麻醉使用。局部麻醉不另外收費，在手術前一秒直接注入子宮頸。診所請我們依照個人需求與預算，考慮這些選項。當然，以上都不要的話，也是個人的自由。我選擇以上皆不要。我告訴自己，不要是因為我沒錢。在當時，我誤以為吃苦是高尚情操。

黑人對著手機說，我們一個接一個接受子宮頸抹片和骨盆檢查。工作人員為每一個人做超音波掃描，還問我們要不要留一張。我說我要，原因多半是操作機器的胖女人好像得意自己能送一張似的。掃描圖裡有幾個白括號，中間有個暗暗的空間。如此而已。後來，我把它放進車裡的置物箱，再也不看一眼，也從沒拿給山姆看，只不過我明白這張對他的意義多重大。和山姆在一起，感覺宛如站在小山頂，瞭望美好的一生像大草原般鋪排在眼前。

手術本身十分鐘不到，護士經常重申，事實也證明如此，卻不太能觸及這十分鐘的本質。一位護士助理握著我的手。我想像山姆和眾女孩的父親坐在外面。我懷疑，他在場會不會讓他們覺得洩氣。我也懷疑，山姆受過大學教育、二十六歲白人、鬍子刮得乾淨，從這些女孩的父親眼裡看來，會不會覺得他是迷途知返的女兒將來帶回家的那種男人？後來，山姆告訴我，他沒有一直在等候室等我。他說他出去散步，發現附近沒什麼可以散步的地方，於是在購物中心停車場裡走來走去，穿梭在成排的車輛之間，等我去電。

接著，我們被帶進一個房間，躺在小床上，有幾個女孩當場嘔吐，包括我在內。助理端蘋果汁給我們喝，每人兩塊餅乾，補充血糖。我們也領到一份處方避孕藥，以免我們變成常客。這故事我講過幾次，說給我姐姐和我朋友聽。但笑我最後這部分的人唯獨艾卓一個。這大概也是我愛他的原因之一吧。總之，墮胎的經驗如一般人預料的一樣糟，幸好沒有更糟。不是我不肯再做的事。

所以我姐姐才每晚過來，所以她才帶著奇蹟上門。

卡莉和穿生日裝的奇蹟走後，又打電話給我。「答應我一件事，」她說：「發誓妳不會再抽菸喝酒。」

「爲什麼？」

「爲以後著想嘛。」她說得快活。

「其實，卡莉，悲哀的是，妳的著想太多了。」

「唉呀，」她說：「爲了我，好嗎？」

「扯什麼狗屁。」我說，然後我答應她。

戒菸酒應該很容易才對；我只有跟他在一起時才吸菸，爲了他才抽。事實證明不容易。沒菸可抽時，我變得焦躁，不曉得兩手該往哪裡擺才好，但我總算戒了。我也不再喝酒，吃花生巧克力派時養成配檸檬水的習慣。我閱讀的速度變快，讀到的內容也更讓我心驚，通常不得不停下來，把書放到一邊，看自己的裸體。我想像自己遇到墜機、船難、雪崩，整個人翻滾著。我膨脹腹部，好讓它浮出水面。太早了，當然還看不出來。卡莉告訴我，受精卵才剛分裂成幾個細胞，不比一粒蔓越莓大多少。有時候，我沉到水面下，看自己能撐多久。我睜開眼睛，見到黑褐色包裝紙像他的船漂浮著，像昆蟲降落在卓吉河面。我看到他在那裡。但願沒看到，可惜我還是看到了。

卡莉懷奇蹟時，她儘量不難過也不生氣，總是心平氣和，所以奇蹟的個性才這麼沉穩。但我呢？我好像時時刻刻難過又生氣。心臟到子宮的距離好短。我能看見不良化學物質注入「蔓越莓」。假使她最先感覺到的情緒是失落、恐懼、怒意，怎麼辦呢？一定會對她造成重傷吧。胚胎期間的我大概也碰到同樣的情形。

葬情博物館可以設一間「母親館」，可以用倒敘的方式呈現泛黃的舊報紙上的新聞：車撞電桿，導致一死，雷諾西北區數千戶斷電。（經我這麼一提，艾卓說：「我記得那天。學校提早放我們回家。」）我們去太陽谷外婆家住宿期間，母親來看我們，帶一堆火柴盒送我和卡莉。從舊報區，參觀者可繼續瀏覽火柴盒區，裡面收藏了母親送的所有火柴盒。卡莉把她的那份保存在廣口瓶裡，放在姐妹共用的抽屜櫃子上。這些火柴盒全是酒吧贈品，有的屬於夾冊型，來自史巴奇、布力、科羅斯比，有的屬於盒裝型，來自牧野風雲、馬蹄之家、馬球廳。母親前腳一跨出外婆家門，我馬上玩火柴，一根接一根燒掉。並不是我想消滅她給的禮物，而是因爲火柴燃燒的氣味讓我忍不住聞了還想再聞，沙沙的火柴頭在粗粗的黑紙磨擦出的嘩聲也令我滿足。

同一廳或許有幾管指甲花染髮劑，我們小時候母親常把我們的棕髮染紅，用的是同一型的染髮劑，氣味刺鼻。那時候我們還跟她住一起，她想把我們變得比較像她。這裡也展示一張母女合照，我們坐在砂石車道上，在我們的貨櫃屋門前，頭髮高高盤在頭上，塗滿鏽色的黏土，她說這樣可以讓陽光發揮作用。我們那時大約五歲和十歲。我只穿棉質白內褲。

母親廳最後一項展示品可能是幾枝鼠尾草和野薄荷，是我們從貨櫃屋後面的水溝採來的。我們常捧著回來，在她睡覺時帶回家給她。

然而，最有可能的是，母親廳裡空無一物。

隔天晚上，卡莉又來我公寓，穿著毛茸茸棕熊裝的奇蹟也來了，小熊耳從帽兜豎起，手臂長出柔軟的熊爪手套，屁股有一條熊尾巴，她爬行時會跟著一擺一擺。

「她幹嘛穿這樣？」我問。

「因爲她喜歡。」卡莉說。「妳看著。」她問奇蹟，「誰是小熊？」

奇蹟咧嘴露新牙，放下媽媽的手機以展現熊爪。「誰是小熊？」卡莉再問。

奇蹟尖叫一聲，牙齒喀嚓咬合，然後冒出快樂得不得了的狂吼。

「好萌。」我說。是眞的。

卡莉看起來很高興。她說：「可以出浴缸了吧。」

「有些日子，我感謝上帝我能把自己鎖在公寓裡，沒人來煩我。」我說。「假如我永遠都能這樣呢？如果生小孩，小孩全天候在。」我剛剛才產生這些想法。

「解說員的培訓，妳有沒有再考慮一下？」她說。「我還可以幫妳安排面試。」

「我已經開始了。」我說著大手一揮，讓她看床頭櫃。

「什麼東西啊？」

「不許碰。」

她在床頭櫃前徘徊，看著艾卓在我倆最後一夜從口袋掏出的東西。這些東西照原來的位置陳列，等著下標籤，等著被貼上無酸紙：這條街上的酒吧信用卡收據一張、被咬爛的原子筆蓋、一些零錢、一包接近全空的菸草、被摺成手風琴狀的五元美鈔一張。他常用這張鈔票耍把戲，對摺或反摺時，林肯的表情會變成笑臉或苦瓜臉。

「這堆什麼東西啊？」卡莉遠遠對我喊。

「傳家寶。」我說。「蔓越莓萬一想瞭解父親的爲人，我可以指給女兒看：小費給得慷慨、動嘴成癮、南北戰爭歷史迷、香菸捲得恰如其分。」

卡莉回到浴室，眼神炯亮得無法言喻。「妳眞以爲它是女兒？」

「天啊。但願不是。」

卡莉跪在浴缸旁，一手放在我手臂上。「這事妳不一定要自己來。」她說。「妳姐夫和我可以幫妳。蔓越莓和奇蹟可以做朋友。像我們一樣。她們兩人可以跟我們小時候一樣。在情況變壞之前。」

我說：「情況一直都壞。」

「才不是。」卡莉說。「妳年紀太小了。不過情況不壞。」

「妳幹嘛替她講好話？」

奇蹟尖叫一聲。

「我才沒有。」卡莉站起來，抱女兒，把她當成擋箭牌一樣舉著。「唉——妳非得把所有人當成仇家不可嗎？」

「我不曉得。大概吧。」

奇蹟把媽媽的耳環塞進嘴裡，卡莉謹慎抽回來。「妳把他講得好像哪門子的郎中。」

「被妳說中了，姐。郎中。」

「少來了——」

「對，他的確是郎中。一個笑聲開朗的郎中。一個古柯鹼嗑昏頭的郎中，害我染上菸癮，口袋裡的垃圾往我家一丟就不見人影。生小孩能改變這些事實嗎？笑話。」

奇蹟雙手拍著耳環說：「好棒！」

「奈莉，這種事，再怎麼準備也不會覺得準備夠了。小孩一生下來，妳自動會上手。」

「如果不會呢，怎麼辦？如果我把小孩生下來，唯一的差別在於『我快沉下去了，我連這小孩也一起拖下水』，那怎麼辦？」

她縮脖子皺臉。「不至於啦。」

我憋不住。「我們小時候就是。」

片刻之後，她說：「妳說得對。」

我指的是我們母親，但我也想到卡莉。奇蹟出生後不久，有一天，我去她家。小孩剛出生的那幾天，他們家人氣興旺。姐夫的爸媽從亞歷桑納州過來住幾天，卡莉的姐妹們也頻頻來訪，送上晚餐、二手嬰兒衣、複雜的安撫嬰兒用品。我旁觀著這些人，態度近似意外碰上花車遊行的路人甲。

後來，有天下午，一陣異樣的靜穆襲上我心頭，正在洗餐具的我抬頭，覺得她家整個被寂靜吞噬掉了，我們卡在寂靜獸幽暗溫暖的喉嚨裡，不上不下。屋裡只有我和卡莉和嬰兒。奇蹟大概才四天大。卡莉正在客廳搖椅上餵她。嬰兒睡著後，卡莉以手勢叫我過去。「妳能抱她一下嗎？」她低語，頭朝嬰兒床示意。我抱起奇蹟，照我看姐夫的做法把她放進床上。我回卡莉身邊時，她伸手握我手臂。

「我有件事想告訴妳。」她說。她貌似一張歷盡滄桑的自畫像，疲態畢露。「我不認爲我愛這小孩。我是說，我是眞的愛她。可是，不像妳姐夫那樣愛她。」

我告訴她，這很正常啊，很多女人起先都有這種感覺。幾個月前，她看歐普拉脫口秀，聽見專家這麼說，轉述給我聽，現在我搬出來用。我說，妳累了，應該去補個覺。她茫然點點頭。「妳當然愛她囉。」我邊說邊陪她走向臥房。她不掀棉被，直接躺下去。

我爲她合上窗簾，她卻說：「我不愛。」

我說：「噓。」然後進客廳摺洗好的衣服。臥房門開著，我聽得見呼吸聲，聽得見她在羽毛枕上輕輕轉頭。「我不愛。」她反覆說著。「我不愛。」然後睡著了。我們絕口不提這件事。

在這座小人國裡，艾卓和我正在喝咖啡，同看一份迷你報紙。早上醒來，宿醉產生一種昏沉、被水淹沒的感覺，能欣然耗掉一整天的感覺。我們走近這間鞋盒咖啡廳，手牽手。我們是木塊雕刻成的，上午十點左右的日光閃耀在我們有木紋的臉上。我告訴過他那天的事，說過卡莉的話讓我多害怕。她說的那些話，我們母親八成也說過。我告訴艾卓，我想知道母親是否擺脫了厭子感。因爲，如果她始終無法擺脫，我一定也沒辦法。

艾卓聽了，頭伸向桌子中間，捧著我的臉。「喂，」他說：「看我嘛。妳又不是她。妳聽見沒？妳是妳自己，不是別人。」我掙脫他的手。「你不懂。」我說。「那種感覺在我體內。」他受傷了——請看他的眼神，看他輕輕一攤的雙手。我居然有傷害他的能力。「老天。」他說著。「簡直像我想把妳救出來，妳卻一直想跟她埋在一起。」我稱之爲「你最眞摯的一句話」。

隔天晚上，卡莉又來了，直接進我浴室後帶上門。奇蹟背著一對金光閃閃的仙女翅膀，頭帶的一側飾以一朵大向日葵。她握著塑膠橙色雙截棍。這支雙截棍是我見過她唯一感興趣的玩具。

我泡在浴缸裡。「咦？不是不准她玩暴力玩具嗎？」我說。

「以槍為主啦。」卡莉說。「我們不禁玩雙截棍。」接著她說：「我有件事想告訴妳。」

「什麼事？」

「我帶一個人過來。妳最好穿衣服。」

我走出浴缸，以浴巾裹身。再苦也值得了。艾卓會看見，在他走後，我把我們的世界維持得好好的，我也從未停止要他。我能想見他的手指撩過我們的舊生活。他會擁我入懷，責怪自己是大白痴。他會說，**我要這個。百分之百。時時刻刻**。無論他怎麼說，我都滿足。他不吭聲也無所謂。

結果，彎腰看我床頭櫃文物的人竟是山姆。

奇蹟拿雙截棍打媽媽，說：「好棒！」

「嗨。」山姆說。「妳最近好嗎？」

我說：「呃，還好。」

他瞥向卡莉。「我在想，我們可以出去散個步。」他對我說。他的外表變得比較健康，臉比較瘦。他穿一件我不認得的深綠色毛衣。他買了毛衣，令我困惑。我說：「我去穿衣服。」

來到人行道上，山姆說：「往哪邊走？」

「無所謂。」我們走老路，往河的方向去。

兩人不語。我的手指好冷。我把手插進外套口袋。「幹嘛送雙截棍？」我說。

「妳沒告訴我她生男生女。」

我們又無言，唯一的聲音來自鞋踩人行道，偶爾有幾輛車路過。「可以送比較中性的東西啊。」我說。

他聳聳肩。山姆這種自在的聳肩動作，我記得。「雙截棍還可以吧？」

「對。還可以。」我們轉個彎，我從低垂的枝椏摘下一片枯葉。「她是怎麼告訴你的？」

「所有事情吧，我想。」

我扯破樹葉，讓碎片像紙屑飄落地上。「所有事情。」

山姆朝飄落的葉片點頭。「粗齒楓。」

「我知道。」我說。「我記得。」我以拇指掐斷葉梗，兩人繼續默默地走。最後我說：「我不打算生下來。」

「她說妳還沒去掛號。」

「我一直以為情況可能會變。」

「妳還沒告訴他？」

「很蠢，我知道。」我們來到河邊。我們走到橋中央，停下來，倚在欄杆上。

「她說妳把他的東西保留下來了。」

「不留了。」我讓最後一片葉屑飛進河水。「我愛他。我想去掛號，狠不下心。你知道嗎？我拿著手機坐在那裡，看著他媽的月曆，好像等著洗牙似的。問題不在胎兒。也許只是……我不希望我和他被簡化成掛號。我和他的過去那段情不只這樣。」

他嘆氣，大手捧著垂下的頭。

「對不起。」我說，其實不然。

山姆以手心近腕處揉眼睛，紅著臉。「妳從沒這樣想過我和妳的那一段？」

「那不一樣。」

「爲什麼？」

我忽然覺得被暗算了，但我從一開始就有這種感覺。「我不會，山姆。你難道不懂？我不懷念那一段。從來不會。我腦袋不正常。你一直沒懂這一點。」

我轉身，面對河面。他也轉身面對河面。「我還在懷念那一段。」他說。「妳和我。」

他笑了，笑得尖銳，我鮮少聽見他這樣笑，而且是只在接近我倆分手時才有的笑。「我懂。」他說。「相信我。我來的目的不是這個。我告訴卡莉，我願意來開導妳。」他的視線從河面轉回來。「不過我瞭解妳，奈莉。我知道妳有什麼能耐。知道妳辦不到的事有哪些。」他握住欄杆的雙手在顫抖。「妳看看自己。妳根本不想快樂起來。我們本來是很相稱的一對。我們好快樂。我們是合適的一對，妳卻受不了。現在呢？現在卻看上這傢伙。」

「你根本不認識他。」

「不必認識就知道。」

他說得對，我本應這樣告訴他，但我卻說：「我們該回去了。」

他點一下頭，轉身。回程，我們不再講話，他始終超前我幾步。有兩三次，他打直腰桿，猛抽一口氣，好像想講話，但他一直沒開口。回到我公寓門前，他說：「我想去等公車了。代我轉告妳姐，好嗎？」

我說：「等一等，山姆。你可以等一下嗎？」我掏出口袋裡的鑰匙，打開車門。

剛列印時，超音波掃描圖本來是光面紙，如今不知爲何，已變成綢面布，邊緣向內捲曲。他從我手裡接過去。「什麼東西？」

「他們給我的。」我指向胖女人指給我看的地方——白括號、黑空間。「這裡。」我說。

他微微張嘴。「妳一直留著？」

「對。」我說。是眞的，但原因不是我引他相信的那樣。

他小心拿著，以拇指抹平捲曲的一角，久久不語，然後以指頭橫劃最下面的一行數字。「這些數目字代表什麼？」

「我不清楚。」我說。「我沒問。」他繼續拿著掃描圖，再靠近一點看。他想還給我，但我以手勢叫他留著。起先，他似乎想留，但隨即忽然塞還給我，說：「我要這東西做什麼？」

「我以爲你想要。」

他再看掃描圖，面露嫌惡，彷彿從圖裡見到我的所有毛病。「不過是一張紙，」他總算說：「沒用。」

「我以爲——」

「是爲了這個嗎？」他又笑了，笑聲又尖銳。「的確是。妳打算把這孩子生下來，當作紀念品，把它當成重點擺飾，放在小紀念堂的中間，對不對？天啊，奈莉。妳的腦袋確實不正常。」

「我愛他。」

山姆把掃描圖塞進自己的外套口袋。「妳不愛人。」他說。「妳愛的是人對妳做的事。」

我進公寓時，發現卡莉在窗前。她一直在觀察我們。「天啊。」我說。「妳沒搞錯吧？」

她豎起一指貼嘴，說：「噓。」指向臥房。

「算了。」我說。我進廚房，從冰箱上面取回一包菸，出去站上逃生梯。我的手在抖。

卡莉跟在我後面出來。「妳在幹什麼？妳答應過我。」

我點菸，抽一口。「媽的，妳幹嘛帶他來這裡？」

「我擔心妳嘛。」

我吐氣。「擔心個屁。妳跑來這裡，把奇蹟打扮成——」

「妳答應過我。」她再說一遍。

「滾出去。」

「什麼？」

「走。帶她一起走。不要再回來。」

她哭了起來。「聽聽妳自己的口氣——」

「要聽妳自己聽。妳自己在講什麼，妳懂嗎？生小孩？看看我。」我扯嗓子吼。「看看我過的日子。妳為什麼要隨便一個人過我們這種生活？」

她擦眼睛，黑黑的睫毛膏被抹成小流星。「妳的口氣根本不像妳。」

「我的口氣不像妳。」我說。我這時也哭了。有一輛車的警報器被觸動，方位不明，更遠處是鬧區，賭場燈火在寒風中清亮，卓吉河穿越其中。山姆坐公車，正在回家的路上。艾卓在更遠的地方，方位不明，發出世間少有的笑，喘著半呼半吸的氣，食指勾著我的大腳趾。而在這裡，姐姐把我拉過去。

「我遺傳到她太多東西了。」我說。「我能感覺到。」

卡莉深吸一口冷空氣。「我也是。」她對著我的頭髮說。她語帶驚訝。「我也是。」

她維持同一姿勢，抱我一陣子，放開我時，以毛衣袖口碰觸我的眼袋。她下巴指向我的菸。

「給我一支，好嗎？」

我們倚著牆壁，默默抽菸，卡莉一度轉身，雙手圍著臥房窗戶向內看。「妳來看一下。」她說。

奇蹟手腳攤開，躺在我床上熟睡，仙女翅膀和頭帶被脫掉，山姆送她的雙截棍掉地上。她睡得黏糊糊，捲捲的亂髮沾在臉的四周。我們看著她伸展四肢，握著壯壯的拳頭，狀似得意洋洋。

掘金記

獻給約翰・薩特上尉（一八〇三—一八八〇）

領地流傳著一些故事，精神正常的男人聽了會心酸，心酸的男人聽了會心碎。三個法國人在克洛瑪造路，挖掘樹樁時，從洞裡淘洗出價值兩千元的金屑。在羽河邊的山上，一名密西根律師打樁綁騾子，隔早拔樁，欣見一條礦脈對著他送秋波。在圖奧勒米河邊，一個印第安納人從槍戰死裡逃生，子彈在他肩膀後上方的岩石射出一個洞，洞內是他的財運。在洛夫銳第村，名叫班納格・瑞茲貝瑞的男子的毛瑟槍被通條卡住，於是開槍對著熊果樹的氣根亂射一通，結果發現價值五千元的純金。在卡森溪附近，一名麻州男子死於甲狀腺峽病，致哀者為他掘墓穴，鏟出一顆七磅重的金塊。

在美國，上帝至高無上，無所不在。在加州，黃金也有同等的地位。吾兄埃洛曾說，他遇過一名男子，坐在他旁邊的高腳凳上，以一撚金粉買酒請全酒吧人。埃洛曾說，有個孩童在山溝裡閒晃，發現一顆色澤奇異的礫石，帶回家給母親看，母親拿茶水壺以鹼液烹煮一天，以確定內含物。埃洛曾說，有個酒醉的派克人[1]發現一座湖，沿岸金光閃爍，醉醒後卻記不清湖的方位。有些人被金子淹沒，有些人一進樹林解內急必定呼喊，有了！

也有一些人一無所獲。有些人日復一日賣命如奴隸。有些人在老家斥資參與地質學與化學講座，西行的途中遍讀冶金指南，縱覽地圖，記住險惡的山腳，檢視領地上的每一粒髒污，最後僅在淘金盤上見一點金光。

此外，更不乏第三類淘金客，命運比前兩類更多舛，但信念堅定。有一名一八四九年西行的淘金人，總以爲發財在望，富貴只差臨門一腳。以掘金而論，信念是一種惡疾，染病者會發高燒，變得貪財、凶暴、無理智。吾兄的高燒比礦區裡任何一位採礦人更火熱。我知道，因爲點燃他心火的人是我。

一、志在加州遠征去！

吾兄與我自俄亥俄州出發，前進金鄉，當時他二十歲，我十七。吾父已於一八四八年十二月見上帝，遺贈兩子各三百美元。我對西部活動不甚感興趣，眞正的興趣在東部，志向在於哈佛神學院。無奈吾兄西行之心意已決。平日他喜歡對我拳打腳踢，對我頤指氣使，決定西行後，遂將打罵的精力轉至勸說，勸我同行。我承認，我爲這份轉變喜在心中。自幼，埃洛對舊靴的重視更甚於老

1 Pike，作者詮釋爲來自密蘇里州的蘇格蘭後裔。

弟，如今我的地位終於看漲。他的苦心也為我燃起冒險犯難精神，令我開始憧憬兄弟倆能成為希臘神話裡的亞戈號水兵，英勇而神聖。

一八四九年初春，我們告別辛辛那堤的母親與姐妹，由俄亥俄河與密蘇里河出航。在獨立鎮，我們添購一輛貨運小馬車，以一星期的時間，耗盡所剩的錢財裝修，為車輪添置鐵輪輞，拴緊軸輻，油潤車軸，扭緊鉚釘，強化馬具。我們也向一家拓荒用品店購買新帆布，塗抹亞麻子油和蜂蠟，撐在新松木車頂框上。吾兄固然缺乏藝術造詣，卻為帆布漆上粗略的俄亥俄州輪廓，附加一句：**志在加州！**

在獨立鎮，我們加入一群自稱「密蘇里前進加州陸路互保會」的人。埃洛寫下了想必是第一百封情書給瑪嬌麗．艾莉絲．索特。索特肥皂與鹼液公司是她的家族產業。埃洛的發財夢是衝著她而來。出發前一年秋天起，乃至於全冬季，埃洛養成偷溜出去私會她的習慣，家事丟給我做。我對索特小姐並無好感，現在我不妨明言。我認為舞姿曼妙如她的女人不適合做我的妻子。我們家從事農牧。我曾提醒埃洛，索特眾千金下嫁農家的例子不多，他一聽大怒，持小鏟捶打我鎖骨，砍出一道終生的凹口。

我們告別辛辛那堤的那天，在蒸汽船上，埃洛朝港岸上的瑪嬌麗拋去一枚父親遺贈的金幣，吶喊：「在我去的地方，金子多得是！」

密蘇里互保會的成員不乏賭徒，龍蛇雜處，我們一行人沿普拉特河前進，轉進甜水河岸，來至南埡口，繞過大鹽湖，轉沿漢伯特河前行。此河水質惡臭，岸邊有毒草，毒死我方閹牛兩頭。惡河的盡頭是沙地，我們在此發現一顆巨岩，先前的旅人以炭爲筆，寫下：**由此去可見你今生僅見最險惡的沙漠，超出你預期的惡劣。帶水去。帶水。多帶一點也不嫌多。**

於是，我們灌滿所有水壺、桶子、咖啡壺、防水袋、橡皮毯。埃洛脫掉膠靴，裝滿水，命令我照做。我們把靴子藏水的事視爲機密。我們晝伏夜出，橫越百哩沙漠，憑月光循著一條小徑前行，沿途散見遭棄置的爐子、行李箱、採礦器材、發臭的騾牛屍。

二、卡森窪地遭拋棄

來到百哩沙漠的最西邊，帶頭的一組人解下牲口拖的車，牽牲口繼續前進，以尋找泉水、休息並勘察。埃洛與我等數人奉命留守，看管馬車。我們知道，金礦區近在眼前。日子一天一天過去了，打先鋒的一行人一去不復返，令我們之中幾人不禁懷疑，我們遭拋棄了，被留在窪地，既渴又怕被印第安人剝頭皮。

等候三天無音訊，名爲斗寶的青年，印第安納薛畢郡人，提議大家也前進礦區。埃洛與我正準備上路，這時我體驗到不祥的占兆。

自幼我曾幾度產生幻覺，栩栩如生的情景呈現在我眼前，事後我能回想夢境，甚至想起尚未在現實生活中發生過的事。我自知是某種形式的預言，但我不曾感受到一般占卜術會有的刺痲、無重力、畏寒等知覺，僅覺得兩眼之間痠疼，通常摘眼鏡捏鼻樑即可紓解。

我的占兆發生頻率不等，也未必與現實生活掛鉤。有時，占兆僅讓我看見即將發生的事，但也有時候，我能預見數月之後的狀況。占兆對我顯示的事件多半無足輕重：對家裡的雞灑玉米粒，雞舉喙爭相啄食；么妹瑪麗學針線，把父親的襪子縫壞了；今年冬天會很冷。在抵達卡森窪地前，我最值得一提的占兆發生在十一歲那年。當時我在愛德華．波音頓的店外，觀看兩名男子卸下馬車上的貨物，搬進店內。我看見其中一桶白蘭地釀桃餿掉了，勢必導致多人上吐下瀉，因此通知店東波音頓。店東早對此供應商有所猜忌，聽我有此一說，打開桶子，發現釀桃確實餿了，遂向供應商爭取退費。占兆屢次發生後，我試圖向父母傳達此一現象，但相信我的人唯獨埃洛。吾兄是至今唯一相信我的人。

在卡森窪地，觸發占兆的景象是埃洛扛著右傾的半滿布袋，前方是白日與崎嶇的光禿山巒，三項景物排列爲一線。接下來的情景清晰如畫：埃洛與我跟隨斗寶一行人上山，將馬車棄置於窪地，上山時可見環形排列的馬車猶如軸輻；埃洛右腳露出鞋外，我見其中三趾凍瘡發黑；我見雪地上人食人。

「怎麼了？」埃洛注意到我的異狀，握住我一臂，拉我走離人群。「你見著什麼了？」

「我們不宜跟他們走。」我敘述占兆內容，結尾說：「跟他們走是死路一條。」

埃洛咬掉一小片指甲，吐向地面。「留下來也是死路一條。」他最後說。

「很有可能。」我承認。

「但你建議我們留下。」

「是的。」他死在深山裡的景象和他活在我眼前一般清晰。

「可惡，約書亞，不前進礦區，我們究竟如何致富？」

我望向山脈。拔地而起的山峰似乎明瞭她是阻擋我們前進金礦區的唯一橫阻。西行期間，我最主要的印象便是，西部山脈給人一種被監視的感受。「我只知道我見過的事物。」我說，怕再挨他揍。

埃洛看著斗寶，一行人已近動身時刻。他嘆氣。「我們留下吧。」他說。「到時再說。」他命令我把行李搬回馬車，自己去向斗寶告知，我們有意留在窪地。「快變天了。」埃洛說。

斗寶望望無雲的天空。「小子，天氣包在咱身上。」

「現在翻山不是時候。」埃洛說。

斗寶訕笑。「還不到十月呢。」

埃洛返回我們的馬車。

我低語不該讓他們走。

「歡迎你去勸。」他說：「別被他們當瘋子射死你，讓你早日解脫。想勸，你自己去，別拖我下水。」

我們留下。他們離去。我未警告他們。話講白一點好了，年輕的我是一介懦夫。當時我最怕被人視爲精神病患。

埃洛與我從窪地望著暴風雪席捲山脈，延續三日不止，隨後積雪十日不化。每一夜，我們生火，打著哆嗦坐在火堆前，環繞我們的馬車空如新造的松木箱。第二天起，我們不再提風雪與上山一行人。第一天埃洛曾說，現在我可沒心情上山踏青，我說我也不想。我認爲那是他道謝的方式。

消息早我們一步傳至礦區，流傳再流傳，直至今日仍不歇：一支遠征隊受困暴風雪中，無人生還。密蘇里互保會。在深山進退不得，爲苟延殘喘而啖人屍。

三、絕境相救母毛驢

在窪地爲求溫飽，兄弟倆食用埃洛射殺的鵪鶉與其他人帶不走的零星糧食，但物資與獵物量逐日劇降。有天夜裡，我躺著睡不著，滿腦想著缺糧、印第安人偷襲、山獅撲咬，想著更壞的遭遇，這時帆布帳外顯現陰影，踽踽移動。我震驚得無法動彈，待在布包裡，甚至無法伸手取腳邊的刀。埃洛沉睡中，我也搆不著他身邊的毛瑟槍。影子愈來愈碩大，最後黑色的身形顯示在馬車後方。透過帆布罩的縫隙，我認清來者是何物，差點嘲笑自己多懦弱。

我見到一顆母毛驢的頭。她凝望我，耳朵抽動著，長臉上有一種近乎靈性的神態。我戴上眼鏡，悄悄爬出馬車，一手撫摸她的粗毛，灰塵跟著揚升。我不認得她。她很可能是另一車隊的牲口，跟我們一樣被拋棄了。

在昏暗之中，我見她背上有一伯利恆十字架的烙印。我撫摸著黑印，感受脊椎每一節的觸感。我但願我有蘋果或梨子餵她。隨即，告別家鄉累積至今的憂鬱排山倒海而來，我摟抱毛驢的褐色軟頸啜泣。母驢眨一眨清澈如玻璃的眼，長睫毛上下動一動，腳開始走。我旅途困頓，思鄉心切，或許也聽天由命，任她拖著我。我蹣跚前進，淚水沾濕鬃毛。

人驢同步踏過沙地、矮樹、岩石，不知走了多久，翻越一座又一座小山，最後老母驢才止步，前方在月光下顫動的是一株白楊大樹，枝葉形成渾圓的球狀，是我踏遍七百英里旅程裡首見的一棵樹。

我衝下坡，跌跌撞撞奔向大樹，最後倒在凸起的樹根上。大樹旁有一道山澗，水質清澈冷冽。我湊嘴去喝，喝了再喝。未久，我的感官全復原了，我轉頭找毛驢。奇蹟似的，她站在我扔下她的小山頭上。

我回去牽她過來，人驢一同暢飲。日出時分，我騎老母驢回馬車，對埃洛叫喚：「哈囉，哈囉。」看他的神情，他似乎以爲自己產生幻覺。我走近後，他居然伸手輕摸我下頷。母驢和我帶他到大樹旁，暖風吹襲著人驢三張臉。埃洛以手舀一點溪水。「這是融雪水。」他說。

埃洛想即刻動身，但這天是安息日，他出乎意外同意休息一天。全程除了這次之外，我們僅遵守過一次安息日。因此，埃洛坐在溪邊飲水，我帶領我今生首度的禱告。我當時便知，聖意是我畢生職守，但同時也知，追隨聖意爲時已晚。

破曉時，我們將物資搬到毛驢身上，載走前人帶不走的東西。我們沿山澗登山，那股異常溫暖的焚風伴隨我們走。山上有一條雪水滙聚的河，山澗從中岔出。我們沿河穿越內華達山脈，在山區度過嚴寒，毛驢一天比一天虛弱，迫使我們拋棄她身上幾乎所有的負荷，僅留最低限度的糧食與兩本書——《聖經》與《奧德賽》。我堅持隨身帶這兩本。

最後，她帶我們抵達礦區。我記得那天翻越最後一座山頂的情景。當時暮色昏暗，螢火蟲在灌木叢間閃爍。我擦拭鏡片，再仔細看，發現火光並非來自昆蟲，而是人爲的火。金礦區在我們正下方的山腳，幾處火光正在燃燒。我們樂得歡呼，也累得慘叫。我跪下，要求埃洛也照做。我以禱告詞感激上帝，感謝祂恩賜的救命母驢。埃洛儘管不信上帝，卻也以禱告詞感激我。

四、奸商誆騙天使營

抵達礦區時，我們已身無分文，器材也付之闕如。我們第一站停在天使營的雜貨店。在當時，這間雜貨店是以泥巴補強的粗製木屋，老闆是瑞典人。我們迫不得已賣驢給老闆，但老闆硬說她是阿肯色騾子，而非較耐操的墨西哥毛驢，以賤價逼售。

上帝賦予埃洛粗暴的脾氣與威風的勾拳，藉此考驗他。在家鄉，他屢屢通不過上帝的試煉，打傷不少俄亥俄鼻，打黑不少俄亥俄眼，原因何在，我看不出來。在舉目無親的天使營，我唯恐他再動怒傷人，因此悄悄提醒吾兄，此地已非東部，此人極可能是全郡唯一商賈。雖出此言，我暗羨吾兄逼人低頭的威武狀。

在領地碰上諸多不公不義的事，這是第一樁。我們把母驢賣給老闆，換來的物資與我們在山區拋棄的物資不成比例：一只價格哄抬至十六元的鐵鍋；一支鏟子，售價是沒有天良的二十九元。我們也買兩件紅衫、兩件稱頭的黃褐色長褲、一頂帳篷、一袋麵粉、一隻乾豬腿。

埃洛再捎一封信給瑪嬌麗，如常在信裡吹擂著運氣多好、礦權區的潛力多大、長征過程多順遂。內容與事實相反，適合仕女閱讀。我寫張明信片給母親，僅以事實相告：我們到了礦區，我們還活著。裝備購齊後，我們步行三英里至美國河，在沙洲刻苦紮營。利潤豐厚的瑞典人在店內告訴埃洛，這裡有金可淘。

在我想像中，礦區是荒蕪寂聊之地，印象全來自淘金文學的描述。來到美國河畔，我赫然發現，沿岸的淘金客人滿為患，我不禁失望。依鄉音判別，淘金客有南方人、北方人、派克人、英國佬、加拿大人、法國人。憑外表可辨別墨西哥人、黑人、印第安人。一名派克人自稱在聖路易河上擔任過船長，他告訴我，這裡的黑人以前是奴隸，他隱而不用的字眼是「逃犯」。他說印第安人是目前的奴隸。

無論是白種人或有色人種，人人皆穿紅色工作衫。埃洛最近也購置這種服裝，但多數人的紅衫已髒污成紫色，長褲黑黝黝，惹人嫌。有些人在領子添加飾帶，以城市人自居，多數已破損至近乎襤褸。

礦區唯一穿奇裝異服的是鄰近的兩位唐人。在此之前，我從未見過唐人，因此兩眼一直瞪著看，擔心太無禮了。此兩人是父子，兒子的年齡據我猜測大約十三歲，兩人穿著發黃的長袍，以怪模怪樣的方式紮著。他們淘金不用鐵盤，而用狀似斗笠的尖底碗。斗笠下的眼睛異常細，皮膚無毛，光滑似蠟。但最奇異的特徵莫過於蛇樣的黑辮子，從頸背垂向後背。男孩的辮尾垂至肩膀以下，相當醒目，但與父親的辮子相形之下猶如小樹，因為父親在河裡彎腰淘金時，辮尾竟能垂進綠水裡，隨著水波蕩漾。

我們劃出十英尺見方的礦權區，連續工作兩天，每日十二小時，埃洛動鏟子，我負責搖盤，結果埃洛罵我笨，叫我負責鏟子，由他搖盤，繼續工作十天。謠傳說，領地遍地黃金，拿折疊刀或調羹朝岩石一挖，即可致富。實情不然。淘金是勞心費力的工作，苦得令人灰心喪志，勞動事項好比種植馬鈴薯：築渠道、掘溝、鋪石、鏟挖、曝曬、動鋤子。採礦人依法必須天天工作，連安息日也不得閒，否則將喪失礦權。因此我們在冷如冰的河水裡賣力，在灼燙的烈日下操勞，從破曉至天黑，日復一日，苦不堪言。忙完一天就寢時，我背痛不已，肩膀之間也痠疼，難以成眠，連個性頑強的埃洛也發牢騷。成天搖盤的他雙手發麻，再頑強的個性也難以招架。當我終於能睡著時，醒來渾身顫抖，被凝重的露水沾得濕漉漉。幾天後，我常被癢醒，摳得全身和頭皮見血，原來是一八四九人俗稱的速蟲與緩蟲——跳蚤與虱子。伴隨這些苦楚的是潛伏於後方黑山的山獅與灰熊，以及我屢次深夜聽見在森林裡走動的不詳野獸。

在此時期，我們僅淘洗出微薄的金屑，每日甚至不及百分之一盎司，全被我收進裝芥末的空玻璃罐。淘至第十三天，我鏟到異物，鏟子冒出「鏗」的一響，震驚埃洛與我。我伸雙手進泥洞裡挖掘，卻被埃洛推開。他中邪似地挖，最後拉出的是威士忌空瓶，足證此地已被開挖過。

埃洛氣得咒罵，把酒瓶甩進河裡，鐵盤也跟著被他踹進水中。鐵盤價格不菲，我急忙跳水撿回。回岸上，我本想責罵埃洛，但我見他神情充滿憤怒與恥辱，遂不敢啓齒。

「我們上當了，約書亞。」他說。「我們被騙得好慘。」

他朝天使營的方向出發，沿途見矮樹與低垂的枝椏便揮打。我收拾鏟子和鐵盤，跟上他，腰部以下濕透，無天良的加州塵土在我身上造泥。

來到瑞典人雜貨店，埃洛叫我隨他入內但禁止我開口。恐懼感席捲我心頭，我慶幸我倆未帶武器前來。豈料，埃洛脫帽，盛情與瑞典人噓寒問暖，隨後說：「對了，我們去下游的沙洲，淘不出東西來。」

「呃？」狡猾的瑞典人說，蠟光盈腴的八字鬍遮住嘴。

埃洛詢問哪些地點運氣較佳，上游或下游？溪邊或乾燥山區？黃土或紅土？瑞典人有問必答。

「最後再請教一件事，」埃洛對瑞典人說：「送信的驛馬車來過了嗎？」

瑞典人笑說：「信來的時候，你一定知道，小子。」

出店門後，埃洛的神態明顯陰鬱。「驛馬車很快就會來的。」我安慰他。

「你親眼見到了嗎？」他興奮地問。

「沒有。」我承認。「不過，遲早會來的。」

埃洛板著臉。「去收拾家當，我們往上游走。」

「他不是建議下游嗎？」

埃洛握住我一肩。「約書亞，我們把他當成羅盤來活用。他建議下游，我們偏偏往上走。他建議山腳，我們偏偏留在河邊。懂嗎？」

五、唐人老少金礦熱

因此，我們往上游遷移，三天後再往更上游移動，從此不停遷徙。多年後，我深信，瑞典騙徒的謊話加上我前述的傳奇誑言，導致埃洛精神異常，罹患礦區俗稱的金礦熱，令他堅信黃金藏在上游，與我們的礦權區間隔一兩區，轉眼即將大發橫財，理智被這念頭衝昏了。

更令我煩躁的是這對唐人父子檔。我們一轉移礦權區，他們就如影隨形。每次我們另紮新營地，他們必定進占我們棄守的舊區，可靠如加州豔陽。父子檔似乎是趁夜進占，因爲每當我們翌日醒來，他們總像變魔術般現身在我們廢棄的礦權區。他們戴著尖頂帽，長袍飄逸，辮子垂掛，我覺得詼諧，埃洛卻嫌他們煩，氣得口不擇言。每天清早，他一鑽出帳篷，立即朝下游望去，見到唐人已經起床，忙著在我們放棄的區塊淘金。他常說：「無知的策略。」頻頻掛在嘴上。的確，我們從未見過他們從被淘盡的洞裡挖出値錢的東西。

埃洛與我淘到的金屑不多，僅供添購少數的肉品與麵粉，無錢可付時只得賒帳。每日晨昏，我以淘金用的平底鍋煎一塊豬肉，然後在豬油裡撒麵粉，攪製成含有豬肉屑的灰粥。我承認自己的廚藝不如人，但我煎的豬肉保證勝過最賢慧的主婦。醃過、燻過、或煎過的加州豬肉，更勝繞行合恩角運來最臭氣薰天的鹽漬肉。

埃洛的體重劇降。有天早晨，我看著他在河邊洗餐盤的背影，他仍未穿上襯衫，彎腰時髖骨自褲腰暴突，骨盆的弧度畢露，模樣嚇人，我不禁聯想起兒時家中的尋血獵犬，本該長肉的地方空洞無肉，我看得出神，不知不覺伸出拇指去碰觸他的骨架，嚇了他一跳。

「你瘦成竹竿了。」我結結巴巴說。

他握著洗到一半的調羹，舉到我眼前，映照出我瘦成骸骨的模樣，眼凸鼻尖。我伸手摸自己的鬍鬚，稀薄，蓬亂，凝結著泥塊。我被自己的影像震懾，推開調羹，決心一有錢買到磨刀石便立刻刮鬍子。

那天之後，我屢次思考調羹中的影像，最令我驚心的不是髒瘦的模樣，而是我的長相變得與埃洛神似。無形中，我長出他的鼻子、下頷線條，眼神也變得如他一般嚴肅。他與我的長相從小不曾相近，但在飢餓與無盡的苦勞殘害之下，我們的模樣愈來愈像。領地將我倆變成孿生兄弟。

六、宜人泥潭占兆現

金礦熱延續到十一月。我們每日鏟鏟淘淘，鏟鏟淘淘，鏟鏟淘淘。每過一段時日，埃洛的視線總飄向上游，我們又得拔營易地，重新紮營。依照我們遷移的速度，明春之前，我們便能循來時路向東返回俄亥俄州。如果中途沒死，能回老家我也無憾。

最後，我們來到一處陽光普照的泥潭，水不但淺，水溫也比先前稍高。我們幾乎才開始，埃洛不發一語，再度打包。

我也許是被倦怠迷昏頭了。我不打包，反而取出我用來收藏金屑的玻璃瓶。我在瓶身貼一張紙條，由下而上依序列出雜貨店供應的食品名稱：麵粉、鹽醃豬肉、燉豬肉、豬肉煮豆、燜牛肉加馬鈴薯、李乾布丁、罐頭火雞加配料，最上面一項是麥芽酒或黑啤酒加牡蠣。我提醒他，我們從未吃過豬肉煮豆以上的佳餚。

「先在這片沙洲淘一陣看看吧。」我央求他。「一個星期，可以吧。」

埃洛站著望我。他彈彈舌，發出感傷的聲響。「這裡不是好地方。」

「我們來這裡還不到一天。」

他繼續收拾少少的家當，包括那桶邪惡的鹽醃豬肉。

「埃洛。」我說。

「我們沒閒工夫。」他吼叫。「四周的人到處在發財！」

「用搖籃好吧？」我曾讀過，在喬治亞州的淘金潮，有人立架造盒子涮洗土石。

埃洛訕笑。「瑞典人索價一百元吶。」

「我們自己造一個。一次可過濾二十倍的石子。」我舉起玻璃罐，像嬰孩的玩具搖鈴搖一搖。「這裡是個好地方。」

正在捲布包的埃洛說：「你確定？」從他問話的口吻，我明白他的意思。他對我的占兆崇敬有加，講話時連口氣都變。「你確定？」他再問。

我敢確定的是，我害思鄉病，飢腸轆轆，疲憊到骨軟。但埃洛才不關心。「我確定。」我說。

埃洛放下布包，拍拍我的背。「呵呵！」

對親兄撒謊，唬得他樂淘淘，有良心的人理應內疚，但我的良知遭他的感激之情伏擊，內心絞痛一陣。我很早便知，埃洛帶我來加州，並非想借重我的氣力或智能，甚至不是帶我來作伴。他只想靠我的占兆致富。

我不曾爲此不悅，畢竟自我出娘胎以來，他始終以同樣的態度對待我。但我此時心想，倘使在此漫長艱辛的旅途中，他若能表達帶我來的原因是兄弟一場，哪怕僅暗示一次，我也足以寬慰。他從不把手足之情放在心上，首度令我生恨。我恨他僅在我占兆附身時才肯聽我話。依此想法推演，我見到治癒他與我的良方：我將找到我們的黃金。我將掘渠通往他的心窩。我將驅使他以手足之情關愛我。

我摘下眼鏡，捏捏鼻樑，閉眼說：「我見到了。」我說。「喔，我的確見到了。」

七、淘金搖籃費苦心

若在老家，造搖籃僅需花兩元，兩小時即可完工。但在此地，木料稀少而昂貴，我們只得自行裁切。我向瑞典人購買一支鋸子、一把榔頭、幾根鐵釘，全部賒帳。爲建造搖籃，埃洛與我持續勞動三天，而三天在金山的價值可比一生一世。建造過程中，埃洛一度向後站，審視我倆粗製濫造的盒子架設在搖架上。「我不得不承認，」他說：「我從未想過自己居然置身於無女人的野地，竟然以光棍的身分造搖籃。」他在杜松枝上劃線記日，我知道自從他上次寄情書給瑪嬌麗之後，樹枝上再添三十六道刻痕。然而，造搖籃期間，他似乎情緒高昂，我因此對他心軟。他有心的話，總有辦法爭取他人認同。

搖籃總算拼裝完成後，我們發現，搖籃能過濾的石子果然很多，超出我倆的估計，但麻煩在於，搖籃必須不停推搖，格條方可過濾出黃金，讓廢物漏掉。我們以一整天的光陰測試不同辦法。首先，埃洛負責推搖，我一面鏟金土進料斗，一面舀河水沖洗，以便較細的顆粒滲透帆布坪而下。我手忙腳亂之際，有時土石或水不夠用，我免不得必須再舀水鏟土，泥漿會因此停流，原有的動力也因此停擺。搖籃的設計儘管精巧，卻需不停推搖、不停加土水，兩人絕對無能辦到。

埃洛發現新法有缺陷，情緒變得急躁，經常粗言咒罵我，搶走我的鏟子，推我去負責推搖。他也在鏟子和水桶之間忙不過來，迅速明白我領悟到的道理：搖籃淘金法欠缺一個人手。

「這行不通，」他最後說：「我們一直在洗沙土而已。」

我點頭。

「非添人手不可。」他說。

我本可提早點醒他，省下十二小時的徒勞，但我唯恐他盛怒之下擊毀兩人的心血。「找那兩個唐人如何？」我說。

埃洛搖搖頭。「我可不願意跟他們分攤。」

「不然呢？進帳是零，五五分攤能拿多少？五五分攤醃豬肉和油糊嗎？五五分攤睡地上嗎？」我氣得把鏟子扔到地上，眼角見到較年長的唐人愣了一愣。「我們欠瑞典人多少錢，你知道嗎？」

埃洛撿起鏟子交給我。「和東方人往來，休想打進上流社會。」

八、萬頭攢動驛馬車

一早起床，礦區四處不見人影。我睡眼惺忪，穿著衛生褲，來回巡視河畔，整片礦區形同鬼城。往上游望，每一片礦權區皆無人，淘金盤中物過濾一半，一支支鏟子頭戳進泥地，木柄如桅杆林立。往下游望，情況亦然，僅見一老一少的唐人如常工作著。我走向父親，心知埃洛跟在我背後。

「大家跑去哪裡了？」我說。我指向無人的礦權區。「他們在哪裡？」老人開始說唐語，從未聽過唐語的我覺得發音詭異，莫測高深。

埃洛打斷他。「有人挖到大礦脈了嗎？」他大聲問。

唐人緊抿雙唇，然後再開口，這次減緩速度，接著再重複一遍，依舊全然無法理解。

「大礦脈！大礦脈！」埃洛高喊，雙手朝山區猛揮，直跳著腳。「是不是挖到大礦脈了，傻老頭？」

「不是大礦脈。」一陣清晰而陰柔的嗓音遠遠傳來，我們轉身，見男孩駐足河岸，捧著淘金用的草帽。「他說：『一馬車。在夜晚。』」

我們像白痴似的乾瞪眼。

「信。」男孩說。

埃洛拔腿就跑。

「謝謝你。」我對男孩說。「你懂『謝謝你』嗎？」

「懂。」他說。

著裝後，我追著埃洛上路，直奔天使營。在瑞典人雜貨店前，洶湧的人潮團團包圍一輛驛馬車，數百人圍聚，大開我眼界。這些人不僅來自美國河的交匯口，也來自更遠的卡拉維拉斯郡與艾多拉多，是我見過最驃悍的一群漢子，幾乎人手一支左輪或毛瑟。

驛馬車的車伕登上車頂，居高臨下對付喧鬧的民眾，雙手握著單薄得可憐的一疊郵件。埃洛想強行擠入人群中央，想前進至馬車聽得見他喊叫的範圍。他不經大腦，以肩抵撞一名至少兩公尺半高、鬍鬚垂至胸膛的莽漢。這名南方漢子告訴埃洛，他日出前就搶占這位子了，不可能讓位給任何人，並對埃洛亮匕首以示決心。

正值此時，我們留意到，人群伸出一道長龍，擠不進馬車周圍的弱小群眾乖乖排隊等候。人龍從市區排到郊外，我們終於在樹林找到隊伍尾巴，排在兩名墨西哥人後面。

排隊等了半天，等到前進至驛馬車進入眼簾時，情緒已經高升到沸點。彪形大漢對著驛馬車伕咆哮自己的姓名，在車伕找信時焦急得顫抖。多數人一發現無來信，忿忿咒罵妻子、朋友、家人不該忘記他們。有幾人急壞了，願意以金屑向車伕換取一封信，彷彿價錢夠高，信便能憑空而來。可惜在加州，此地是有金子卻無法使鬼推磨的唯一國度。

有少數幾次，我見車伕從手裡抽出一封又髒又破的信，遞給下面的人。最靠近馬車的莽夫接下信，動作謹慎如抱嬰兒，把信傳下去給收件人。幸運兒展信時，其他人讓開，提供他閱信的空間。接近馬車時，我們見到南方莽漢坐在原木上，大手謹慎握著一封信，鬍子被眼淚沾濕。「快樂的傢伙。」埃洛說。

等到我和埃洛接近車伕時，那疊信已薄到不能再薄。尚未輪到我們時，埃洛喊著：「波伊爾。有沒有給波伊爾的信？」車伕此時已在車頂邊緣坐下，翻找著薄薄一疊信，不久便說：「沒有。」

「你確定嗎？」埃洛說。但車伕已在招呼下一位心急的採礦人。

「求求你，先生。」我呼喚。「再檢查一遍。姓波伊爾。名字是埃洛，或約書亞。」

車伕再檢查一遍。願上帝保佑他。「抱歉，孩子。下回再說吧。」

我朝河的方向走。埃洛沒跟過來。我轉身時，他駐足緬街中央。在當時，緬街不過是一條貫穿鎮中心的土路。他的表情茫然，凝望著我倆中間的地面，雙手向上翻，動作詭異，彷彿捧著隱形的重擔。

「我想在鎮上待一陣子。」他說。

「做什麼？」我說。但他已拖著腳步走向小酒館。

「忘掉她吧。」我呼喚。「她愛裝腔作勢。」

他對著我張牙舞爪而來，一拳惡狠狠擊中我頭頂，打得我腿軟，雙手抱頭躺下，以爲會再挨一拳，未料他僅僅說：「不准亂講話。」

九、領地猛獸化樂音

那天接下來的時刻，我獨自淘金，心不在焉，不時摸摸腫痛的顱骨。天黑了，埃洛仍未歸來。我望著日落，嚼著醃豬皮，聽著酒醉的一八四九人心碎的咆哮。我知道，埃洛也在其中，哭喊著瑪嬌麗。我詛咒他。爲了他，我的肢體承受多少苦痛，胃腸忍受多少飢餓，瀕死的情形多到無以計數，他卻只想贏得芳心。而對方的父親是臭皀工廠的老闆。

我找到他的記日棍，忿而折斷，折一次不夠，再折一次，把斷枝甩進火裡。我從掘金學習到的教訓之一是，人人心中自有毀滅慾，各人深淺不一。

夜色加深，我的念頭轉向父親。他過世將近一年了。我摸不到他的遺物。我置身他從未踏過的荒野，他在天之靈也不知到哪裡尋覓我。我盡可能追憶他。再小的往事都行。我的歪腦筋能勾勒未來情景，卻勾不起父親的長相、氣息、觸感。我哭了，一點點。

我想提早睡，但哀嚎聲和暗夜窸窸窣窣聲變得更猙獰，不知是出自我想像，或者眞有其事。我怕了。我起身著裝，步出帳篷，不假思索，沿著濕潤的河岸往下走，來到唐人的營地。

我接近時，老少兩人隔著營火對坐不語。斗笠脫掉了，兩顆頭黃禿禿，僅在頸背蓄有粗粗一簇頭髮，紮成辮子。光頭在火光中亮晃晃，火勢旺盛而溫暖，沉默更顯祥和。先瞧見我的人是男孩。他嚇一跳。男人慢慢轉頭，我見他伸手取腰間的棍子。

「我身上無武器。」我說著高舉空手。他們以唐語交談一會兒。據我推斷，他們正在臆測我的來意。或者，我有此推斷，是因爲我自己也不明來意。最後，男人以手勢叫我在他們中間坐下。

「外頭好冷。」我說，其實不算特別冷。他們不吭聲。「你們聽見鬼叫聲了嗎？」我問。他們依然不語。三人看著火。片刻之後，火燒到樹脂，砰然裂開，嚇得我如墨西哥跳豆般跳起來。長者見狀似乎心覺格外滑稽，笑夠了，他才對我說唐語。

「他說你得到一封信。」男孩說。

「沒有。」我說。「今天沒信。」

他轉告父親。

「傷心。」男孩說。我這才發現，他比我估計來得更年輕，但眼光犀利，顯示頭腦聰穎過人。

「對。」我說。

某處傳來一個男人的苦叫。

我忍不住告訴他，我對酒沒興趣，男童覺得此言夠特別，因此傳達給父親。父親聽了點點頭，似乎表示贊同。三人又相對無言。

「對了，」我對男童說：「方便我問一件事嗎？」

他點頭。

「你們兩人爲何一直跟在我們後面採礦？爲什麼不自己找礦權區？淨淘別人淘過的區，豈不是太傻了？恕我直言。」

男童把我的疑問傳達給父親，老少交談幾句，我覺得好久，愈等愈緊張，於是說：「告訴他，當作我沒問吧。」

但男童揮一揮乾瘦的手，不理會。最後他轉向我。「他說太多唐人因此而死。」

「怎麼死？」

「像你說的。找自己的礦權區。」

「我不懂你的意思。」

「他說，你們找到礦脈，大家高興。」他指著我，然後指向河。「唐人找到礦脈，大家喊『搶』。大家喊『吊死』。」

長者又講話，男童的視線轉向地面。

「他剛說什麼？」我問。

男童看著我。「他叫我告訴你，我父親因此被吊死。」

「他不是你老爹？」我說著指向長者。「我指的是父親。」

「他是叔父。」男童說。

就這樣，我們對坐著，兩個無父的男孩，兩個無兄的男人。我們繼續看火一陣子。我心想，該告辭了，心想不該走這一趟。

此時，長者對男童說話。男童聽了，從帳篷取出一具長方形木盒，交給叔父。盒子表面被擦得雪亮，在火光中閃耀。長者掀開雕花蓋，從內取出一支長管子，我乍看之下以為是笛子或某種東方樂器，管身看似輕木質，下半部綴以銅皮，套上陶製球體，表面有精心雕刻的紋路。長者移除球體的上層。

他從木盒裡取出一瓶看似女士的香水瓶，從中搖出近似黑炭粉的物體，倒進球體內的小空位。觀察至此，我纔醒悟，這是一種菸斗。

長者把球體的蓋子蓋上，然後彎腰湊向營火，拿起一頭著火的樹枝來點菸，火焰像燈芯，在樹枝一頭上隨風飄搖。他一手握樹枝，另一手斜握菸斗，讓火在球體周圍蕩漾。他吐納幾口後，把菸斗遞給我。

我父親生前抽菸斗，尤其喜愛深夜在後門臺階上呑雲吐霧。長者與菸斗因此喚醒我苦求不得的回憶。我接下菸斗。長者拿著樹枝湊進球體，並講一句話。

「他說呼吸。」男童說著拍一拍自己的胸骨。「呼吸這裡。」

這菸斗的重量出乎我意外，觸感精巧而紮實。我擦擦菸斗嘴，用嘴巴含著，發現菸管的材質並非輕木，而是象牙。我照長者的做法吐納幾口，他發出一些聲音，我認爲意在鼓勵我。我吸了整整一胸腔，肺臟即刻造反，嗆得我狂咳不止，又把長者逗笑了。

我交還菸斗，看著他抽。近看他，我才發現，他的小眼與口周圍有許多皺布似的皺紋。抽完後，他展露笑顏，褐牙蛀得嚴重。我再試一次，這次抽得比較順。他一手抓辮子，以辮尾掃著掌心。男童也做相同動作。我感覺到他們的善意。

「像你們這樣的尾隨淘金法，怎麼餬口？」我說。

侄兒小小奸笑一下。「我能發現最小的金子。」他說。「最小最小的。我看得見白人看不見的東西。」

我陪他們坐一陣子，象牙菸斗傳著抽，聆聽老少兩人對話。有時候，男童會轉頭爲我傳譯內容：

「他說，關山今年不受冬害。」

「他說，千萬當心土球。」

「他說，唐人火併即將來臨。」

我不瞭解老人的這些話，但也不在意，因爲我全身暖呼呼，睡意欣然降臨，感覺像身體緩緩泡進熱水缸。我摘除眼鏡，一手握著，看著火光縹縹緲緲，聽著外國語，別無所求。他們的語言聽來優美，像是我應能理解的東西。

接著，老人開始唱歌。

起先，他的歌聲很細，我不禁以爲是我的想像力太豐富，是火與河的交響曲。但男童隨即伴唱，兩人一同提嗓高歌，歌喉似樂器。我不去想埃洛，僅留意到，自從在辛辛那提搭上蒸汽輪後，這是我最寬心自在的一刻。儘管兩人唱的是東方語言，我憑音感可猜測他們唱的是跳蚤、虱子、兀鷹、冠藍鴉、土撥鼠、浣熊、山獅、灰熊。伴隨舒緩的旋律，這些嚇人的猛獸川流於我心田，以我心爲諾亞方舟，在我心中和諧共處。

十、金銀樂土非伊甸

一陣反胃感沖醒我。我發現已經天亮了，卻不記得昨夜回營地就寢的事。我上身赤裸，躺在帳篷裡。我勉強起身，去附近的一叢熊果樹邊嘔吐，抬起頭時，我才看見埃洛。

他躺在帳篷和河邊之間，以石爲枕，赤腳、無帽、兩腿精光，全身僅存上衣，一疊楓葉堆在下身，遮掩私處。我以冷冽的河水漱洗時，他哼哼唉唉地醒來。

埃洛走進樹林，片刻之後穿好衣服出來。「我的衛生褲搞丟了。」他說。

「好可惜。」我說。「因爲我們沒錢再買。」我自身狀況也好不到哪裡，但我不願向埃洛透露。他走過來，看著我正在煎的鹽醃豬肉，再次苦叫一聲，散發強烈的絆足酒氣味。

這天上午，我倆再以搖籃法淘金，依然徒勞，唯一的差別是埃洛默默接下較辛苦的鏟土工作。我倆不交談。時近正午，他歇手停挖，對著我的頭頂，點一點頭說：「約書亞，都怪我不好，下手那麼重。我對不起你。不要再對我不言不語了，好嗎？」

「你願意考慮找他們合作嗎？」有如此一問，我自己也訝異。

「他們骯髒。」他說著大手一揮。

「我們也骯髒。」我說。「你我各人的頭上養了一整城的虱子。你沒衛生褲可穿。」

他吐痰。

「我們需要他們，埃洛。所有的黑人都自由了。所有的印第安人都有主子。這裡是新國度，埃洛。他們工作賣力，做人誠實。我們是亞戈戰士。基督徒。我們犯不著把東部的偏見移植過來。」

「亞戈戰士，」埃洛說：「你有一顆善良的心，弟弟。」

「給他們的酬勞不必和白人一樣高。」

埃洛不語。

「他們做工像牛一樣賣命。他們一直跟在我們後面，在我們不要的坑裡掘土。」

埃洛豎起耳朵了。「是嗎？」

「那孩子的眼力敏銳。」

「何以見得？你去過他們的營地，對吧？」

「不是。」撒過一謊後，再撒一謊不難，我不禁竊喜。「我親眼看到。」

埃洛的表情開朗了。「你確定嗎？」

我本應因愧疚而遲疑，但說話有人肯聽，而且總算能作主，我的心情太暢快了。「他們在那邊，與我們同在。」我閉著眼睛說。「男孩撿起一塊金石。」

他沉思片刻後說：「我們的進帳分他們一成五，不許他們睡我們營地，不許他們下工後與我們往來。」

「同意。」我如釋重負，但依邏輯而言，我不應如此。我不過是招募足夠人手來過濾砂石，而砂石過濾的效率再高，成果也可能是零。然而，或許我也逐漸對自己的謊言信以爲眞。我深信，只要我們待在同一地點夠久，加州會主動上我們的門來。何況我欣賞這位長者。我欣賞他的侄兒。

「也不許他們和我們共餐。」埃洛附帶說。「敢過來一起吃飯，別怪我砍死他們。」

「同意。」我說。我們每天兩頓豬油糊，天下有誰願意陪我們一起吃？我不敢問。

我透過男童向長者談判。起初，他們似乎聽不懂我方的提議，我只好帶他們來搖籃的位置，看埃洛鏟一堆河石進料斗，盡最大力氣倒水進帆布坪，同時把土石倒進格條。見埃洛如此捉襟見肘，他們立時領會我方合作的意願。至於分帳的方式，我不太有自信能解釋清楚，但他們似乎毫不反對便接受一成五的安排。回顧當時，現在的我懷疑，他們是否以爲別無選擇。

埃洛保持緘默，靜候談判結束，然後把鏟子交給長者。

合作順利。長者負責鏟子，我負責桶子，埃洛負責推搖，男童守著洗礦槽尋金。埃洛嘖有煩言，認爲男童太閒，應該叫男童去鏟金土。我提醒埃洛，男童具有敏銳的目光，不料埃洛一聽，以我不便轉述的粗言回應。我以沉痛的心在此報告，在那些日子，吾兄時常對唐人叔侄檔發洩怒火，禁止他們以母語交談，嚴禁他們戴斗笠，堅持他們束緊袍子。縱使在俄亥俄，以此態度嚴苛對待外國人或黑人並非不常見。但在領地，由於領地是嶄新的天地，與我們今生所見所聞大相逕庭，文明雖遠不及東部，卻也毫無東部的醜惡世態，蔑視這些人特別讓我義憤填膺。加州是聖經裡的金銀樂土，不是伊甸園。

有兩位老派克人路過，在我們營地附近紮營兩天，埃洛逮到這機會，逞威風給外人看。有天午後，埃洛大步走向男童，伸手在他的長袍東拉西扯。「藏在哪裡？」他叫囂。他轉向我。「他藏了一塊金子，被我看見。快交出來，妖魔小子。」

長者停下鏟子。男童飽受驚嚇，否認私藏任何物品。

「把你所有口袋翻出來看。」埃洛命令。

「他沒有。」我說。這是事實，埃洛心知肚明，但他仍執意徹查男童的袍子裡外，罵著：髒小偷，臭唐人。長者躡足靠近埃洛與侄兒。

埃洛驟然旋身，面紅耳赤，抽刀揪住老人的黑辮子。

我大驚失色，男童這時已被嚇得語無倫次，唯獨長者面不改色。埃洛持刀向著辮子，對著他被曬傷的臉孔說：「你到底是不是加州公民？」他問。

「他聽不懂你的話。」我遠遠呼喚，語氣儘量鎮定。「放過他吧。」

埃洛擒辮的動作來得突然，放手的動作亦然。他回到洗礦槽，彷彿這一幕純屬戲耍，惹得岸邊的派克人哇哈哈狂笑。但我知道並非戲耍。我聽過謠傳，在絞刑鎮，有三名唐人連頭帶辮子被垂綁樹下，喉嚨遭劃破。

十一、預見財富滿心歡

儘管埃洛不時暴怒，不消幾時，男童開始從洗礦槽挑出金子，光芒微弱，而且雜物繁多，白人棄之如敝屣，埃洛也有同等怨言，但金子終究是金子。我指示男童，把金子撿進我們的玻璃罐存放，由此一點一滴，日復一日，積存了一些金屑。埃洛一有機會便進鎮，把他分到的金子花在牌桌和黃湯。我以我的這份添購食糧。到了安息日，我吃豬肉煮豆子。又逢安息日，我趁埃洛外出，請唐人叔侄一同偷偷享用燜牛肉與馬鈴薯。那塊牛臀肉簡直是普天下餐桌上最耐嚼、最羶臭的一塊牛肉，但對我餓壞了的口舌而言，淋上肉糊的它是人間珍饈。

後來，在首次降霜的那日，男童走向埃洛，沒有狂喜之情，獻上葡萄大小的一小塊黃金，金塊仍帶河水的冷意。

埃洛並未立即接下，有異於我向來的預想。他反而躍向我，擁抱我，以溫情的眼光看著我這雙能預知未來的異眼，視線久久不移。

歡慶一番後，埃洛把金塊帶進帳篷，謹慎敲敲打打，以辨識軟硬度，敲下一小瓣給叔侄，較大的一瓣分給我。我拈著金子，美夢連番占據我腦海：沙丁魚、牛舌、燉龜湯、龍蝦、一整推車的蛋糕與餡餅、一箱金黃多汁的鮮桃。小小一粒元素即能帶來多大的憧憬，令我心驚。

埃洛指示大家繼續工作。「愈淘愈多金。」他歡呼著，幾乎無法扼制對我俏皮眨眼的衝動。的確，在那天的因緣際會之中，我們發現金塊，吾兄無盡的信心湊巧如願以償，初霜降臨，的確顯得愈淘愈多金。

十二、牛熊激戰血淋淋！

時隔兩日，埃洛近中午時分，站到我身旁說：「我有東西想帶你去看。」他雙手插口袋，亢奮得碎動不止，我跟隨他至天使營。「什麼東西？」我數度問，他簡單回答：「你看了才會信。」我們路過瑞典人的雜貨店，繼續往前走，下一小道坡路，來到平坦的林間空地，見許多人聚集，我的心跳怦然加速。我幻想驛馬車又來送信，或有一疊郵件失而復見。但來到人群附近時，埃洛止步，拍拍一枝松樹幹，上面釘著海報：

戰！戰！戰！

最爲人稱道的弒牛凶熊

——史考特將軍——

將迎戰猛牛

十五日星期天正午十二時

於圖奧勒米牧原

猛牛屬西班牙種

年少，狂野至極點

是為本地最佳猛牛。

牛角將維持原長

絕不削不鋸。

——入場費六元或半盎司

我曾耳聞，西班牙人常辦人牛相鬥的賽事，牛熊戰必定更加精彩，我愈想愈亢奮。埃洛與我簇擁向競賽場，場地以木條構築圍牆，裡面是分層的座位。我們看不見場地內部。入口附近有兩位提琴手，演奏著生動的樂章，主持人頌揚灰熊史考特將軍多兇狠、墨西哥公牛多雄壯。他把公牛稱爲強占新大陸的西班牙猛將寇鐵茲，投合一八四九人的喜好。

然而，儘管我口袋沉甸甸，入場費仍高不可攀。埃洛往場地直走，我在背後喊：「入場費好貴。」

「我就知道你會嫌貴。」他說。「跟我來，小氣鬼。」

我跟他走到圍牆後面，這裡有一株野蘋果樹，已有小蘋果掉在草地上腐爛。他爬到接近樹梢，然後拉我上去。從樹上，場內景觀一覽無遺。

「看那裡。」埃洛說。他指向場地中央的空地。「你的大敵。」一隻巨大的灰熊被地樁鏈條拴住，正在扒土挖洞，壯碩的肩胛如蒸汽機一般運作著，想必是爲自己掘穴藏身。即使從遠方望去，我們也看得見粗壯的脖子亮油油，偌大的臀部左搖右擺，鋒利似刀的爪子將草地與硬土耙碎。我既盼望牠怒吼，又怕被牠的怒吼嚇到。

「終於見到眞熊後，你以後比較不怕。」埃洛說。我沒料到他知道我怕熊，經他如此一言，我心中洋溢溫情。但願兄弟倆永遠如此。

主持人鼓動著觀眾，煽動在場人士的恐懼。我瀏覽著群眾，見到被曬黑的臉和大鬍子，帽子五顏六色，有人披著豔麗的墨西哥毯，法國人戴著藍紅色淑女帽。在那些狀似海市蜃樓的景象中，我看到墨西哥女士穿著鑲花邊的白衣，抽著細香菸。直至此刻，我一想到娶妻，對象若非俄亥俄人就是新英格蘭區人。但我在野蘋果樹上的感想是，與其挑一個骨感平板的清教徒後代，倒不如從這些瑰麗、豐滿、活潑的西班牙女子中擇優娶回家。

埃洛似乎有所感應，說：「我想在這樣的牧草地上娶瑪嬌麗。在樹下。」

「也好。」我敷衍著。

「我想在這裡娶她，然後在同一地點建造一大棟新房。不久，天使營將比三藩市更大。我的土地將比薩特更多。我會買下瑞典人的商店。索特先生迫不得已，將找我買地。」喜色掠過他的臉。「不對。我會送他一塊地。」

埃洛的目光從樹梢向前移，跳過圍牆，橫越草地，掃向遠方。「瑪嬌麗和我生的兒子會多到站滿美國河邊。你也會在。你是叔叔。」

他偕我來看這場打鬥，將我納入他的憧憬，我由衷感動。「母親也來。」我說。

「對，母親也來。瑪麗、哈莉葉、菲絲、路易莎也來。大家都來。」

隨即我們沉寂下來，因爲我們明白不可能人人都來。

此時，場內的活動即將展開，名喚史考特將軍的大熊已挖出幾掌深的土坑，躺進裡面休息，貌似快樂的嬰孩。觀眾見他高興而不滿，嚷嚷著叫主持人放牛進場，踏地聲的節奏感染全體觀眾。埃洛與我也踏著樹枝起鬨。

場地最遠的一端出現一頭肌肉發達的巨牛，其角之雄偉是我今生僅見。觀眾安靜下來。

「好戲登場囉。」埃洛低語。

「他們準備解開熊的鏈條嗎？」我問，被埃洛噓。

起初，大牛似乎根本沒注意到熊的存在，因此墨西哥牧童拿著尖棒，戳牛臀一下，牛因此在場邊奔跑一陣，這時總算與熊四目相接。牛踏地幾下，以鼻子出氣，然後對準躺在土洞裡的將軍進攻。牛角刺中將軍的腰，噗的一聲響徹全場，激起觀眾歡呼，令我抓緊樹枝。

公牛後退幾步，旋即再度衝刺，但這次熊將軍伸出強勁的爪，扣住牛鼻，牛的哀嚎聲令人於心不忍，但熊將軍不退讓，熊掌勾住牛頭不放。我嘩然叫好，因此赫然發現自己支持的是熊將軍。

公牛以強健的蹄猛踢熊胸，企圖掙脫熊掌，熊將軍的爪子因而刺得更深，戳進雄壯的牛肩肉內，鮮血噴發，埃洛與我一同歡呼。牛熊分離了。牛鼻子不見了，牛臉僅剩血肉模糊的黑洞。「我的天。」我驚喘。

埃洛說：「喘什麼喘？娘們嗎？」

牛站住，然後再次衝刺，卻被熊將軍死死抱住。熊的懷抱有如只進不出的陷阱。殊死戰進行中，牛想牴刺熊將軍，想把將軍戳出洞穴，卻被將軍抓住，試圖把牠壓在地上撕碎。不久，觀眾鼓譟起來，對著一蹶不振的公牛喝倒彩。主辦人出現了，揮著帽子，宣布說，如能湊齊兩百元的黃金，他就再放一頭牛出來。我聽見幾位採礦人咒罵主持人不該為了榨取更多黃金，而把最壯的牛留下來壓軸。第二頭牛被放進場，我發現採礦人罵得有理，因為這一頭比剛才那牛高出兩公尺多，角足足粗一倍，看樣子磨尖過。

「哇。」埃洛說，語帶畏懼。

有兩頭牛在場內，史考特將軍受盡折騰。第一頭較小的牛持續攻擊灰熊，與熊纏鬥，第二頭牛的策略則是從旁進擊。不久，較大的無名牛刺穿熊將軍的肋骨，把牠從土坑裡拖出來。熊這時怒吼，血口長牙在十一月的太陽下閃亮，叫聲淒厲，與我在牛熊大戰之初渴望聽見的蠻橫低吼截然兩樣。

埃洛沉默了，一手貼嘴，與我的動作相似。

熊如今曝露在空曠的草地上，被當成針插來戳，牛角刺入熊腹、肋骨、臀腿、背部，喉嚨甚至被貫穿。有一次，牛角戳進腹部，往上頂，撕裂至將近胸骨的部位，熊的內臟撒在草地上。空氣中瀰漫一股熱熱的糞臭，惹得女士不約而同以手絹蒙住口鼻。熊身的鮮血噴濺，似乎永無休止，轉眼間整片草地已被灑得血淋淋。

觀眾沉默下來，被腥風血雨震懾得毫無動作。最後，主辦人指揮牧童以繩圈套住兩頭牛，牽牠們回牛欄。主辦人邁步走向場地中央，看著熊將軍臥地殘喘，臟器在地上形成泥漿。他宣布牛是今日獲勝者，旋即冷不防槍斃熊將軍。

觀眾拖著腳步，緩緩步出競技場，不再鼓譟，也無喜氣。提琴手將琴盒捧至胸前討賞。埃洛與我在樹上多待一會兒，靜止不動，爛蘋果的醋味升起，瀰漫四周。最後，我們爬下樹，邊爬邊想起，剛才上樹時興致多高昂，如今情緒多低落。

步行回營途中，雨開始下，我們繼續走，任憑雨滴打在身上。我心想，西班牙姑娘們必定抓起華麗的白裙襬，急著躲雨吧。

片刻之後，埃洛說：「那種場面，我相信我不看也罷。」

「我也是。」我告訴他，兩人繼續無言地走著。曬太陽吃梅乾布丁與燜牛肉，很容易被自己的謊言矇騙，但如今，謊言忽然躲不掉。我們即將返回十英尺見方的礦權區，誤導吾兄相信此地藏金的人是我，孰料他在加州累積的不是金，而是賭徒的酒癮以及粗言。我是騙徒、僞造者、畸胎。

我說：「你應該在教堂裡娶她。」

「咦？你不知道嗎？」埃洛說。雨停了，樹葉與泥土濕潤芬芳，色澤鮮活。「這地方是全天下最棒的教堂。」

十三、火烤骨裂見眞章

我曾許諾，愈淘愈多金，但金塊偏偏不再來。牛熊慘烈激戰後，埃洛期待到心急難耐，一得閒便進鎮，把他分到的金子耗在牌桌、白蘭地、狼蛛酒。

他一走，我與唐人叔侄相處的機會增多。侄兒擲石子的工夫了得，同他在河邊打水漂成了我最愛的休閒活動之一。有時候，我們三人造小船放流比賽。叔父以小刀雕船，刀柄是乳白的碧玉，顏色與黎明河水一般。他設計的小船最精緻，風格也最秀雅。望著小船夜航月下河面，遁入夜色，拿著叔父的象牙菸斗抽一兩口，我今生最愜意的時光莫過於此刻。

有些晚上，叔侄兩人拿玉刀爲彼此刮頭毛，我則朗讀我僅有的兩本書。（在奧德賽與耶穌之間，他們比較喜愛前者。）有天夜裡，男孩打斷我朗誦，要求我教他。我擔心自己是個蹩腳老師，所幸他腦筋靈活，彌補了我的缺憾。不久，他已能背誦荷馬的開宗詩詞：「繆斯！他歌頌著。他身經百戰，觸類旁通，足跡遍及海角天涯。」他背給叔父聽，叔父順從微笑，彷彿聽得懂每一個大字。

有一天，男孩設陷阱捕獲一頭鹿，當晚三人圍坐營火抽菸，叉著油滋滋的鹿肉烤著吃。菸足肉飽之際，我不知不覺喋喋不休，內容以埃洛爲主，論及我在他身上見到的黑暗面與光明面。我提到，我擔心他在領地若沒有我，不知如何應付。接著，我不經大腦思考，對男孩說：「我也有奇特的視覺。像在洗礦槽前的你。我能預見將來的情景。這是我的一種毛病。一種缺陷。」

他轉譯給叔父聽。原本啃著鹿腿的叔父停口，再添黑粉進菸斗遞給我。我接下菸斗時，他透過侄兒說話。

他說：「許多人能眼觀四面。在老家，占卜師投骨入火，能從骨裂紋預知未來。這種人是……」男孩斟酌著貼切的字眼，最後說：「天降之禮。」

此時，一種異樣的感覺流竄我全身，一種幻景暖化我的肢體，令我覺得眞正歸屬於此時此地，此感今生僅此一回，別不再有。

叔父繼續吃鹿肉，狀似心滿意足。我大概是張嘴瞪著他的鹿肉太久，男孩竟然靠過來說：「看錯骨了。」

埃洛從不問我留守時做什麼，我也從未告訴他。我愈來愈知足，他則愈來愈落魄。通常他會待在某間小店，天不亮不走，然後步行三英里回河邊，重拾推搖的崗位，酒臭味能薰倒方圓三百多公尺以內的人。但現在，我們的土石已變成橙色黏土，接著轉為黑石子。埃洛的外表日益錯亂失神。第二輛驛馬車便是在此時駛進鎮上。

十四、二度降臨驛馬車

有人在礦區奔走，大喊驛馬車來了。正在推搖的埃洛停止動作，以河水洗手臉，戴回帽子說：「有信等我去收。」然後不再多說，動身離去。

唐人叔侄繼續挖，繼續過濾。長者避諱群眾聚集的場合，不是沒道理。一八四九人裡的酒鬼與罪犯比比皆是，情緒被煽動時，更容易鬧事。而最能煽動他們情緒的莫過於郵車。

我被迫追著埃洛去。我有預感，他站在懸崖邊，望著彼岸，腳下的地面薄如羊皮紙，不比瑪嬌麗的信紙厚。

驛馬車停在一株白橡樹下，樹大而無葉，枝椏延展如臂膀，一群男人已包圍馬車。倏然，一陣壓迫感侵襲我天庭。枯枝椏的脈絡影子落在驛馬車頂與車身，灰土覆蓋的男帽群聚在樹下，觸發一個占兆。我見到從頭至尾的光景。我見到埃洛走向馬車，見他拿不到苦盼的郵件。我按壓額頭，但在埃洛看見之前縮手。

心智如礦坑，曲折而危機四伏，不該輕舉妄動之人卻偏偏一探再探。

此時，我鑽進一條遺忘已久的記憶隧道，在盡頭發現一隻貓。在我九歲左右，埃洛十二、三歲，穀倉裡多出一窩小貓，母親讓我們兄弟姐妹各養一隻。我養的是白貓，腳是灰色，身上有近似眉毛的灰斑，我取其名爲：依莎貝兒，因爲我認爲依莎貝兒是天下最合適的貓名。埃洛叫牠「眼球」，或許因爲她的眼睛略凸。每次我餵貓，或出去找貓玩，喊依莎貝兒的名字，埃洛總會冒出來，喊著：眼球、眼球。如今他喊這綽號的聲音言猶在耳。豈料，全家人也開始喊她眼球。連父母也對埃洛有樣學樣。即使他待人殘酷，他照樣有法子讓人疼愛他。不知爲何，如今我認爲，我與埃洛本應能相安無事；我本可忍受他的脾氣，承受他的拳打腳踢，隱忍他動不動心煩耍賤的行爲。如今我認爲，我本可寬容他所有缺點，能與他和平共處，但關鍵在於一八四九年十二月那天，在我倆繞過林間空地時，在我倆看見橡樹枝椏的脈絡影子籠罩驛馬車時，我本應及時警告他心碎在即，也許他比較能接受無信可收的事實。或許不然，但或許也有可能接受。也許能及時打住，不至於踏上不歸路。只願我當時開口，只願他讓依莎貝兒當依莎貝兒。

因此，我排在埃洛後面，看著他扭擰帽緣，偶爾蹲下撥土投石。最後，輪到我們見車伕，埃洛示意要我報姓，也許礙於隱而不宣的迷信吧，也許是他緊張得講不出話。對此，我面露詫異但瞭然於心。

「波伊爾。」我喊。車伕查看手裡的郵件。

「有。」他說著向下遞出一封美觀的香草色的信。我伸手去接，卻被埃洛奪走。他以顫抖的大手謹慎抽出信紙。他微笑著。好久沒見他笑了。不料，幾乎是一展信，信紙便飄落，掉在我倆相對而立的靴子之間。我拾起信紙，埃洛則走開。信的開頭是：「我親愛的兒子們」，不出我所料。

從那時起，我重返正常人的領域，無從逆料即將發生的事。我預料埃洛即將再買醉，而我硬著脖子迎接事實。未料他前進的方向是河濱，我急忙跟進，邊走邊閱讀家書，渾然忘我。母親在信內提及我姐妹的學業與牲口的現狀，我卻讀得開心無比。回營途中，我一讀再讀。十二月的氣候把空氣掃得清爽宜人，這天的天氣明媚。

十五、掘金掘穴無絕期

當天午後，埃洛重回推搖的崗位，並未因此令我寬心。唐人叔侄不去惹他。日落時分，平日我們就此休息，但埃洛繼續推搖。我讓唐人下班，陪在他身旁，以彆扭的身手邊鏟邊洗礦。我以爲，努力工作或能沖散心碎，因此樂意陪他持續淘金。但不久，天色全黑，洗礦槽裡的金子再大，埃洛也不可能分辨。即使看得見，他的視線也朝天望星，不看洗礦槽。

我看不下去了，鏟子戳進石子說：「我該去熱一熱豆子了。你想不想吃一些？」

「不想。不必了。」埃洛拿起鏟子說。晚餐煮好，我擺在他的樹樁上，邊吃邊看他動鏟子做白工，在桶子、搖籃、鏟子之間周旋。後來，他只動鏟子，寒天之中的呼氣如蒸汽船的煙囱。我就寢時，他仍鏟個不停。我以爲他終將耗盡怨氣，到時候必定累得上床睡。在鐵鏟撞擊河床岩聲中，我沉沉入眠。

清晨我醒來，又聽見鏟聲。

我鑽出帳篷，卻見不到埃洛的人影。我聽得見他在工作但看不見人。無人操作搖籃。我臨睡前見到他身處之處冒出高高的一堆土，土堆的另一邊有個坑。我走過去，見到他在坑底鏟土，動作之勤奮一如六小時之前。土坑約略五英尺深，隱約呈長方形。單看土坑的形狀我便心驚，但我保持鎮定，故作無事狀。

「早安，埃洛。」我對他喊。「想不想吃早餐啊？」我再次望進坑底。太陽尚未高昇，因此埃洛大致置身黑影，唯有頭部被照亮，看似身首相離，頭顱浮沉於黑洞口。他的帽子不見了。我後來在土堆底下尋獲。

「我考慮煎幾個餅。」我再喊話。「你要不要休息一會兒，吃點煎餅啊，埃洛？」他以一鏟子黑色沉積土回應，土落在日光下的洞外。看樣子，我無計可施，只得做例行之事。我煮好早餐，對著坑裡的埃洛拋去一張暖暖的煎餅，卻又遭他以一鏟土回絕。

他繼續掘穴，掘掉整個上午。唐人叔侄來上工，但我叫他們回去。我站在土坑邊緣，反覆喊他的名字，喊到他的名字失去意義，形同唐語。他不再理我，一味埋頭苦掘。

我給他水喝。他掘。

將好母親的來信讀給他聽。他掘。

時至正午，土坑仍未深到埃洛爬不出的地步，卻也深到他站直時整個人沒入地表以下，我趴下即可摸他頭頂，但我不如此做。他繼續掘。鐵鏟擊石的聲響分秒不停歇，擾亂我的所有思緒。

我恭維他。他掘。

我挑釁他。他掘。

我賄賂他。他掘。

我告訴他，我們可以去三藩市，躺羽毛床睡午覺。他掘。

我最後告訴他，我們可以回家鄉找瑪嬌麗。他掘。

日落後，坑深已七英尺餘，顯得狹長。我坐在坑緣附近，喪氣而孤單。除了埃洛，我舉目無親，忽然覺得非碰觸他一下不可。我趴在涼涼的土上，一吋吋靠近坑口，伸手下去，輕喚埃洛，叫他歇手一分鐘也好，叫他舉手與我手指相觸。我說，這樣能測一測體溫。但他不肯轉頭面向我。

夜幕低垂，我的怒氣隨之而起。我咒罵他。我站在坑口，對著他破口大罵，引來閒人看究竟，來一個我趕一個。我嘶聲對坑底吶喊，罵了一些我從未罵過任何人的話。後來也不曾罵。

那晚，我一定是就地睡著了，因爲我在破曉前醒來，被霜凍得直發抖，躺在他鏟出的土堆上。鐵鏟擊石的聲響持續而來。坑壁也閃爍著霜晶。我心生一計。我去河邊打一桶水，回到坑口，把水倒進去。「埃洛，」我呼喚，「河水好像開始流進去了。聽見沒？是河水啊，老哥。」他不吭聲，但我認爲鏟聲稍停。

「別擔心，埃洛，我救你出來。」我找來一條麻繩，一端綁在樹幹上，再去提一桶水倒進坑中，然後把繩尾拋進洞裡，呼喚：「抓緊啊，埃洛！我拉你上來！」

挖掘聲持續，但如今鏟聲之外多了水聲。

那一夜，我坐在坑口，搖晃著繩索，撫摸著他在我鎖骨砍出的凹痕，頻頻向他道歉，再三拜託他握住繩子。

翌晨，我找來我搬得動的大石頭，堆在坑緣。我計窮了。我打算砸昏他，順著繩索下坑底，綁住他，攀繩而上，然後把他拉出土坑。我想像著繩索吊著他癱軟的身體，甚爲得意，此時留意到異樣的聲音。寂靜無聲的聲音。鐵鏟擊石的聲音不見了。

我靠近洞口，已有最壞的打算，以爲將見吾兄陳屍坑底，但我竟見到他仍活生生，背靠著土壁，狀似忙完一早上，正在休息。其實他已忙了三天，一頭熱地想活埋自己。日正當中，陽光直射入坑底。他原本把頭髮纏在頭頂，這時我看得見頭皮被曬紅，看見他的手起水泡流血。他已脫掉靴子，一隻被我倒進洞的水淹到一半。繩尾垂在他坐的地方的上空。他像水淹巢穴的困獸蜷縮著。

後來，他唱起歌來。他拒食的豆子已乾掉，仍在樹樁上等他。從他拒食那天起，這是我第一次聽見他開口。他唱的是流行小調，唱腔輕盈得令人驚心。

絞刑鎮姑娘瑰麗豐腴，
芳拳如花束，秀髮捲瑩瑩，
脂粉撲頰，女帽俏麗——
忍不住摸一把，姑娘變胡蜂，
螫得你叫媽媽！

他唱完，我稱讚：「唱得不錯嘛。」我不明白自己爲何這麼說，僅知此曲確實是好歌。

埃洛總算抬頭望我，被太陽照得瞇眼。他的臉已瘦了一圈，滿面泥濘，眼眶深陷，看來已判若兩人。他說：「有一大堆就要來了，艾比蓋兒。」

我母親的名字。

「我是約書亞。」我說。「約書亞。你弟弟。叫我『約書亞』。」

「唱〈老橡木桶〉給我聽。妳會唱吧，艾比？」

「約書亞！」我哭喊。

埃洛伸手至對面的坑壁，刨下一些土，說：「有好一大堆就要來了，艾比姑娘。」

我奔向大石堆，想搬石頭砸他。上帝的旨意是填滿土坑，我則想擊昏他。他會被我砸死，或被我活埋，我已不在乎。可惜我的氣力被主奪走，徒留我趴在土堆上啜泣。

「會唱〈老橡木桶〉嗎？」埃洛低語。

「不會。」我流著眼淚說。「怎麼唱呢？」語畢，我失去意識。

十六、似金非金彩虹鱒

食言者日後必喪心志。許諾者無論是女人、領地、預言都一樣。我現在明白了。但在多年前，我年紀還小，覺得埃洛崩潰一事需由我隻身承擔。如今轉告諸君此事時，我心裡有異樣的感受，因為當年的男孩與今日成年的我的不同有天南地北之遙。我知道，我應慶幸兩者有別，我描述過當時的境地多黑暗艱難。如今我回首遙遙來時路，發現見識大有長進，卻並未因此寬慰。因為，儘管我當年多數時候既怕又氣又孤寂，遠在領地的我卻也貼近原始的心，日後未曾如此貼近過。

我在唐人的營地醒來。黃昏了。男孩坐在我附近，端著錫杯，叔父在他背後，坐在火邊的樹樁上，後方是靛暮色中的沙加緬度山谷，以零星的燈火點綴。

「埃洛在哪裡？」我說。「我哥在哪裡？」

男孩遞杯子給我。「你以爲呢？」他皺眉，彷彿對他自己感到失望。「他還在土裡。」

「他還在挖嗎？」

男孩搖搖頭。

「還在唱歌嗎？」

「不。」

我站起來，往上游走，來到坑口向下望。埃洛坐在泥水裡，摟抱雙膝，打著哆嗦。他已脫掉上衣，以衣服纏頭。我對他搖晃繩尾巴，對他喊話，但他不應。看情況，他已停止挖掘，坑不比先前更深，但他竟顯得比我上次見他更邈遠。

我回到唐人營地坐下，望著男孩，再望長者。老人以袍子抹著玉柄刀的刀鋒，嚼著一根草。我希望他講點話。我覺得，如果他開口，他能設法結束此鬧劇。但他不語。茅香的黃梗在他嘴上蹦蹦跳跳。

他把刀收進刀鞘，放進袍子裡，接著伸手進身旁的水桶，撈出一條偌大的彩虹鱒。魚已斷氣，死魚嘴嘶著，卻仍閃現新鮮的光澤。魚在上游全被吃盡，在我們這一區至爲罕見。這條鱒魚很可觀，我知道唐人叔侄必定走了大老遠才捕到。

「給埃洛先生。」男孩說。

聽著男孩的語音，見到灰藍暮色裡閃耀的鱒魚，天恩在我腦海形成影像。我見到埃洛爬出土坑，坐在唐人營火旁。我見到我們四人以手舀著冒蒸汽的嫩魚入嘴。不是占兆，純屬我個人一廂情願的念頭。

煎魚時，魚皮吱吱響，聲音悅耳，散發令人垂涎的香味，埃洛嗅到必定會恢復理智，讓他有力氣與意志搆住繩索，攀出坑口。我看著漸熟的鱒魚，把畢生的希望託付在它身上。

魚煮熟了，我端著魚走向坑口。這時天已黑，月亮高掛，夜空無雲，凸月灼灼，我以爲看得見明月倒映在坑底積水，但我只見一團黑。我喊著埃洛。

「我幫你煮好晚餐了。」我說，捧著香噴噴的彩虹鱒至坑口。我看不見他，但我聽見他移動時引發小土崩，聽見石子掉進水裡。「埃洛，要不要上來，吃點鱒魚？」

他不語。我心想，豁出去了。我深信，只要他見到魚，只要摸到軟綿綿的魚肚子，他肯定張嘴便咬，連頭帶尾一口氣吃掉，然後回到我身邊。「注意喲。」我說著把鱒魚丟進黑洞。

我聆聽坑內的聲響，聽不出端倪。我回到唐人的營地靜候。男孩丟石子進河裡，我們三人坐著聆聽石子的入水聲。我霎時明瞭。「他遲早會死在坑裡。」我說。

那一夜，我在唐人的營地打地鋪，在火坑餘燼附近的平坦沙地過夜。在我睡著前，我下決心，明早我將拂曉入坑，打得埃洛討饒，把他帶上來。他終將回我身邊。

我才睡著，立刻被灰熊的哀吼聲吵醒。

我坐起來，看見熊以後腿站立，朝我蹣跚而來，低吼著。我四腳著地，倉皇往反方向逃離。牠朝我進擊。我回想起草地上的熊將軍紫紅色內臟外流，自己的腸胃不禁抽搐。

基於難改的笨習慣，我戴上眼鏡，這時才發現灰熊非熊，而是吾兄，光著身子，從頭到腳被黑泥巴覆蓋，高舉著手臂，把某種物體捧得高高的，恍若他正步向舊約聖經中的祭壇。他步步接近。月光照亮他的嘴唇——起水泡、龜裂、出血、顫動著。一根大腳趾的趾甲脫落了。

他把鱒魚塞進我手裡。一口也沒吃過。他再次低吼，這次我聽懂了。

「金子！」他又說，手指著鱒魚。

若有旁人在場，必然認定這是瘋人亂語，但由於我神智昏沉，而且習於聽信吾兄的言語，因此細看這條遍體鱗傷的土魚。我一手撫摸魚身，抬起魚鰭，見到一片，接著見到全身皆是。魚鱗之間夾著成千上萬的細小金屑。

唐人叔侄從帳篷出來。我頭一次見叔父打赤膊。埃洛抖著髒手，指向叔父站立的位置。

「你！」他低吼。埃洛衝向叔父，把他撲倒，男孩驚叫，緊接而來的是拳頭擊打肉身的聲響。兩人站起來時，埃洛掐住唐人的咽喉。唐人的眼睛被劃傷了。他死命刨著掐住喉嚨的手。

「全被你藏起來了。」埃洛說。

唐人既踏又踹，但埃洛毫不退縮。我捧著鱒魚，驚恐呆立著，看著唐人叔父被拖進河裡，泡進緩流的黑水。唐人此時狂亂掙扎，噴濺唾沫。埃洛微微提起唐人，然後把他壓進水裡。

我拋下鱒魚，衝進河裡，濕透的衛生褲被河水拉扯著。有一身影衝過我身旁。是男孩。他衝向叔父即將溺斃的地方。

我一時看不清楚，僅見男孩撲向埃洛，抱住埃洛臀部，埃洛慘叫一聲，放開叔父。叔父破水而出，猛喘氣。埃洛把男孩甩開，此時我才看見，男孩的手被甩開時，仍握著玉柄刀，而埃洛的光屁股上出現長長一道血口。埃洛扭身檢查傷勢，身子一轉，傷口迸裂，黑血似河瀑傾瀉而下。

唐人叔侄駐足河岸，互相檢查傷勢。男孩渾身發抖。我走向他們。他們看我片刻，隨即逃逸。埃洛的視線從傷口轉向我，以手勢叫我過去，但我不從。「你看吧。」他說，心平氣和，「太明顯了。他們從一開始就藏到現在。」

我拔腿逃走。見他不斷相信、相信、相信，信到苦果臨頭仍不覺醒，我再也無法承受。現在的我別無其他解釋。

十七、終章

當我終於輾轉抵達三藩市灣區時，廢船在港口雲集，桅杆稠密到看似港裡長出一座無葉林。我在尼克巴克消防隊找到差事，擔任火炬童，隨隊撲滅一八四九年耶誕夜與情人節大火。總算攢夠了錢，我買通船家，搭上阿波羅號側明輪船。這艘船的噸位高達一千，承載無數袋的金條，而我是唯一的人類乘客。最後我在波士頓港下船。我有意從波士頓返回俄亥俄。奈何多年後，我才有臉見老母，畢竟老母的兒子被我拋棄在荒郊。我上教堂，我就學。等到我有勇氣見她時，我已進入成年。

在三藩市期間，我在《加利福尼亞星報》讀到，在天使營，群情激憤的民眾捕獲兩名唐人父子，扭送審判，罪名爲搶劫與謀殺未遂，以絞刑結案。其實，我走的那天夜裡，躲進沙加緬度近郊的山林，坐著聆聽夜獸在矮樹間走動，見凸月周圍泛起雪暈，我最後一次占兆因而觸發，得知叔侄倆的命運。據《星報》報導，唐人男孩以背誦荷馬的詩篇訣別。

淘金潮過後幾年，美東盛行一八四九人的銀版照，爭相在起居室掛起鍍金框的相片。這些年來，我見過無數這類相片，主角是亞戈戰士，拿著淘金盤、鋤子、金秤擺姿勢，模樣傲人，鬍鬚修剪至文明人的長度。每次我見這種相片，總盼見到埃洛是畫中人，但我明瞭，他極不可能接受拍照。何況我也知道，四九人銀版照是一門假藝術，多數人手裡的淘金盤是照相師借來的道具。有些甚至是模特兒，後面掛幾張遮塵布當背景，坐在紐約市入鏡。雖說銀版照是曇花一現的流行，我並不排斥，而我喜愛的一大因素在於，這些相片找不到一絲當年礦區的黑暗面，見不到寂寞、癲痴、飢餓。即使是插進皮帶的手槍，也像是鬧著玩的。我多麼企盼有朝一日見吾兄現身礦區銀版照中，穿著採礦人紅衫，前帽沿高翹，領巾淨朗，手持上等的新鶴嘴鋤，捧著一塊黃金。我願見他現身閃亮鍍金框的正中央，彷彿金礦真如傳言一般豐碩。我願見他擺姿勢，露出堅信不移的態度，最後被瀲灩金光團團包圍。也許，倘若我能見到他現身鍍金框中，我或許也能洞見自己內心那位信念堅貞的亞戈戰士，因爲我倆在領地的外型相近極了。

如今我對埃洛的所知全來自一張明信片，收件人是我們母親，時間是二十五年前，郵戳註明新領地維吉尼亞城，內文僅表示礦脈令他無法自拔。

維吉尼亞城

我們昨晚去參加派對，我和丹尼和裘思，三人跟往常一樣，埋頭在一張黏黏的矮咖啡桌上玩德州撲克，結果丹尼提到，他父母曾私奔至維吉尼亞城，在賭場內部的房間祕密結婚，以躲避耶和華見證人教會。我跟他朋友一場這麼多年了，他居然從沒告訴過我。裘思迷上這件事，一遍又一遍說：「什麼？我的媽呀，太瞎了吧！」

丹尼往後靠坐，態度踐起來，不講話。他一知道他握有你想要的東西時，就擺出這副嘴臉。

「那間現在還沒拆，想看還來得及。」

裘思說：「喂，你們兩個，我們非去看看不可啦。這很有意義嘛。艾芮絲，妳覺得呢？」

我醉了，或者嗑得恍神了，或者兩者都有吧，於是我說：「好啊，可以。我們開車去。」

我當時有心想去，今早卻沒興趣了。我醒來時，聽見有人用拳頭捶我窗戶，像水面下的碰撞聲。我從小到大擁有過的臥房只有這間。我撥開窗簾一小縫，看見裘思跨站在我媽種菜失敗的菜園犁溝上，手指圈成喇叭狀，嚷嚷著：「維吉尼亞城！媽呀，不去不行！」丹尼站在她背後，睡眼惺忪，握著一瓶山露汽水。裘思一迷上什麼事物就不肯放手。我以前喜歡她這一點。

我開車——我去哪裡都開車。裘思和丹尼帶啤酒上車喝，他坐在我車的副駕駛座，她坐後座。丹尼把音樂調小聲，問裘思，德魯最近怎麼了。

宿醉之中，我努力回憶德魯是哪位——是昨晚帶裘思出場的人來瘋痞子。昨晚，裘思跟一個瘦皮猴男生膩在沙發上，男生穿緊身褲，前臂刺滿扶桑、麻雀、凸眼錦鯉。或者是後來在門邊喝著高腳杯的那個，裘思當時一手挽著我，大剌剌地用下巴指向穿好外套、等在門邊的男人。當時音樂太吵，裘思扯嗓對丹尼說，她不搭他的車回家了。德魯是隻幽靈。是遊行隊伍裡的替身。和裘思所有的男朋友一樣，只有丹尼才把德魯當眞。

「在忙吧。」裘思說。「他搞樂團，『衛星』樂團。你聽過啦。」她握著酷爾斯淡啤比劃著。她從派對幹走一打裝的啤酒，這是其中一罐。「我們去XOXO看過他們表演。他們幫沙加緬度來的那個司儀暖場。他們的曲風屬於硬地搖滾加電音加強力流行樂。」

「啤酒別拿那麼高啦。」我說。

「他是哪一個？」丹尼問。「他彈什麼樂器？」

「不曉得。合成樂器吧？他房間好像有個電子琴。」

「我被開罰單的話，一定逼你們替我繳。」

「合成樂器。」丹尼說。「確定嗎？他在哪裡上班？」

他想逼裘思承認某件事。他太傻了。逢人就上的裘思從不爲此覺得丟臉。愛玩又不敢承認，豈不是白玩？她聳聳肩，喝喝啤酒，望窗外，看著山腰幾棵堅毅卓絕的一葉松，或看著護欄下面逐漸縮小的雷諾市區。

丹尼喝一口。「妳連他在哪裡上班都不曉得？」

她對著後照鏡裡的我偷笑。「我哪有機會問嘛？」

「好玩嗎？」丹尼只交過一個女朋友。他今年二十四歲，一聽見有人不談戀愛就打炮，仍覺得新奇。他想聽的是不記名的交媾和猥鄙的敘述，想瞭解怎麼有人能做裘思做的事。好友一場嘛，裘思總不吝分享。

「還不賴。」她說。「口交，口交，傳教士體位，狗爬式，外射。比較炫一點的，沒有。」

可憐的丹尼。他跟爸媽同住，而裘思這種女生一遇到男人，一定設法引誘對方愛上她，以備不時之需。她把啤酒罐倒過來，喝光整罐。丹尼也跟進。

「壓低一點啦，可惡。」我說。接著，因爲我一時冒出我認識裘思之前的口氣，所以我說：「『衛星』基本上專門模仿『歡樂分隊』，但揣摩得四不像。」

她聳聳肩，望窗外。「他們搞的是自己的音樂。」

我在畢業前的秋季班必修專題課結識裘思。她是美術學院的學生，主修繪畫。我的主修是護理。學校限定不能跨學院選修專題課，但護理系的專題課額滿了，而我又不願意延畢，所以懇求導師讓我跑到藝術學院修基本人文課。一踏進藝術學院禮堂，我才恍然大悟我有多麼討厭護理系的女生，討厭她們的白鞋，討厭她們用層次分明的髮梢框住臉蛋，討厭她們的中性筆，討厭她們用螢光筆劃線、以顏色分類的筆記卡。

上第一堂課，我找到位子坐下，裘思進禮堂，從走廊喊我，好像認識我似的。我記得，那天她穿醜醜的褐色靴子，沒打鞋帶，衣服沾滿塗料，而且穿短褲，頭髮漂得太白。我不只不認識她，更從來沒認識過像她這樣的人。她朝我的位子走過來，在我旁邊坐下，遞給我一張傳單，上面廣告著她的DJ朋友在市中心辦的活動。

「我想說，妳可能會有興趣聽聽看。」她說。「上次他來，炫得全場落花流水喔。」我當時有所不知的是，我在教室裡坐了三年，眼睛只向前看，成績平平，等的是像她這樣的人。

每次她來上課，總坐在我旁邊。她沒來的時候——她是慣性蹺課狂——我會想念她。後來，她又邀我去看幾場表演和藝廊開展，拿她重新設計的傳單給我看，因爲她嫌藝廊的資產階級引用太多狗屁摩鐵藝術。她每邀我必去。有一天，她來上課，勸我在進教室之前蹺課。我們搭斯畢利巴士進鬧區，坐進金鄉，喝琴蕾，玩一次一分錢的角子機，耗掉整個下午。她教我抽菸。那天是我最棒的一天。

裘思看上我，是因爲我是本地人。我讓她覺得道地，加州人特別重視這一點。沒過多久，她開始帶我去參加別人邀她去的後續派對，叫我陪她去整晚不打烊的快餐店，而她身邊總有一個當時繞著她公轉的男人。其中一個叫尼克，在日舞書局上班。另一個是在合作社上班的布萊迪。有一個是她的人體素描班的短期助教，從愛爾蘭來的，名叫寇貝特，專長是「電子藝術工作者」，講話老愛故做反諷，令人受不了。他們問我一堆笨問題，例如：妳很小的時候就搬來這裡嗎？妳會不會哈姆立克急救法？我如果被噎到了，妳會怎麼辦？有一次，我回答說：「袖手旁觀。」裘思聽了狂笑。我有一次夢到她，她捧腹笑了好久，竟然把我跟她笑得騰空而起，飄在市區上空，飄到山脈以上，手牽手翱翔。她那次狂笑就像這場夢一樣。

那是三年前的事了。後來有一天，裘思喝醉了，告訴我說，認識我的那天之所以喊我，是因爲她認錯人了，以爲我跟她是雕塑課的同班同學。

在前進維吉尼亞城的車上，我們路過賭場和景點的廣告看板，其中一個寫著：「聞名全球的自殺桌」，另一個寫著：「維吉尼亞城：有古蹟，有追憶，更有過往的幽魂。」也有廣告看板寫著：「不牧野風雲則死。」丹尼說：「沒錯，牧野風雲。」看他一副自鳴得意的樣子，我不禁懷疑，父母私奔一事該不會是他掰出來的吧？

車子過了山頭，維吉尼亞出現在前方山下，空有「大街」之名的一小條路被復古，以揣摩拓荒時代的本鎮原貌。鎮的一端矗立著「群山聖瑪麗教堂」的白尖頂，另一端是圍著鐵門的墓園。墓園坐落於光禿禿的人造小岩山上，新墓碑往上坡蔓延。我們三個已經來過維吉尼亞城了。但每次我見這幅景象，總訝異於建築物簇擁山腳、小鎮像大家庭的模樣。

我們在路邊停車，繞到車尾，後車廂廂蓋不關，三人各開一罐啤酒當街喝。裘思率先喝完，嗝酒氣。我們把空罐子扔進後車廂。裘思從一打裝的啤酒箱拿出三個銀罐子，塞進包包裡，把最後三罐往我的包包塞。「我好餓。」她說。

我們過馬路，走一會兒。人行道鋪著木板，丹尼說他喜歡踏地產生的這種叩叩聲。他以前說過同樣的話。

裘思頻頻爆海豚音，東指西指，猛拍相片，活像觀光客似的：一個男人牽著一頭肥棕馬，走在砂石巷弄裡，她拍；兩個本地婦人打扮成拓荒時代妓女，戴著染色鴕鳥羽毛帽，穿著馬甲，她拍；糖果店櫥窗裡，不鏽鋼旋轉機器手拉製紫色太妃糖，她拍。這裡有一面介紹馬克．吐溫的牌子，她駐足好久，久到爆，還撫摸著大文豪銅像的小八字鬍。丹尼正在拍她，她假裝沒注意到。好累。

丹尼指向一面懸掛式的古意招牌，上面寫著「血桶沙龍」，我們已經見過六、七次了，卻從來沒進去過。「妳覺得怎麼樣？」他說。

「我的媽，棒呆了。」裘思說。每樣事物都是我的媽棒呆了。裡面所有東西都漆成紅色，窗戶掛著太大的紅絨毛窗簾。天花板吊著幾盞美術燈，牆上有幾大幅華麗金框的油畫。就我能看見的範圍，不戴牛仔帽的客人只有我們三個。鄰桌坐著幾個老男人，裘思對他們點頭說：「哈囉。」他媽的哈囉。

酒保是個老頭，穿著十九世紀酒棧老闆的條紋圍兜，無聊當有趣。他的名牌以手寫註明「伯尼」。裘思想喝他最喜歡的飲料，請他幫忙調一杯給她，結果上桌的是血腥瑪莉，裡面多加一些辣根，口感很嗆。他害臊地聳聳肩說：「我就喜歡這一味。」

「我也喜歡這一味。」她說。

丹尼和我也嘗嘗看，決定各點一杯。我們也各點一客培根起司漢堡，被裘思批評說太遜了。丹尼反而說，這樣其實才超好玩，因爲在同一個地方點相同的餐飲，有助於縮短彼此的隔閡，彼此更能徹底體會對方的經驗。他說，這三份培根起司漢堡有機會讓人昇華超脫。

裘思把高腳凳搖向前。「你爸媽私奔，很難想像耶。」的確是。丹尼的母親露西是聖瑪莉醫院小兒科的主任醫師，父親迪克是高中校長，常一起玩Boggle拼字遊戲，一起打網球。每星期六早上，露西辦回收活動，迪克洗車。

漢堡來了，夾在裡面的肉黏膩。「怎麼會私奔？說來聽聽。」我說。

「對。」裘思滿嘴漢堡說。

「妳們想知道什麼？」丹尼說，嚼著血腥瑪莉附帶的芹菜莖，沉浸在受人矚目的喜悅中。「我媽十八歲那年跟人訂婚了，男方名叫瓦利，在威爾斯街附近的輪胎工廠上班，是耶和華見證人教會的信徒。我媽全家都信。瓦利的爸爸是教會的長老，大家都希望他們結婚。他們本來也想，可是後來我媽在學校認識我爸，所以婚事吹了。」

裘思說：「我的媽，棒呆了。」丹尼很樂意逗她開心。我見過她無數男友，沒有一個以丹尼的這種表情看她。

他繼續敘述。「可是呢，這個叫做瓦利的傢伙沒辦法接受，被人發現渾身光溜溜在卓吉河玩水。三月天喲。我猜他講了什麼瘋癲狗屁吧，我不清楚。他家的人應該送他進精神病院，關起來才對。才十八歲就那樣。可是呢，他的教會長老爸爸決定，瓦利表面上精神崩潰，實際上是代上帝傳聖旨。有一陣子，全教會的信徒都跑到瓦利床邊祈禱，講什麼『十四萬四千』，什麼『主的晚餐』，狗屁一堆。」

酒保過來，丹尼再點三杯血腥瑪莉，替自己多叫一杯兩指幅的波本。裘思說：「千謝萬謝喔，伯尼。你善解人意喲。」

「後來呢，長老找上我外公外婆，說上帝顯靈了，說我媽如果跟我爸結婚不是天意，畢竟我爸信天主教。最扯的是，我外公外婆居然相信他的鬼話。他們叫我媽跟我爸一刀兩斷。然後，我媽的父母跟瓦利的爸爸去找我爸，四個人坐下來，叫他最好別再去找我媽，否則後果自負。去你的後果。他們把瓦利捧成哪門子的先知。」

「他是先知，那你爸呢？」裘思說。「撒旦嗎？」太好笑了，迪克是撒旦，穿著緊到不行的慢跑短褲和凱瑪百貨買的便宜球鞋，幫多功能休旅車洗泡泡澡。

「別扯遠了。」丹尼拍吧臺說，愈講愈起勁。「我爸才不甩他們咧。他只想結婚。不過，我媽好像相信他們的狗屁。雖然她同意嫁給我爸，卻不肯在雷諾結婚。她說，結婚一定要來這裡，不然會被人發現，不能讓人知道。」

「她眞的這樣講啊？」我想知道。我們吃飽了，撿著裘思的薯條，有一根沒一根吃著。丹尼怎麼從沒告訴過我？

他搖搖頭。「我爸告訴我的。我媽不肯提。」

帳單來了。酒保伯尼說，飲料他請客。千謝萬謝喲，伯尼。

來到酒吧外面，木板步道和馬路上人擠人。我們剛錯過一場假槍戰，空包彈的煙硝味仍瀰漫著。大家蠢動著，見證義警執法的亢奮感沖得腦袋茫茫然。裘思和丹尼走在我前面，在人群裡穿梭。我們停下來看兩匹馬拖著覆蓋式馬車，走在大街上，老車伕鬆散地握著馬繩，後面載著兩個一臉心虛的惡棍。馬蹄在柏油路面踩出令人滿意的叩答叩答聲。我拉緊我的薄夾克。才九月，這裡就好冷。

來到銀后外面，一面招牌宣傳著正宗銀后。我們全看過了，但裘思想進去看。丹尼聳聳肩說：「既然來了……」能擺脫洶湧的人潮，我求之不得。我們穿越窄暗的賭場，看到至少十五英尺高的一幅壁飾，女主角有點像墨西哥畫家芙烈達．卡蘿，差別在於她是白種人。她的長袍表面有幾百枚史上最亮的純銀元。脖子和手腕也戴著成排的銀元。銀幣也堆成后冠，戴在高聳的棕髮上。裘思從皮包拿啤酒給我們，她自己也拿一罐。啤酒溫溫的，喝起來有暖意。

裘思讀解說牌，告訴我們，這些銀子是康斯塔克礦脈出土的第一批，這我們已經知道了。銀元像魚鱗般閃耀。我想摸摸看，但整面牆飾全被壓克力板封住，以免銀元被人摳下帶走。有誰會做這種事嘛？我們就會。

裘思把她的相機給我，在壁飾前擺姿勢，雙手叉腰，模仿銀后。丹尼過去站她旁邊。我把啤酒放在角子機凳子上，透過相機的視窗觀看他們。他們傻笑著，拿著銀彈擺姿勢，背後是銀后，彼此摟著。

他們是我的朋友。我們做這種搞笑、嘲諷的事，以便成爲專做這種搞笑、嘲諷的事的人。

我拿著相機，儘量向後退，醉意濃厚，臉色潮紅，傾聽著相機的喀嚓聲，聽著角子機銅板叮叮滾落的假音樂。丹尼和裘思接連擺出幾個老友互動的姿勢，象徵以前的我們。我再往後退一步，儘量把整個場景納入鏡頭。

裘思和我認識一陣子後，我才把她介紹給丹尼。丹尼跟我從小就認識了。他常調侃我說，我的新朋友裘思是我杜撰出來的，是——太絕了——我的地下情人。我並非故意不介紹他們認識，只是一直找不到機會讓三人湊在一塊。但現在我知道，我隱隱不太願意他們認識。我當時以爲，假如他們彼此認識了，他們將不再需要我。我不想被甩。

幸好我們三個一拍即合。連續幾個週末，我們一起去天文館買太空人冰淇淋，躺在草地上，以彼此的肚子爲枕，喝著裘思的大燒杯，讓脫水冰淇淋沙沙的甜味在舌頭上融化。夏天，我們去湖邊玩。煙囪灘附近的湖裡有幾顆寬敞平坦的大石頭，我們游泳五十碼過去，赤腳踩在粗糙的冰河花崗石上，一個接一個跳進溫暖的碧水。有時候，我和裘思脫掉胸罩，她把她的扔掉，我把我的握在拳頭裡。丹尼假裝沒注意到，或假裝不在乎。我們三人躺在石頭上，任太陽爲我們撫乾身體。

晚上，我們去光顧小夜店——XOXO、綠房、皇宮、三窟。我們並肩，隨脈動的花彩燈熱舞，形成完美三角形。我們溢散到街上，或進巷裡，抽菸或呼麻或嗑藥，或透透氣。天冷時，我看著我們汗濕的肉體飄著蒸氣，從裘思的裸臂和香肩，從丹尼的濕頸升起。我們一同走路回家，路上的霜被我們踩碎，聽著清晨的鳥鳴婉轉。

之後，我們的合體開始融解。去年萬聖節，朋友在家辦化裝舞會，丹尼和我去跟裘思碰頭。我們到場的時候，裘思已經醉醺醺了。她打扮成機器人，厚紙板做成的身體已經塌扁。我們從她套房後巷的報廢洗衣機和公寓裡的瓦斯爐湊齊的多數轉鈕和錶也掉得差不多。亮麗的緊身褲脫線了，臉上油油的銀漆有些部分也糊掉。舞會前一天，裘思勸丹尼打扮成彼得潘，戴綠紙帽，插一支紅羽毛。她更從沃爾格林連鎖雜貨店順手牽羊了一把塑膠匕首給他佩帶。我沒打扮，結果整晚被人一直問：「妳想打扮成誰呀？」

快散場時，我在僻靜的廚房裡找到丹尼和裘思，他們正坐著聊天。我也和他們同一桌坐下，拿著骷髏頭形狀的一口杯，三人各喝掉一杯，喝完後，杯子被裘思收進包包裡。丹尼和裘思聊音樂和藝術，聊丹尼住柏林那年認識的女人。這是他的用語，女人。他告訴裘思這些他從沒對我說過的事，我明知不該排斥，卻照樣聽了討厭。我討厭她專心聽的樣子。

舞會裡有幾個畢波咖啡廳的男生，身上有香甜的氣味，那一夜，裘思跟其中一個回家。後來，連續幾個禮拜天的下午，我們能免費喝公平貿易拿鐵。但那一夜裘思跟人走後，丹尼蜷縮在派對門廊上的臭沙發裡，拿著一瓶別人的青蘋果伏特加，說：「哇塞，根本是，他媽的，根本連一分鐘也從來不給我。」

我陪丹尼往下坡走，走回他的公寓，他語無倫次，腳步欠穩，差點壓垮我。太陽快露臉了。我扶他進門，去幫他接一杯自來水，拿一片白吐司給他。他的公寓只有白吐司可吃。我回來時，他沒脫扮裝服就昏迷了，帽子也不見了。我臨走前沾濕一張紙巾，在半暗不明的晨曦中擦拭他脖子、嘴巴、雙手上的銀色塗料。從那天起，我一直等著被他們甩掉的日子降臨。

丹尼的媽曾認爲，在這種小教堂結婚，連上帝都看不下去，現在我能體會她的感想。這間小教堂很隱密，前面是牧野風雲酒吧，鏡子迷宮似的環境煙霧繚繞，小教堂塞在最裡面的角落，門很厚重，丹尼替我們開門。我走進去時嗅到他的味道。在小教堂的燈光下，他顯得好帥。

與其說是教堂，不如說是洞窟，因爲牆壁以冰冷的大石頭砌成，天花板矮到我伸手就摸得著。角落有一臺風琴，禮臺上有兩束發黃的人造絲花，每一束中間插一根乳白色的蠟燭。這裡擺了大概二十張卡其色金屬折疊椅，分兩邊排列，中間是一道被踩得見底的紅地毯。牆上掛著一具蒙了灰塵的木造十字架。這地方八成三十年沒裝修過了。

我在前排坐下，試著想像露西和迪克走上禮臺的模樣。當年的他們比我們現在年輕。當時的露西唸著婚誓時，是否想到被父親綁在老家床上的前男友瓦利？

丹尼彈著風琴。他現在幾乎不碰風琴了，彈起來指法彆扭。何況他說，半數的琴鍵壞了。假花插在保麗龍上，被裘思摘下一小枝，帶到教堂後面，向丹尼示意。丹尼盡最大心力彈奏〈新娘進場曲〉，可惜有些鍵啞掉，彈不出聲音。裘思開始在走道上緩緩蹣跚前進。

丹尼示意我站上禮臺。這是個名不見經傳的地方，石壁太厚，失戀先知看不透；門也太重，偷腥幽靈鑽不進來。我站著，雙手交握，莊嚴如新郎，微乎其微地搖晃身體，等候我的新娘。

裘思來到禮臺，丹尼也跟著過來，三人默默站了一會兒，站在他父母共結連理的禮臺上，站在促成今日一切的關鍵地。裘思把假花放在背後的地上，牽起我的雙手。

我們不講話；丹尼隨後說：「裘思，妳願不願意依法娶艾芮絲爲妻，願不願意一生一世相依相隨？」

「我願意。」她低語。

「艾芮絲，妳願不願意娶裘思爲妻，無論富貴貧賤，無論健康病痛，至死方休？」

「我願意。」

裘思用力握握我的手。

丹尼得意地揮舞兩手，說：「可以吻新娘了。」空氣瞬間從現場流失。

裘思把我拉向她，手勁堅定。她吻我。她的吐氣熾熱，嘴唇熱切，舌頭像海潮似的拂過我的門牙，或像某人朝我招手說：**過來吧**。

我回應她的吻，在嘴熱之中進入無重力狀態，沉浮在帶血漢堡肉和辣根的滋味裡。我雙手緊摟她的骨盆，她的手指掐在我的頸背，下唇被我若有似無地咬著。這不會沒有意義，我想。一定有。她脫離我。

「兩位，」丹尼說：「媽呀，美呆了。」

笑意在裘思爽朗的大臉上漾開來，如同野火般肆虐著。「就是嘛。」

我也笑了。這兩個是我的朋友。這些是我們常做的搞笑、無意義的事情，以便化身爲常做這種事的搞笑、無意義的人。

牧野風雲到處是鏡子，我們在吧臺坐下，改喝威士忌，玩著電動撲克。我們照裘思教我們的，儘量慢按按鍵，以免錢太快被吃掉。如果時間拖得夠久，我們能撈到幾杯免費飲料，錢才不至於白花。點唱機播放著威利．尼爾森，電視靜音播放著足球賽。我們趁酒保不注意，一直從塑膠桶裡偷橄欖、櫻桃、檸檬、萊姆。前門開著，外頭的風勢轉強。「那是因爲妳從小生活在雷諾啦。」裘思說，回答著我不記得問過的問題。「妳不懂這小鎭多棒。」

來維吉尼亞城的好理由很多。我們第一次來，是因爲裘思想站在馬克．吐溫站過的地方。她想看看大文豪當年見到的景象。丹尼和我看著她。她站在木板步道上，崇敬無語，遙望山腳，搜尋著什麼。我不曾見過她那副神態，以後再也沒見過。小教堂裡缺乏那副崇敬，現在回想起來，當時應該有才對。對，今天是崇敬日，情緒應該帶有一點眞誠才對，可惡。我醉了。今天怎麼會變成那一天？

裘思快玩到同花順了，叫我們過去助長她的手氣，三人各伸一指，按塑膠紅色鍵取牌。這是我們的老把戲。三手重疊在最後一張牌上，三拳疊成角子機拉桿上的圖騰，三指滿心希望按著最後一鍵，這些動作，我們做過多少遍了？

丹尼說：「等一下。」他拿一顆加工櫻桃，放進自己嘴裡，在裘思嘴裡放另一顆。醃櫻桃汁把她牙齒染成桃紅。可憐又可愛的丹尼。愛上什麼人，不是我們能決定的。

羽狀複葉的牧豆落葉金黃，幾小片被一陣風掃進來。裘思說：「一、二、三。」

Q被我們盼到了，牌中皇后正對我們眨眼。我們贏了將近四百美元。

裘思和丹尼樂得尖叫，兩人互擁，猛拍吧臺喊：**屌斃了**。他們說：**厲害吧？**我心裡一本正經。丹尼站上高腳凳，撈出塑膠桶裡最後一粒橄欖。他最近愈來愈不像他自己。他捏著橄欖，伸到裘思面前，橄欖汁順著他的手腕滾落。她喜孜孜伸手過去，丹尼卻把橄欖放進自己嘴裡。

「我們應該見好就收。」我說。

丹尼只笑笑，露出上下齒咬著的小橄欖。裘思露出她那種吸過氦氣才笑得出來的尖笑，雙手握住丹尼的臉，嘴對嘴。我旁觀著。我預料他們會吻得迫切而渴望，但他們的態度從容不迫，悠悠然。她的脊背被他推得拱起，擠向吧臺，她嬌柔呻吟一聲。他一手探進她的上衣底下，另一手握威士忌杯，像他從小做慣了這檔子鳥事。事後，他下巴收不攏，眼睛放電，裘思快樂地嚼著他們吃剩的橄欖。「我們應該見好就收。」我再說一遍。

裘思喃喃說：「好。」但丹尼在同一時間說：「媽的，才不要。」說著再按發牌鈕。

「你在幹什麼？」我說。

他笑說：「找樂子。」

「不行。」我抓住他手腕。「見好就收。」

裘思說：「別這樣嘛。」

「放開我。」丹尼說，一點威士忌溢到他的上衣。他掙脫我的手。「不干妳家事。」

「這不能當眞。」我說。「你。我。她做的事不代表任何意義。告訴他啊，裘思。」

機器在我們下面直眨眼。裘思以憐憫的眼光看著我。小落葉在門口打轉，像渴望找燈火的昆蟲。忽然間，我見到一縷我以爲再也看不見的眞誠；遙望山腳尋尋覓覓的那眼神再現。「不要這樣嘛。」她輕聲說。一小片金葉飄落她臉頰。

「想怎麼樣，隨妳。」我說。「妳對我不具任何意義。」我走出店門，但願剛才那句話是眞的。

天還亮著，不可思議，但日光確實還在，光線射進我眼珠，刺激著神經和大腦相連的地方。在相連處，有無意義由光來取決。我非醒一醒不可。

去年，萬聖節隔天，我們來維吉尼亞城。丹尼想上教堂，只丟下一句：「今天是禮拜日。」裘思和我以這事尋他開心，因爲禮拜天對我們一點意義也沒有。但我們還是陪他做禮拜，安慰自己說，做吧，反正那段日子無論做什麼，原因都是同一個：沒事找屁事做。我們走砂石路去聖瑪莉教堂，邊走邊爭踹同一顆石頭，身體不停互撞，假裝若無其事，假裝什麼事也不會發生。

教堂裡是一片異樣的肅靜，有融蠟的氣味。丹尼在捐獻箱裡投一元鈔票，在胸前劃十。他教我們應該跪哪裡，如何以中指尖摸頭、心、雙肩。陽光從彩色玻璃透進來，和煦而豔麗。在彩光中，聖母的淚水成了黃色和藍色，耶穌哭出紅淚，一個男人握著一支大鑰匙，一個握半條麵包，另一個牽著小羊。我當時有看沒懂，現在也一樣。我但願自己是天主教徒。我記得當時跪著心想，再**給我多一點這種時光吧**。別無所求。我當時祈求的是：願天保存我永遠無法理解的事物，捍衛我已失去的事物。

我非開車載我們三人回家不可。雷諾讓我厭煩，厭煩去同幾間酒吧，看同樣幾團樂隊表演。我厭煩吃同一家兩元一片的披薩，去同一臺玻璃面的販賣機買我發誓拒抽的同一種菸。醒醒吧。

回不去了。我心裡有數，但我想喪失的是有意義的東西。丹尼和裘思走出店外，好像被召喚似的，直眨眼，表情困惑。裘思說：「艾芮絲。」感覺像我從沒聽過她喊我名字似的。從她嘴裡冒出來，感覺多溫存。多可悲。

我說：「我想走一走。」我們在維吉尼亞城街上，踉蹌著，逆風而行。街頭的熱鬧情景已消退。好冷。

墓園有圍牆，我們爬牆進去，丹尼失足，在泥土上跌一跤。他牽著裘思的手，接她過來。這裡的墳很老，很多埋的是嬰兒。我爲一切感到遺憾，即使是跟我無關的事也一樣。特別是跟我無關的事。我們穿梭墓碑而上，對彼此喊著墓碑列出的死因，有如我們碰到暴風雨，急著找路。

「肺癆。」

「猩紅熱。」

「流行性感冒。」

「肺炎。」

「肺癆。」

「百日咳。」

「難產。」

「肺癆。」

「霍亂。」

「溺水。」

「肺癆。」

造訪維吉尼亞城的好理由很多，不愁找不到。古人來這裡是想採銀礦，但銀礦老早被淘光了。夏天，我們來這裡逛二手貨交換市集，看駱駝賽跑，買便宜的ＤＶＤ，看胖妹跳肚皮舞，買雷射內雕水晶。有個頭髮灰白的印第安人，戴著羽毛頭飾，開著卡車，車斗裡拴著一條看起來沒力的老豹子，跟豹子拍合照一次一元。來維吉尼亞城發現你自己的好理由很多，但理由只有一個。我們來是爲了穿越時空。

爬到小山頭，我們看得見全鎭，也看得到更遠的山谷和垃圾山。我喜歡。丹尼坐在一塊厚厚的正方形墓碑上，兩腿輕輕在暮色裡搖晃。裘思坐在他旁邊。她頭靠他肩膀，好像他始終在她身旁似的。好像我們三個始終待在這裡似的。最後三罐啤酒沉在我包包底部，像銀塊。山下的大街燈火呈藍橙光。我們喝著啤酒，看著日落內華達山脈下，在亮麗的小小一刻中，我們回歸原來的我們。

仙境

獻給蒂萊拉

世界上的大型陸生哺乳類快死光了。古時候有鳥大得像羊。遠古的鰭足類動物很大，海象的象牙曾經長達六英尺。長耳大野兔以前的腳大得像二乘四英尺的木板。穿山甲大如多功能休旅車。現在，穿山甲快絕種了。非洲象沒水喝了，被迫用象鼻子掘井尋水。孟加拉虎被射殺剝皮。北極熊一隻隻被淹死。想想看啊！全世界最大的陸生肉食哺乳類動物快被淹死了，整個物種即將滅絕了。一旦老虎全被射殺一空，北極熊全被淹死，陸地上最大的肉食動物是什麼，你知道嗎？灰熊。換言之，有些早晨，我在鬧鐘響起之前醒來，躺在床上思考，世上最大的陸生肉食哺乳類動物如果是天殺的灰熊，我會懷疑活在這種世界有何意義。男友彼得告訴我，我對物競天擇論有一種天眞的誤解。但他也接著說，他覺得我的卡通科學非常性感。

我妹妹貴恩說，陸地上最大的哺乳類動物如果是灰熊，活在這種世上也不賴呀。我糾正，最大的肉食性陸生哺乳類動物。她說，好吧。我們母親六個月前自殺身亡，貴恩建議我接受大自然的撫慰。她說，如果我覺得心情焦躁，應該騎單車去大洋灘，站在蘇卓浴場古蹟望海，想像藍色和灰色的鯨魚像潛水艇，悠游大海。她建議我學學彼得，效法他搭乘實驗小船出海，把測量器材放進海灣裡聆聽。她說，如果我放得開，一定能體會自身多渺小，因此受到撫慰。但話說回來，她從小就比我勇敢。

我沒向貴恩透露的是，我已經試過大自然了。我去拉斯維加斯送母親最後一程，去查爾斯頓山的紅砂岩山腳撒骨灰，回舊金山之後，彼得帶我去舊金山動物園。我看到西部低地大猩猩和大食蟻獸。亞洲白犀牛的展示場外有長椅，我坐著哭了又哭，因爲我見到裡面的水泥地塑造成泥濘狀，表面有摩擦痕跡，原來是被犀牛磨出來的，犀角已經被磨禿。動物園裡起霧，彼得默默陪我坐，看我哭，大手攬著我的腰，輕盈如霧撫肌膚的感覺。路過的人大概以爲他傷了我的心，其實比較可能的是正好相反。我們坐了好一陣子，他才問：怎麼了？

同一件事啦，我說。

他久久之後說，凱蒂，生態系統是一種很複雜難懂的東西。

我試著以自身的渺小爲慰藉。那個月，我去俄勒岡州海邊賞鯨三次，船上的我穿著雨衣，只賞到濺到雨衣上的幾滴海水，後來據說賞鯨船另一邊的人看到七十五碼外有一條小座頭鯨跳出水面。我沒告訴我妹妹。我也不說我不能再去蘇卓浴場了，因爲每次去，我會想起我在報上讀到的父子溺水事件：兒子走在岸邊海岩上，滑跤摔進海裡，頭浮在海面上，對父母呼救，繼父見狀跳水，雙雙被海浪捲走，屍體從未尋獲。新聞沒提妻子是否在場，岸上是否有母親眼睜睜看著整個人生滑向地平線消失。我也沒告訴妹妹說，我望海怕看見整片海都是男孩和北極熊浮腫的屍體。

蘇卓浴場在一九六六年失火，燒成廢墟，我見過以前的相片，看起來是個不錯的地方，偌大的鐵條玻璃圓頂建築，裡面有六座室內海水游泳池，以及一座淡水游泳池，臨海而立。我的冰箱上甚至有一張明信片的複製紀念品，圖中有個寬骨盆的女郎，戴著泳帽，正涉水入池，對著鏡頭揮手，上面寫著：**我在蘇卓浴場認識她。我說：「妳和鴨子一樣會游泳。」她說：「哎喲！怎麼把人家講成獵物！」**

浴場的舊照顯示高大的滑梯把泳客射進池裡，年輕男子站上別人肩膀，從上層跳水，大滑梯上的人塞到爆。但這裡的海邊已今非昔比，水面似乎上升了，海岸也變得更窄。現在，你如果去做古蹟巡禮，和我一樣遙想水泥地基的七池圓頂玻璃建築，見到眼前所剩無幾的景象，很容易就想像整棟建築慢慢滑進海裡。

我擔心，在不久的未來，人類將成爲地球上最大的動物。世上若沒有非洲象，也沒有座頭鯨，人類無從比照相對比例，在那種世界，人怎麼活得下去？缺乏那種噸位和腰圍，世界會成什麼模樣？我解釋給彼得聽，他輕摸我的頭髮說，小不點，妳曉得嗎，人類越進化越大隻。但我們仍顯得如此渺小。

以我妹爲例，她就非常矮小，和我一樣。剛認識我的人，頭一次站到我身旁，常會說，哇，凱蒂，沒想到妳這麼**嬌小**。有時候，他們會把手肘靠在我肩膀或頭上。我對這種動作極度反感。貴恩比我更矮小；她的頭頂可以伸進我的胳肢窩。我承認，我有時也把手肘靠在她肩膀上，尤其是好久沒見面之後。彼得令我一見傾心的原因之一就是，他從不把我當成手杖一樣挨著。

去年十一月，我妹嫁給一個非常高，非常貼心的男人，名叫傑克布，我懷疑他也從不把貴恩當成手杖。他們在舊金山夕陽區有一棟大公寓，附有車庫，更有一小座天空花園。這種公寓不容易找到。以我爲例，我住在教會區一間搖搖欲墜的套房，樓下是一間墨西哥塔可餐廳，天花板褐色水漬斑斑，兩扇窗的窗景全是鄰居的窗戶，近到手伸出去就能碰到鄰居的窗臺。

大約兩年前，我和彼得剛交往不久，我搬進這間公寓，彼得過來和我一起粉刷。現在，那段往事令我迷惑。或者是，令我迷惑的是當年的我們，怎麼會並肩站在五金行的走道，輕巧地拿著油漆色卡研究著，彷彿最完美的南瓜色油漆能讓熱水流更久，能把墨西哥肉和香菜的味道變淡，能把地段變得更高級，彷彿油漆能對任何人產生任何效應。

我妹夫身高一九三公分，手腳肌肉虯結而修長，能一把抱起貴恩，像《小飛象》裡的大象以鼻子捲桿搭建馬戲團帳篷。你記得《小飛象》的那一幕嗎？我妹夫能像那樣抱貴恩，而且常抱。想到高壯的妹夫，我心裡就洋溢溫馨。我在他們的婚禮上喜不自勝。小倆口即將生第一胎了，我希望妹夫的長人基因不會白費。我希望一高一矮至少能互相抵銷。我們第二次去賞鯨時，彼得和我坐在船上的木頭窄長椅上，濕又冷。彼得心不在焉地玩填字遊戲。我要求他用潘式方格法，計算看看妹妹和妹夫能不能至少互相抵銷。

他說，凱蒂，潘式方格法不是塔羅牌。每當彼得講這種話時，我就不禁想起，他曾經是世上最懂我心的人，極短的一陣子懂，有朝一日他會再懂。

雖然胎兒的性別還不清楚，我有預感，貴恩一定會生女兒，我外甥女會長得很漂亮。她會像她爸爸一樣高瘦而矯健，靚麗的大棕眼會像媽媽。夫妻倆必定會彼此抵銷，我會感到慶幸。

小學三年級那年，我在拼字比賽勝出，制勝的關鍵是「感激」一字。我媽在世時，她常訴說她在我獲勝時的心情。她把拼字比賽當成趣事來講，說她和其他家長會在自己小孩過關時小小歡呼一陣，每過一回合，歡呼聲變少，而我漸次晉級之際，禮堂裡的她備感被其他家長孤立。她在場嗎？我甚至不記得。

從拉斯維加斯回舊金山後，我上班的酒吧放我帶薪假。但我想上班，想多賺點小費。彼得說，我想去哪裡，他都可以陪我去。但我只想去動物園。他陪我去了。逛過動物園之後，我天天虛度，大半天不下床，連續看重播的《法網遊龍》和《小飛象》。然後再睡。等彼得下班。他回家後，我們叫素食中國菜，有天晚上我請彼得帶我坐他的實驗船去海灣，只不過我知道，他不能公船私用。

我說，我想看看藍色和灰色的鯨魚像潛水艇在海裡游來游去。

他只說，唉，小不點。這是他近來的口頭禪。

彼得挪用幾天事假，那週末帶我去俄勒岡海岸，進行我們首次賞鯨之旅。只看到小鯨魚激起的水滴、彼得拒用潘式方格法幫我運算的那次是第二趟。第三趟，我借彼得的車，自己開車去，只不過他說，我可以請假陪妳去。他說的是眞心話。我搞得他很爲難。

我在俄勒岡海域沒見到鯨魚。我想念妹妹。我們從拉斯維加斯回來，已經兩個月了，我一直沒見到她，心裡很不舒服。然而，我開車進市區的路上，卻不想回家，不想見她。我慢吞吞打開行李箱，把乾淨的衣物折疊整齊。我沒有打電話給彼得說我回來了，沒有報平安。我坐上單車，慢慢騎去貴恩的公寓。

門鈴按了再按，沒人應。我從路上看見她的公寓燈亮著，但窗簾合著。我看得見她的身影在客廳和廚房之間來回移動，所以我用她給我的鑰匙，自己開門進去。進公寓後，我進走廊，發現貴恩正拿著海綿擦廚房流理臺，擺在流理臺上的舊CD唱盤正大聲播放保羅．賽門的《仙境》專輯。

喔，她嚇一跳。她把音量調低。我一定是沒聽見妳按鈴。她的言下之意是，希望妳沒濫用我給的鑰匙。

過一陣子後，她以下巴指向CD機。媽以前常聽這CD。

我記得，我說。百聽不厭。

貴恩不是愛樂人。她高中高年級之後，大概除了國家廣播電臺之外，什麼也不聽了。有一次，我們租車去聖克魯茲，我強迫她聽嘻哈歌手凡夫俗子，她一路抱怨不已。現在，她居然在自己公寓裡聽保羅．賽門。我心想，如果妳是避樂族，姐姐從妳小六起不停推薦新團、頻燒CD給妳，多年無法感化妳，現在妳竟然跑出去買保羅．賽門回家聽？換言之，能聽的東西那麼多，她怎麼偏偏挑這個？

但我不囉唆她，她繼續清洗寬廣的流理臺，踮起腳尖才擦得到中間。我從水果碗拿起一個橘子，用拇指剝皮，看著她把大肚子偏開，以免被流理臺邊緣壓到。

我常想到娘胎裡的未來小美女外甥。我計畫買無品牌、不分性別的玩具送她，送她的書裡女角色聰明、愛冒險、獨立，送她化學實驗器材，送她所有大型陸生哺乳類動物的塑膠模型，絕種或現有的品種都送。我會讀吉卜林的作品給她聽，放《小飛象》給她看。聽人說，美女好寂寞，我希望未必。我們家族能不能再忍受更多的寂寞，我不確定。

最後我問貴恩，能不能把音樂關掉？

我十八歲就離開拉斯維加斯，所以近十年來多次搭飛機回老家。在這十年中，我導引出一條學說：前往賭城的所有班機全刻意把氣氛炒得傻勁熱絡，好讓賭客以外的乘客覺得旅途灰暗無望而痛苦。貴恩和我搭機去賭城的那次也不例外。飛機起飛時，空服員對著走道扔小袋裝的花生，讓地心引力把花生拖向機尾，以廣播叫大家在花生滑過座位時抓一包。

廣播說：各位女士先生，回舊金山的行程會稍微擁擠一些。即使進賭城的這班機已客滿，廣播照樣如此說。

廣播說：波音七五七型客機從賭城的回程可多載一些旅客，也不至於超出載重限制，因爲大家的口袋輕了許多。旅客聽了嘿嘿笑，吃著花生，快快樂樂，快快樂樂。我可以告訴各位，我當時很嫉妒他們。因爲廣播的弦外之音是，我們即將把你們丟在賭城，讓賭城抓住你們的腳踝，把你們倒吊起來，讓你們身上所有東西掉光光。這是我和妹妹的切身教訓。

飛機降落在麥卡倫國際機場，在跑道滑行期間，廣播又來了：地上和身邊有花生包裝紙，儘量撿，會撿到好運喔！

和我們隔著走道的女人繫著安全帶彎腰撿，態度好積極。貴恩盯著她，沒轉頭就問我，妳有沒有夢見媽媽？

沒有，我說，不太常。不比我夢到其他人更常。

上一次我騎車從教會區上去夕陽區找貴恩，我揹著幾袋子衣服去。她家有洗衣機和烘乾機，我家沒有，所以我常濫用她給我的鑰匙，趁她和妹夫上班時去洗衣服。那天，我把衣物放進洗衣機，上樓，等洗衣循環結束。

她的公寓變了，充滿新東西。牆上掛著加框的新海報。書架上有新書。電腦附近有新CD。咖啡桌上有新雜誌。喬治亞・歐姬芙。東尼・席勒曼。《我們的身體我們自己》。詹姆士・泰勒。《優涅》季刊。藍色少女合唱團。《一年生植物、多年生植物與球莖植物》。愛因斯坦的《思想和見解》。《瓊拜雅演繹迪倫》。《卡迪拉克沙漠》。《金心》單曲。

全是母親的東西。其實不能說是她的。貴恩家的這些全是新品，書脊零皺紋，書頁無摺角，只見CD不見卡帶。沒有沾水毀損，沒有灰塵，沒有咖啡杯印，沒有在空白處寫字。全是我們老家的東西，卻也不算是我們老家的東西。全是從蓋瑞街的邦諾書局和百思買電子連鎖買來的商品。我愈看愈昏頭，感覺像午睡醒來的迷茫，天空不黑不藍，而是霧濛濛的灰，令人無法分辨是上午五點或下午五點，不清楚自己睡了多久。我覺得暈眩，想吐，進廁所卻吐不出東西。我面對馬桶，跪了不知多久，凝望著水箱上的一本《讀者文摘》。

我急忙騎車回家，猛踩踏板，洗衣機裡的衣服沒帶走，卻仍覺得沉重。回到我公寓，塔可肉和生洋蔥的曖昧充斥。我想打給彼得，或者應該說是，我興起想打給他的欲望，告訴他發生了什麼事，意義何在，好讓他回到我心中，再也不拒他於千里外。然而，電話沒打，我反而開電視看《小飛象》，任電視的光線席捲我。

我每看《小飛象》必哭。有一幕是小飛象母親被關，仍是小貝比的小飛象捨不得，淚水順著臉頰往下流，她把鼻子伸出鐵柵，摟著貝比，搖到他睡著。假如我打電話給彼得，我會這麼說：如果你是送子鳥，負責送小小飛象給象媽媽，非小心不可，避免襁褓裡的小象撞到鐵柵，才可把嬰兒平安送給母象。如果你是送子鳥，你飛這一趟之前，難道不會三思而後行？換句話說，小象的耳朵那麼大片，個性敏感，易受驚嚇，送子鳥哪有本事把他送到人間？

同一天晚上，彼得來我公寓時，我差不多在沙發睡著了，整個公寓只有電視的藍光。他在沙發邊緣坐下，撫摸我頭髮。

妳今天吃過東西嗎？他說。

我說，再告訴我一遍。蘇卓浴場的事。

他嘆氣。好吧，小不點。浴場失火之後的四十一年來，海灣裡的潮流並無重大變化，海岸如一九六六年堅實，足以支撐整座浴場。

我眼睛不睜開，說，可是，你不得不承認吧，憑**想像**的話，的確不難想像浴場滑進海裡。

呃，憑**想像**，任何東西都不難想像，他說。聽他口氣，好像這是好事。

我說，反正我們又不想重建。即使重建，也會被漸漸上升的海平面吞掉。

唉，對！彼得說著吻我的頭。海水會上漲，最後我們上班全都游泳去！我去接妳吃午餐時會說，妳像鴨子一樣善泳。

他以上輩人的語氣說，逗得我差點微笑。

唉，我說。你怎麼把人家講成獵物。

後來，彼得和我做愛，我心中有個渺小的感覺，好想問他，身爲科學人，你憑專業估算，一段感情依賴同情、動物擬人法、冰箱上的明信片，能延續多久？

然而，他心中有一份寬宏大量，會回答說：天長地久。

假使蘇卓浴場重建，其實不會沉入海裡，我知道。彼得正在爲PG&E電力公司研究浪潮發電的可行性。這種發電法基本上是在海面下設風力發電廠，靠潮流轉動渦輪來發電，和風力發電的原理相同，差別在於海潮比風力更靠得住。這不是玩笑話。PG&E已經在舊金山灣進行實驗，在海床設置二十一座渦輪。電力公司聘請彼得研究浪潮發電法對本地海洋生態的影響。問題無法解決，乾脆跳進去一起製造問題吧。如果你問我，我會說，身爲生物學者的彼得拿人錢財，對方期望他說，浪潮發電對本地海洋生態不構成影響。他聽了會說，事情那麼單純，好端端的，妳非得講得那麼難聽嗎？一件都不放過嗎？

我甚至想告訴貴恩、妹夫或彼得，母親的東西擺在這裡看起來好荒謬。這裡濕氣重，常霧鎖半島，離她的沙漠好遙遠。她的東西在這裡水土不服。雜誌的字體顏色太深，專輯封面的圖樣太小，所有東西都沒被太陽碰觸過。這些東西在這裡無法生存。海風裡的濕氣會讓複製畫發霉，那些書的每一頁會爛掉。

八星期沒見到貴恩了。我的衣服洗好後，一定黏在她家洗衣機的洗衣槽上了。她也有將近八禮拜沒來電，我也沒主動打給她。上次我們講電話，她說，我開始讀《卡迪拉克沙漠》了。

我說，妳哪裡不對勁了？我其實想講的是，妳還好吧？

妹夫會想出應對之道的。他一定會終結亂象。他回家會發現，家裡塞滿了我們母親生前萬象的複製品，他會握起貴恩的手說，妳不能再這樣下去。她聽了會哭。但他會伸出象鼻似的手臂，抱住她，抱到她不哭。

最近，我愈來愈認爲，我不應該讓未出世的美麗外甥女接觸《小飛象》。劇中淑女象對小飛象冷嘲熱諷，殘酷無情，說不定會讓她心驚。說不定，她看了會想知道，世上是不是眞有這種成年人，這麼卑鄙、自私，像那些淑女象一樣。說不定她會問，呃，有沒有嘛，姨姨？

然後我不得不說，有，也沒有。世上有些成年人能狠心做出妳不肯相信的壞事。世上有些成年人永遠只顧自己，不肯爲別人著想，妳外婆就是這種人。沒錯，小外甥女，這世上確實有硬心腸，但再也沒有善良的大象。

妹夫會束手無策。他只去我們母親家兩次。他不認識瓊拜雅。他不懂貴恩爲何把歐姬芙的

〈黑色鳶尾花〉掛在沙發上，掛在〈東方罌粟〉旁邊。他不懂她為何一面忙，一面聽《仙境》。

為什麼？容我說明：

時序是拉斯維加斯的晚春。或隆冬，或初秋，或酷熱至最高峰的盛夏。貴恩與我從公車站步行回家，或被朋友的爸媽載回家，或被開車莽撞的男朋友載回家，或開自己的車進車道。我們四歲、或十四歲或二十四。我們聽得見後院圍牆傳來的音符。《仙境》。

母親在花園彎腰鋤土除草，一會兒拿水管，一會兒拿鏟子，一會兒拿肥料，忙一下就改忙其他東西。我們懂一些事。無論年紀多大，我們總覺得從小就懂那些事。她會在花園一直待到日落，我們會自行煮晚餐，吃飽後看《未解之謎》影集，然後自行就寢。每次卡帶播完，錄音機喀嚓一聲，她會翻面再聽。

她總算上床後，會久久不下床，無論隔天熱到皮膚刺痛或天氣溫和，無論是上班日或生日。被我們問時——貴恩比我常問——媽會說，惹她哭的是瓊拜雅，說她多麼努力去理解狄倫，說《卡迪拉克沙漠》裡的城鎮耗盡地面的水氣，說溫柔矮男保羅·賽門自認已尋得救贖。她說出這些理由，我們儘管覺得不夠充分也照信不誤。**我有理由相信我們都能進仙境**。事實是，我們長大後，心中開了一個無法填補的缺口，我們才漸漸理解母親賴床的原因。換言之，直到現在才明瞭。

堆積陳列的舉動意義何在，我是唯一知情的人。貴恩周遭的人當中，唯有我看得出她在做什麼。我和她沒有其他家人了——父親很早就死了，在貴恩還是嬰兒的時候，和小飛象的爸爸一樣。我們無依無靠了。居然過了這麼久，我才領悟到這一點，連我自己都不敢相信。唯有我才能說，妳不能再這樣下去了。妳非停手不可，一定要繼續過正常日子，專心生小孩，把女兒生得漂漂亮亮，讓她不必為母親操心，讓她永遠有愛，永遠不孤單。

我其實常夢見母親。每次夢到她，她的死總是以一大誤解來呈現。夢見她的時候，她沒死，而是贏了金沙大飯店免費住宿的機會，忘了打電話通知我。她在骰子輪盤桌旁歡笑飛舞，回她在史丹福巷的家時戴著塑膠遮陽帽，穿著白豔豔的新T恤，上面印著「我進金沙好運到！」她從吃到飽餐廳用錫箔裹牛肋排帶回來，花園的植物枯萎了，土乾如枯骨，但沒有一棵植物渴死。

有她的夢裡，我們以大笑一掃誤解，我始終沒為了母親忘記通知我而生氣，只慶幸她活得好好的，慶幸事實獲得澄清。結果我夢醒發現，所有恩典全不見了。

喪禮後回舊金山的班機上，貴恩問我是否夢見母親，當時我懦弱而支吾其詞，其實我想說的是，有她的夢裡，母親的音容、氣味、觸感一如生前，在我醒來之後無法複製還原。換言之，在我夢裡，她的鮮活不同於我對她在世時的印象。夢見她是一種福氣，是最接近福氣的一種狀態。基於這一點，我至少心生感激之情。G—R—A—T—E—F—U—L。感激。

貴恩不是一個懦弱的小孩，她只是非常矮小而已。她以前講話，同一句常講兩次，第一次說出聲音，第二次含在嘴巴，講給自己聽。每一句話都講兩遍。她說她是為心靈日記錄音。即使在當年，旁人也明白，雖然她是妹妹，她其實比我年長許多。

今天早上，我在鬧鐘響之前醒來，躺在床上思考著灰熊，想著舊金山出現之前，這座半島曾住著灰熊。想著彼得說我們第一次約會的情景。想著如果我由著他，他會再對我施展什麼魔法。我騎單車週遊市區，儘量想像灰熊在尤加利樹林裡牛步行走。我騎車到蘇卓浴場。浴場立著幾面警告標語，寫著：「下水風險自負」、「當心暗潮洶湧」，總之是委婉語，避而不談的是：「小心！有個男孩和繼父在此雙雙被浪捲走，屍首從未尋獲（據信有鯊魚）」，你也可能碰到同樣的倒楣事。我們任何一個都可能碰到。」標語以簡圖示意泳客被蛇形海水捲走，樹枝般的手臂揮舞著。我認爲，這種標語應該在舊金山到處擺，不能只立在海邊，應該坦白交代。

我奮力從教會區穿越卡斯楚區，上金門大橋，下至林肯區和貝克街，穿越普瑞斯帝歐區，到碼頭然後回頭。努力踩踏板上坡，俯衝而下。我想離開這裡，一時之間以爲雙腳能把我遠遠踩向加拿大，追循座頭鯨的路線，拉大我與她之間的距離。但我的觀念有錯。舊金山位於長寬皆七英里的半島上，騎到盡頭，只會被彈回去，再遠也遠不過七英里。

我騎車去貴恩家。她不在。但我也沒指望她在家。我爬樓梯，過她家門而不入，繼續登上樓頂。屋頂陽臺周圍有深而大的長方形花盆，種滿耐鹽植物冰花和天堂鳥。我不希望她在屋頂，可惜她在。她坐在陽臺椅上，短腿伸在前面，戴著龜殼框的大墨鏡，雙手放在肚皮上。

我有一千件事想對她說——蘇卓浴場的短命男孩、我無緣可賞的鯨魚、大型陸生哺乳類動物、彼得的海底渦輪在舊金山灣呼呼轉，打擾不到任何事物。這些東西，我迫切想說，憋到同一件事可以講兩遍，一次對她說，另一次對自己，總計有兩千件事可講。我知道妳正慢慢滑進海裡；求求妳別走。別留我一個人在陸地孤零零。

我反而說，妳最近看過《小飛象》嗎？

貴恩抬頭望我，摘掉太陽眼鏡，我馬上看出她哭過。她說，最近沒有。

我說，我在想，如果我們照小飛象的綽號喊他「小呆瓜」，我們豈不是……呃……跳進去一起製造問題？她說。

也許是幾個月沒見，她的肚子大了好多，也許是從這裡看得見海，我覺得她好渺小，看起來像我們小時候的模樣。她看起來像兒童。

對，我說。我們應該叫他小巨。

好啊，她說，小巨。接著，如此嬌小的她鼓起偌大的勇氣說，凱蒂，妳還好吧？

我看著夕陽入水。從這裡，我能依稀分辨黑黑的鯨魚身影，像潛水艇在海中潛航。我聽得見牠們的歌聲。牠們唱著詹姆士．泰勒，唱著保羅．賽門。我看得見一九五一年的溺水男孩站在繼父肩膀上，在蘇卓浴場的淡水池玩水，寬骨盆母親從樓上揮手。我看見高大的妹夫在金沙賭場玩骰子輪盤。我看見彼得在非洲原野照顧非洲白犀牛，爲磨禿的牛角塗藥膏，促進牛角復原。哇！妳像鴨子一樣善泳，他說。我看見象媽媽伸出灰色的大鼻子，摟著小飛象和漂亮的長腿外甥女胚胎，搖他們入睡。

謝詞

謝謝大家：

Christopher Coake，我的良師益友與加油打氣者。這本書誕生的一大原因是你把我拉到一邊說「可行」。

Nicole Aragi，感謝妳的遠見與毅力。

John Freeman，我的仙人教父，感謝你在我即將放棄時激勵我。

俄亥俄州立大學的文創系與傑出的恩師：「好還要再好」的Michelle Herman、「『好』是『更好』的敵人」的Erin McGraw、「碰到手法粗糙的藝文作品切勿爲它們找藉口」的Lee K. Abbott。在此也感激Henri Cole、Kathy Fagan、Andrew Hudgins，與Lee Martin貢獻智慧與支持。也感謝Kelli Fickle關照所有人。

感謝我在內華達大學雷諾校區的頂級教授群，特別是Michael Branch、David Fenimore、Justin Gifford、Gailmarie Pahmier、Hugh Shapiro，以及Elizabeth Swingrover。

感謝Percival Everett、Sue Miller、Padgett Powell，與Christine Schutt惠賜高見與鼓勵。

感謝編輯Rebecca Saletan與Ellah Allfrey對本書秉持信心，讓本書精進。感謝Jynne Martin奉獻的賢明能量與光明面。感謝Elaine Trevorrow與Yuka Igarashi不辭辛勞。感謝Christie Hauser——出版界的David Attenborough爵士。

感謝讓這些短篇面世的雜誌編輯：Aaron Burch與Elizabeth Ellen。John Irwin、Kathryn Harrison與Robert Arnold、Patrick Ryan、James Thomas與D. Seth Horton。Scott Dickensheets、Hannah Tinti與Maribeth Batcha。Lorin Stein與 David Wallace－Wells。Caleb Cage、Jill Patterson與Jonathan Bohr Heinen。Conor Broughan與Jessica Jacobs。Susan Burmeister－Brown與Linda Swanson－Davies。

感謝俄亥俄州立大學Presidential Fellowship與Sewanee文人會贊助。感謝Sewanee青年文人會與Bucknell大學的傑出同事。感謝*The Journal*、我的那些學生。感謝永遠好客的夢想家Peter Harrison，感謝Kirsten Chen與Lumans。謝謝Riverhead的每一個人。

感謝雷諾市，特別是Nicole與Justice Mañha、Seth Lagana、Mallory Moore、Andrei、Jonathan Purtill、 Jeff Griffin、Curtis Bradley Vickers、Jessica Seidl、Ben Rogers、Sundance Books、the Boyntons、the Laxalts與the Urzas。

感謝Pahrump鎮，特別是Jesse Ray與the Tungs：Ryan、Jason、TJ，以及Jan。

感謝Columbus市，特別是「轟轟烈烈星期二」的Alex Streiff、Bill Riley、Clayton Adam Clark與the Hammer。 特別感謝好友內華達皇族G. Robert Urza不留情面，坦言批判，時時壓制我的氣焰。Isaac Anderson、Kim Brauer、Michael Brennan、Catie Crabtree、Brad Freeman（本書最佳句來自他），Ben與Lily Glass、Holly Goddard－Jones、Donald Ray Pollock、Samara Rafert，以及

Pablo Tanguay。感謝陸地上最完美的組合：Cami Freeman、Gina Ventre、David Macey、Dr. Jess Love、Andrew Brogdon、Maria Caruso、K. C. Wolfe、Christina LaRose、Elizabeth Ansfield、Jenny McKeel、Ken Nichols以及the Albers：Mike、Julie、Natalie，與Willy。

感謝我最親愛的摯友Beth與Annie。永遠三三。

感謝永遠把藝文視為必需品的家人：Aaron、Aunt Mo與Uncle Jack。Ron Daniels全家。感謝瓦金斯家族的所有奇思異行與愛：Al與Vaye、Uncle John、Auntie Jane、Aunt Lynn與Uncle Chris、Ben、Shannon、Lea、Luke、Eli、Jos、Paulie、Zanna、Char、Kai以及Una。

感謝美西最悍婦Mary Lou Orlando－Frehler提供舊貨商品，賣繡髒字杯墊的Zion、Caesar's Palace、牛仔靴、綠松石、純銀、衛生褲、墨西哥披風、Willie Nelson、潮野水上樂園、帽子、帽子、冬帽。感謝一切。

感謝Nic Baker與柔順、愛碎動、愛藝術的豆豆Delilah Claire。

謝謝Derek Palacio包容我。謝謝你的存在。

謝謝Lise與Gaylynn讓姐妹親情伴我至天涯海角。這本書就是妳們。

藍小說 221

戰山風情畫

作者—克萊兒．韋依．瓦金斯
譯者—宋瑛堂
主編—嘉世強
編輯—邱淑鈴
美術設計—好春設計
企畫—張燕宜、石瓔寧
校對—邱淑鈴、陳錦生
董事長
總經理—趙政岷
總編輯—余宜芳
出版者—時報文化出版企業股份有限公司
10803台北市和平西路三段二四〇號四樓
發行專線—（〇二）二三〇六—六八四二
讀者服務專線—〇八〇〇—二三一—七〇五
（〇二）二三〇四—七一〇三
讀者服務傳真—（〇二）二三〇四—六八五八
郵撥—一九三四四七二四時報文化出版公司
信箱—台北郵政七九～九九信箱
時報悅讀網—http://www.readingtimes.com.tw
電子郵件信箱—liter@readingtimes.com.tw
法律顧問—理律法律事務所　陳長文律師、李念祖律師
印刷—盈昌印刷有限公司
初版一刷—二〇一五年五月二十二日
定價—新台幣三〇〇元
⊙行政院新聞局局版北市業字第八〇號

國家圖書館出版品預行編目（CIP）資料

戰山風情畫 / 克萊兒.韋依.瓦金斯著 ; 宋瑛堂譯. -- 初版. -- 臺北市 : 時報文化, 2015.05
面 ;　公分. -- (藍小說 ; 221)

譯自 : Battleborn

ISBN 978-957-13-6277-9(平裝)

874.57　　　　104007523

ISBN 978-957-13-6277-9
Printed in Taiwan